DOROTHEE ACHENBACH

Im Schatten des Mondsterns

DOROTHEE ACHENBACH

Im Schatten des Mondsterns

ROMAN

Droste Verlag

für C., stella lunaris

In deinen Augen sehe ich die Vergangenheit,
die Gegenwart und die Zukunft.

Den Orient und den Okzident.

Die blauen Fluten des Meeres und die
grünen Wellen der Flüsse.

Ich sehe alles Leid und alle Freuden der Welt.

Alle Liebe und alle Bosheit der Menschen.

~~~~~
~~~~~

Aufbruch

| 1966 |

Nicht mal ein Schrei. Nur ein leises Gurgeln, wie die letzten Tropfen Wasser, die strudelnd im Abfluss verschwinden. Dann Stille.

Lebt es überhaupt? Winzig ist es, schrumpelig, klebrig, rot. Sie schaut nicht hin, will es nicht sehen.

Draußen ist es eiskalt, die kleinen Fenster sind grau und dick vor Eis. Januar. Seit Tagen hat es ununterbrochen geschneit, im November kam der erste Schnee. Noch bis Mai wird er seine weiße, matte Decke über die kargen Felsen und Hügel legen, wird seine Kälte über die Steppe ausbreiten und in die klammen Kammern der ärmlichen Häuser kriechen. Vergebens bemüht sich das kleine Feuer, gegen die Starre anzukämpfen – die Starre im Haus, die Starre in den Gliedern und die Starre in den Herzen der Menschen. Der Ofen ist aus grobem Stein gebaut, im Kessel schwimmt geschmolzenes Schneewasser. Es schimmert trüb.

Ein Tuch wird gebracht, das Kind hineingelegt. Behutsam, wenigstens das.

Es ist ein Junge.

Viel zu früh kam er auf die Welt. Eine Welt, die aus einer Handvoll schiefer Steinhäuser, ein paar Hütten, Schafen und Ziegen besteht. Ein Schaf ist hier mehr wert als ein Kind. Das Schaf frisst nur Gras, braucht nur etwas Wasser, gibt dafür Wolle, Milch und Fleisch. Ein Augenpaar erbarmt sich und schaut das Kind an, schiebt das Tuch vom Gesichtchen, lächelt.

»Ein Würmchen«, ruft es. Yade, trotz der Kälte ohne Schuhe an den Füßen. Großäugig, wunderhübsch. Ihr Kleid, zerschlissen, aus zu dünnem Stoff, war einmal gelb. Sie ist das zweitälteste von jetzt fünf Geschwistern. Yade ist acht. Ihre vier- und sechsjährigen Brüder Baran und Timur liegen in einer Decke zusammengerollt auf einem Teppich am Feuer, Cengiz, der älteste Bruder, schaut draußen nach den Ziegen.

Später wird man sich erinnern, dass an jenem Tag in einer Fabrik in der nächsten Stadt ein Feuer ausbrach und acht Arbeiter ums Leben kamen. Einige Zeilen standen in der Zeitung. Sonst wüsste niemand, dass heute der 31. Januar 1966 ist.

»Bekir«, so flüstert zehn Tage später der Dorfälteste dem kleinen Knaben dreimal in das rechte Ohr. Bekir. Das bedeutete »der Neugeborene, der Reine«.

Eine Nachbarin erbarmt sich, stillt den Jungen, an dessen Überleben kaum einer glaubt. Er weint nicht, wimmert mehr. Yade, die große Schwester, nimmt ihn in den Arm, wiegt ihn wie eine Puppe, summt Lieder, säubert ihn. Die Mutter – geistesabwesend, stumm, passiv. Sie wartet. Wo bleibt ihr Mann? Tarık? Er weiß nichts von dem Kind. Für die einfache Frau ist der Ehemann unvorstellbare Tausende von Kilometern weit entfernt, seit vielen Monaten war er nicht zu Hause, es wird noch Wochen dauern, bis er wiederkommt. Schimpfen wird er. Denn eine große Reise steht bevor, ein Abschied für immer. Abschied aus der Kargheit, der Kälte, der Armut, der Bitterkeit. Endlich. Und dann das Würmchen. Vielleicht überlebt es nicht, so denkt sie jeden Tag. Es ist so klein, so schwach.

Aber es überlebt. Und früher als jedes andere hier geborene Kind, so flüstern die alten Frauen im Dorf, lächelt es. Als ob es dafür einen Grund gäbe!

Yade versucht es immer wieder: »Schau, Mama, wie er die Fäustchen streckt«, ruft sie mit ihrer hellen Stimme, wenn sie ihren kleinen Bruder vorsichtig hochhebt, sein Köpfchen stützt und zur Mutter trägt. Doch Sema wendet den Kopf ab.

»Lass, Yade, nicht jetzt«, sagt sie müde und lässt ihre rauen Hände ineinander verschränkt im Schoß liegen, so als müsse sie sie festhalten, damit sie nicht nach dem Säugling greifen. Yade hält Bekir, flüstert Worte in die winzigen Ohren, geht mit ihm herum und wärmt ihn in ihren Armen.

Er kann schon nach ihren Haaren greifen und vor Freude über Yades Quietschen gurrend lachen, als der Vater zurückkommt. Es ist Ende Mai. Der Schnee ist in diesem Jahr früh geschmolzen, die Luft ist mild, es riecht nach Kräutern. Der krautige Tragant zeigt seine Blütenähren und tupft die Steppe gelb, weiß und purpurn. Violett leuchten die hohen Königskerzen, lila wiegen sich die wie Körbchen geformten Blüten der ersten Flockenblumen im Wind. Tarık ist staubig von der Fahrt in einem Kleinbus mit kaputten Fenstern, sein Schnauzbart vom lehmigen Erdstaub rot gepudert. Lange umarmt er seine Frau, streicht seinen vier Kindern über den Kopf. Wie groß sie geworden sind! Er lacht, nimmt seinen Sohn Baran auf den Arm, dreht sich um seine eigene Achse.

»Wie sehr ich euch vermisst habe, meine Kleinen! Und unsere Yade wird immer hübscher!«, ruft er und betrachtet stolz seine einzige Tochter, deren Haar in zwei dicken, filzigen Zöpfen gebändigt ist.

»Und mein Großer, fleißig wie immer«, lobt er den neunjährigen Cengiz, der ein Bündel Holz hereingetragen hat und die Tränen der Freude über die Rückkehr seines Vaters kaum zurückhalten kann. Tarık hat einen Anzug an, Süßigkeiten und ein paar Kleidungsstücke für die Kinder mitgebracht, für Sema eine Bluse und ein großes, seidenes Tuch.

Yade nimmt seine Hand, führt ihn zu der Decke, auf der der Knabe liegt. Und dann geschieht etwas, das die Mutter weinen lässt – zum ersten Mal nach Jahren lässt sie zu, dass ihr Herz weich wird. Der Vater sieht den Knaben an, sanft hebt er ihn hoch. Und küsst ihn auf die Stirn.

~~~~~

Ein Versprechen wurde gegeben. Nun kann es eingelöst werden. Sema hat Pakete geschnürt, zwei Koffer und Taschen gefüllt. Sie stehen vor der Hütte. Dann geht Tarık vor, die Familie folgt, Yade presst den kleinen Jungen an sich, den sie mit einem Tuch um sich gebunden hat. Sie gehen einige Hundert Meter bis zur Straße und warten auf den Bekannten, der sie bis zur Bushaltestelle in die nächste Stadt fahren wird. Niemand von ihnen dreht sich noch einmal um, nur Cengiz schaut zu den Ziegen, die er jeden Tag gehütet hat.

Die Fahrt nach Istanbul dauert fast 18 Stunden. Es ist stickig und eng, es riecht streng, der Bus holpert mehr, als dass er fährt, das Baby schreit. Als sie endlich in die große Stadt kommen, pressen die übermüdeten Kinder ihre Stirn an die Fenster. So viele Menschen, Eselskarren, Lastenträger, Busse, Autos und Motorräder. Solch riesige Moscheen. So viel Lärm. Yade weint. Sie hat Angst.

~~~~~

Leise klopft der Vater an die Tür. Es ist schon dunkel, das Getümmel auf den Straßen hat kaum nachgelassen, hier an der Ecke zu einer gepflasterten Gasse ist es etwas ruhiger. Ein Dienstmädchen öffnet, tritt zur Seite und weist mit gesenktem Blick ins Innere des mehrstöckigen Hauses, in dem eine Etage höher eine weitere Tür offen steht. Sie führt in eine Wohnung. Ein groß gewachsener, grauhaariger Herr kommt Tarık entgegen. Tarık beugt sich vor und küsst ihm die Hand. Der Herr führt ihn durch einen langen Flur in ein geräumiges Wohnzimmer mit einem mächtigen Sofa, elegantem Diwan, samtbezogenen Sesseln und Möbeln aus dunkel glänzendem Holz, überall verteilt stehen Figürchen und gerahmte Fotografien. Der Teppich ist weich, es riecht nach feinem Tabak. Tarık hat noch niemals so ein prächtiges Zimmer gesehen. Das Dienstmädchen bietet Tee und Pistazien an, die Augen immer noch gesenkt.

»Danke, Alina«, sagt der Herr und schickt sie mit einem Wink aus dem Zimmer. Leise sprechen die Männer miteinander. Tarık erhebt sich wenig später, reicht dem großen Mann vorsichtig ein Bündel, das er die ganze Zeit gehalten hat. Er erhält dafür einen braunen Umschlag, verbeugt sich und verlässt das Haus.

Das Bündel im Arm des großen Mannes bewegt sich, ein zarter Laut ist zu hören. Es ist Bekir.

| 1973 |

»Mamaaaa«, brüllt der Junge, »Mama, guck doch mal, ich habe einen Fisch gefangen!« Stolz hält er ein zappelndes Ding in den kleinen Händen, die Angel ließ er fallen, seine Füße sind nass, die kurze Hose auch, am Boden steht ein blecherner Eimer, der ihm fast bis zu den Knien reicht. Seine Mutter lacht.

»So munter, wie der ist, springt er morgen bestimmt freiwillig in die Pfanne«, ruft sie. Sie sitzen am Tisch ganz außen auf der Terrasse, das Flussufer liegt direkt vor ihnen, eine fast fertige Brücke überspannt unweit die ganze Breite des Bosporus. Sie wird die erste Brücken-Verbindung zwischen Europa und Asien sein, die Bevölkerung ist stolz auf dieses Bauwerk. Langsam verdämmert das Tageslicht auf der europäischen Seite und geht in ein warmes Rot über, einige Autos haben schon die Scheinwerfer eingeschaltet. Ein lauer Wind erhebt sich, und die Mutter zieht die Jacke enger um die Schultern, hier am Wasser wird es schneller kühl. Ihr Mann – sein Haar ist schon fast weiß, auch im Sitzen sieht man, dass er groß gewachsen ist – prostet ihr zu, sie schauen sich an. Es ist schon sein drittes Glas – aber es gibt einen Grund zu feiern.

»Weißt du noch, wie er uns direkt anlächelte, obwohl wir doch Fremde für ihn waren?«, fragt die Frau.

»Ja, Banu, ich weiß es noch wie heute«, antwortet ihr

Mann. Wieder erhebt er sein Glas, in dem der letzte Rest Rakı milchige Wellen schlägt: »Auf den Tag, als die Freude bei uns einzog«, prostet er erneut seiner Frau zu.

Sie hebt ihr Glas, an ihrer feingliedrigen Hand schimmert der kostbare Smaragdring, den ihre Mutter ihr zur Hochzeit schenkte und der schon ihre Großmutter und ihre Urgroßmutter geschmückt hatte. Wie schön sie ist. Ihr dichtes, dunkelbraunes Haar, das sie in einer nach innen gedrehten Welle schulterlang und mit einem breiten Haarband gebändigt trägt, die vollen Lippen, die mandelförmigen, warmen Augen mit dem feinen Lidstrich, das Grübchen am Kinn ihres runden Gesichts, dem die Zeit nichts anzuhaben scheint. Ahmet sieht sie dankbar an.

Beide schauen zu ihrem Sohn, der sich am Ufer immer noch mit dem zappelnden Fisch abmüht, der einfach nicht in den Eimer springen will. Sieben Jahre ist es her, dass der Junge ihnen geschenkt wurde. Er ist klein für sein Alter, aber er läuft schneller als all seine Spielkameraden und löst mit seinem Vater Rechenaufgaben, die sonst erst viel älteren Schulkindern gestellt werden. Sein Lachen ist hell und von ansteckender Fröhlichkeit. Er lacht häufig – auch bei Missgeschicken. Es fällt der Mutter schwer, ihn zu ermahnen, wenn er in seinem immerwährenden Bewegungsdrang Milch verschüttet, trotz ihres Verbots auf dem riesigen Sofa hüpft oder die Treppen so rasch herabeilt, dass er stolpert. Der Junge schaut sie dann mit solch einem flehentlichen Blick an, dass sie nicht anders kann, als ihm nur kurz das Haar zu zerzausen oder scherzhaft den Zeigefinger zu erheben. Überhaupt: die Augen dieses Kindes. Sie kennt niemanden, erwachsen, jugendlich oder Kind, mit solchen Augen. Sie haben die Fähigkeiten eines Chamäleons. Eigentlich von einem moosigen Grün, doch auch blaugrün und glasklar glitzernd vor Freude, wenn sein Vater ihn lobt; oder in unergründlichem Bernsteingelb schimmernd, wenn er nachdenklich aus den Fenstern seines Zimmers auf die gegenüberliegende Hauswand und durch die Mauern hindurchzuschauen scheint. Sie können mit treuem Augenaufschlag milchig schwimmen – dann weiß Banu, dass er schwindelt. Sie werden blitzschnell metallisch hart, wenn er in einem seiner unvermittelten Wutanfälle seine Spielsachen krachend an die Wand wirft und erst aufhört, wenn sich sein Atem beruhigt und Banu ratlos und fast ängstlich ob der Wucht seines Zorns die Tür seines Zimmers geschlossen hat. Manchmal werden die Augen des Jungen ganz dunkel und trübe von einem unbekannten Kummer, den nur er kennt. Dann geht die Mutter zu ihm, nimmt ihn in den Arm, streichelt ihm über den Rücken und flüstert Kosenamen. Es macht sie traurig, dass sie diesen Kummer nie wird heilen können. Niemand wird das können.

Banu hat einmal gehört, dass die Augen das Fenster zur Seele sein sollen. Seit sie diesen Sohn hat, weiß sie, dass es so ist.

Nun steht er vor ihr und reibt sich die Fenster zur Seele. Er ist müde – fast den ganzen, für Mai ungewöhnlich warmen Tag hat er am Wasser gespielt. Morgens mit seinen Kameraden gerangelt und getobt, und jetzt hat er einen langen, anstrengenden und schließlich siegreichen Kampf mit einem widerborstigen Fisch hinter sich. Der hat sich in sein Schicksal ergeben und bewegt die Flossen erschöpft in dem silbrigen Eimer.

Bald wird es ganz dunkel sein, der Vater bezahlt und steht auf. Ahmet misst fast 1,90 Meter, er hebt seinen kleinen Sohn mühelos hoch und trägt ihn nach Hause, der Eimer scheppert leise in Banus Händen. Der Weg ist kurz: Er führt keine 200 Meter die Hauptstraße entlang, dann biegt die Dereboyu Caddesi rechts ab und führt zu ihrem Apartmanı und ihrer großen Wohnung im ersten Geschoss des Eckhauses. Vor nicht allzu langer Zeit standen hier im Viertel noch viele Konaks, jene herrschaftlichen Stadtvillen osmanischer Großbürger aus dem 18. und 19. Jahrhundert. Sie hatten oft mehr als 20 Zimmer, die in private Räume für das Familienleben – den harem – und öffentliche Räume – selâmlık – aufgeteilt waren. Diese hölzernen, zwei- oder dreistöckigen Villen in Beşiktaş und Nişantaşı waren die letzten Zeugen einer großen Vergangenheit, ganze Clans samt den Bediensteten hatten darin gewohnt. Jetzt zeugen nur noch einige abgebrannte Ruinen von ihrer einstigen Pracht. Nachts geben sie ein gespenstisches Bild ab, tagsüber dienen sie Kindern als begehrter Abenteuerspielplatz. Seit Jahren werden nun moderne, vielgeschossige Wohnhäuser gebaut, in denen verschiedene Familien in den einzelnen Etagen leben – etwas, das es in der Geschichte des Landes noch nicht gab. Doch die explodierende Bevölkerung Istanbuls braucht Platz, jedes Jahr zählt man mehr als 100.000 neue Bürger, die meisten kommen aus den bitterarmen Gebieten im Osten Anatoliens. Die Stadt wächst – auch auf den noch vor 100 Jahren kaum besiedelten, dicht bewaldeten Hügeln nordwestlich des Goldenen Horns. Dort, wo die Sultane in den Jahrhunderten zuvor ihre Schießübungen abgehalten haben, entwickelt sich ein modernes Einkaufs- und Wohnviertel. Die wohlhabenden Schichten bevorzugen die Lage mit Blick oder zumindest mit Nähe zum Bosporus, bald wird die erste Hängebrücke – sechsspurig, eineinhalb Kilometer lang und mit 165 Meter elegant in die Höhe ragenden Pylonen aus Stahl – eingeweiht werden. Nur der Name »Nişan taşı«, Zielstein, erinnert noch an die Zeit, als hier Jagdrevier und Schießübungsplatz der Fürsten war.

Vorsichtig geht Ahmet die drei schwarzen, von vielen Schritten glatt polierten Stufen zum Hauseingang hoch, Banu hat schon aufgeschlossen, das Dienstmädchen Alina wartet in der nächsten Etage an der offenen Wohnungstür. Langsam bewegt der Vater sich nach oben, der Junge ist längst eingeschlafen, sein Kopf liegt auf der Schulter des Vaters, schlaff hängt sein dünner Arm an der Seite herab. Er wacht nicht auf, als er durch den Korridor getragen und vorsichtig in sein weiches Bett gelegt wird, merkt nicht, wie die Mutter ihm die Schuhe abstreift, ihn sorgfältig zudeckt und ihm einen Kuss auf die Stirn haucht.

»Meleğim Bekir iyi uykular. Schlaf gut, Bekir, mein Engel«, verabschiedet sie sich und betrachtet ihn einige Sekunden lang mit innigem Lächeln.

Bekir. Geborgenheit

| 1979 |

Das Gymnasium liegt nur wenige Hundert Meter vom Bosporus entfernt. Einst muss der reich verzierte Bau wohl einem Paşa gehört haben, heute toben über 300 Jungen in den Gängen. Der Direktor sieht es nicht gern – Lärm und Ausgelassenheit sind ihm ein Graus. Wenn seine leicht gebeugte Gestalt irgendwo auftaucht, verstummen die Geräusche, das Gerenne endet, fast jeder Junge versucht, sich unsichtbar zu machen. Im Flüsterton werden Gerüchte ausgetauscht, was mit denjenigen geschieht, die er in sein düsteres Büro bestellt, weil sie gegen die strengen Schulregeln verstoßen haben. Neulich erst traf es Bircan, der auf dem Schulhof in eine Rangelei zwischen Zwölfjährigen verwickelt war. Fast eine Stunde war er im Büro, danach schlich er mit hängendem Kopf und triefender Nase aus der Schule. Er kam nie wieder dorthin zurück. Bekir erzählte es seiner Mutter, Bircan wohnte nur eine Straße weiter. Banu schüttelte ungläubig den Kopf und ging zum Telefon. Sie wählte die Nummer von Bircans Mutter. Als sie wieder auflegte, war ihr helles Gesicht noch blasser als sonst. Sie legte die Hände schwer auf Bekirs schmale Schultern und sah ihn an: »Halte dich an die Regeln, die der Direktor aufgeschrieben hat, hörst du? Versprichst du mir das, Bekir?« Ihr Sohn nickte – selten sprach seine Mutter so ernst zu ihm, für ernste Themen war sein Vater zuständig.

Seine Eltern führen ein angenehmes Leben. Ahmet ist ein angesehener Geschäftsmann, Banu kommt aus einer vornehmen Familie. Am Wochenende gehen sie gerne aus, sie werden zu Empfängen, Cocktailpartys oder Hochzeiten eingeladen. Bekir liebt es, wenn seine Mutter sich den ganzen Tag auf solch eine Festlichkeit vorbereitet. Sie nimmt zwei oder drei ihrer eleganten Kleider aus dem Schrank, hält sie vor sich und dreht sich vor dem hohen Spiegel in ihrem Schlafzimmer. Stets fragt sie ihren Sohn: »Mein Liebling, welches soll ich anziehen?«

Bekir ist stolz, dass er eine solch wichtige Entscheidung treffen darf. Er bittet seine Mutter, noch mal das eine vor sich zu halten, schaut wichtig drein, geht um sie herum, inspiziert den Stoff. Dann trifft er seine Entscheidung, und Banu sucht in ihrer roten, goldgeprägten Lederschatulle den passenden Schmuck heraus. Ist das Kleid schulterfrei, legt sie ihre mehrreihige, eng am Hals liegende Perlenkette um, ist es höher geschlossen, trägt sie lange goldene Ohrgehänge, die zart klimpern, wenn sie den Kopf bewegt. Und stets schimmert bei besonderen Anlässen der große Smaragd an ihrer Hand. Meist steckt sie ihr Haar aufwendig hoch – das kann sie sehr gut – und schminkt sich sorgfältig. Wenn sie dann strahlend und duftend am Arm ihres Gatten, der Dinner Jacket oder Smoking trägt, die Wohnung verlässt, bleibt Bekir mit dem Gefühl zurück, dass er ein sehr bedeutender Junge ist. Er geht zu Bett in dem wohligen Bewusstsein, dass ihm im Leben nichts Schlimmes geschehen könne.

An den Wochentagen, wenn Ahmet von der Arbeit als Leiter einer Textilfabrik nach Hause kommt, die Schuhe neben der Eingangstür abgestellt, seine Banu begrüßt und mit der Familie das von der Köchin zubereitete Abendessen verspeist hat, begibt er sich in sein kleines, schummriges, mit Büchern gefülltes Arbeitszimmer am Ende des Flurs und nimmt in seinem an den Lehnen abgewetzten Ledersessel Platz. Das Dienstmädchen – alt schon und krumm, bei ihnen angestellt, seit Bekir denken kann – bringt ihm ein Glas stark gesüßten Tee und seine Zigarre. Eine einzige raucht er am Tag, langsam und genüsslich. Stets steht der schwere, kristallene Aschenbecher gesäubert für ihn bereit, die zedernen Zündhölzer liegen daneben.

Das ist die Stunde, in der er seinen Sohn zu sich ruft. Früher hat Bekir sich auf ein großes, ledernes, schon von Rissen raues Kissen zu Füßen des Vaters gekauert, die Beine mit den Armen umschlungen, die Augen aufmerksam Ahmet zugewandt, die Geborgenheit und vertrauensvolle Eingeschworenheit unter Männern genießend. Nun findet er sich zu groß, um auf dem Boden zu sitzen – er ist schon fast 14! Kerzengerade sitzt er seinem Vater gegenüber auf einem einfachen Holzstuhl, berichtet, was er im Unterricht gelernt hat. Er erzählt ungern, dass die älteren Jungs ihn wieder gehänselt haben, weil er immer noch der Kleinste in seiner Klasse ist; er ist stolz, dass er die beste Note in Rechnen hat. Immer.

Er verschweigt, dass ihm Lesen und Schreiben schwerfallen. Ahmet hört seinem Sohn zu, nickt ab und zu mit dem Kopf, schmaucht seine Zigarre, blickt dem zögernd in der Luft verharrenden Rauch hinterher. Man könnte meinen, er sei mit den Gedanken ganz woanders, verschwunden in dem Nebel aus Tabakrauch, der den Raum bald einhüllt. Doch unvermittelt kann er eine Frage stellen oder Bekir ermahnen, wenn er eine abfällige Bemerkung über einen Mitschüler macht oder gar über ein Mädchen aus der Nachbarschaft spricht. Ahmet hört genau zu.

Von seiner Mutter lernt Bekir bedingungslose Liebe und Hingabe – von seinem Vater Respekt und Achtung. Und dass man Letzteres nicht geschenkt bekommt:

»Vergiss es niemals, mein Junge: Wer andere nicht respektiert, wird selbst nie respektiert. Wer die Meinung und Gefühle anderer missachtet, wird selbst missachtet.«

Der Vater spricht nicht viel, aber meist sind es dann solche Dinge, die er dem Jungen in ihrer Zweisamkeit sagt:

»Nicht viele Dinge zählen im Leben. Es sind nur drei: Liebe, Achtung und Vertrauen. Ohne diese drei ist ein jedes Leben armselig, auch wenn du der an Gütern reichste Mann am Goldenen Horn bist.«

»Es gibt immer mehrere Wahrheiten, mein Sohn, es kommt immer darauf an, wo man steht. Wie ein Zimmer, in das die Sonne scheint: Es ist dasselbe Zimmer und dieselbe Sonne. Doch es sieht an jeder Ecke anders aus. Auch die Lüge hat viele Gesichter. Man lügt aus Selbstschutz. Man lügt, um andere zu schützen. Man lügt aus Verlegenheit und aus Bequemlichkeit. Aber lüge niemals – niemals! –, um andere bewusst zu täuschen. Lüge niemals aus Hinterlist und Feigheit! Und lüge dich niemals selbst an. Dann müsste ich mich schämen, dein Vater zu sein.«

Viel später wird Bekir an diese Worte denken. Zu spät. Da erreichen sie ihn schon lange nicht mehr.

Bekir. Dunkelheit

| 1981–84 |

Kaum ein Jahr nach dem Abend, an dem Ahmet seinen Sohn vor der Lüge warnte, stirbt Banu. Es ist vier Tage vor Bekirs 15. Geburtstag. Der 27. Januar 1981. Sie ist 59 Jahre alt, man hatte ihre Krankheit erst erkannt, als keine Heilung mehr möglich war, obwohl Ahmet alles daransetzte, ihr Leben zu retten, sie zu den besten Ärzten brachte und ein Vermögen ausgab, um ihr die kostspieligsten Behandlungen zu ermöglichen. Bekir weiß nicht, welches Leiden es genau war. »Etwas, das nur Frauen angeht!«, bescheidet man ihn barsch, wenn er vorsichtig nachfragt.

Doch er ist nicht dumm, er stellt sich taub und macht sich unsichtbar, hört und sieht aber alles. Er kann sich anschleichen, ohne einen Laut zu verursachen, lauscht an den dunklen Holztüren, die er ohne Knarzen einen Spalt öffnen kann. Versteckt sich hinter dem hohen Sofa und ignoriert den gewebten Stoff, der an seiner Haut scheuert, ignoriert auch den Staub, der Hustenreiz verursacht. Auch die vom Steinboden hinter dem Sofa aufsteigende Kälte macht ihm nichts aus, wenn er dort kauert, und auch nicht die Hitze des im Winter zusätzlich genutzten Kohleofens, wenn er sich wie versteinert in der großen Küche danebenstellt und niemand ihn zu bemerken scheint. Banu war an einem Tumor im Unterleib gestorben, es ging rasend schnell. Aus der fülligen, immer noch schönen Frau wurde innerhalb weniger Wochen ein knochiges Gespenst mit Augenringen und eingefallenen Wangen. Als Bekir sie das letzte Mal sah, war sie zu schwach, um zu sprechen, er sah ihren flehentlichen Blick, sah die Liebe darin. Er strich ihr das nun dünne Haar aus der Stirn und küsste sie sanft. Ihm fielen keine Worte ein.

Banu starb im Krankenhaus, Ahmet hielt ihre Hand.

Bekir sitzt in seinem Zimmer auf seinem weichen Bett mit den vielen gemusterten Kissen und beobachtet den Baum vor seinem Fenster. In heißen Auguststunden spendet er ihm Schatten und filtert das grelle Licht, nun im Winter scheint er ihm mit dieser gespeicherten Wärme und den im Wind flüsternden Ästen Trost zuzurufen. Bekir steht auf, haucht gegen die Scheibe und drückt seine Stirn gegen das beschlagene Glas. Es ist kalt. Der Abdruck, den seine warme Haut hinterlässt, verblasst schnell und verschwindet, als sei er nie dort gewesen. Bekir ist traurig, sicher, er weint, wenn andere in sein Zimmer kommen, über den Baumwollteppich aus Konya zu ihm schleichen und ihn tröstend umarmen wollen. Er tut dies mehr aus Pflichtbewusstsein denn aus Kummer – schließlich weiß er, was sich gehört, wenn die Mutter stirbt. Weiß, was die Menschen erwarten. Sie sind ja so leicht zu täuschen! Aber im Innersten bleibt er seltsam unberührt, als hätte der Schmerz keine Chance, ihn zu berühren. Aber er hing doch so sehr an seiner Mutter! Liebte sie über alles! Er hätte keine bessere, liebevollere haben können. Es macht ihm selbst Angst, doch nur kurz. Er merkt, dass er den Schmerz verschließen kann. Und ahnt, dass das gut für ihn ist. Aber nur für ihn.

Ahmet jedoch bricht es das Herz. Er ist 14 Jahre älter als Banu. Sie war immer da gewesen, 40 Jahre lang Sanftmut, Klugheit und das sanfteste Lächeln der Erde. Selbst im Streit verspritzte sie mit ihrer Zunge kein scharfes Gift – Ahmet wusste von einigen seiner Freunden, dass andere Ehefrauen diese besondere weibliche Gabe sehr wohl verfeinert hatten und sich ihrer mit zornesblitzenden Blicken bedienten. Auch wenn Banu ihm keine Kinder schenken konnte: Nie hätte er sie verlassen. Banu war sein Alles gewesen. Sein Leben. Seine Liebe.

Mit ihrem Tod weicht alles Licht aus der weitläufigen Wohnung an der Ecke der Dereboyu Caddesi. Es scheint, als habe Banu alle Farben mitgenommen: Der große seidene Teppich im Salon ist nun nicht mehr dunkelblau und rot und safrangelb gemustert, sondern grau. Die vielen Fotos, die auf dem Klavier und dem Buffet stehen, offenbaren, was sie wirklich zeigen: längst verstorbene Menschen, längst vergangene Ereignisse. Die kleinen Figuren, Räuchergefäße, silbernen Dosen und gemusterten Vasen, die Banu sammelte und überall in der Wohnung verteilte, wirken wie überflüssiger Nippes. Der schmale Diwan ist ebenso verwaist wie das große Sofa. Der Turbanhalter an der Wand zeigt, was er ist: nutzlos. Aus dem aufwendig geschnitzten und mit Perlmutteinlagen verzierten Couchtisch ist ein spitzzahniges Monstrum geworden. Selbst die Scheinwerfer der Bosporus-Dampfer, deren fernes, mildes Licht abends seinen Weg durch die Vorhänge findet, schimmern unheilvoll, ihr Hupen klingt wie Wehklagen.

Wenn Bekir von der Schule nach Hause kommt, wartet nur noch Alina, das krumme Dienstmädchen. Keine Hände mehr, die ihm durch das Haar wuscheln, niemand mehr, dem er seine kleinen Schüler-Kümmernisse schildern kann oder seine lustigen Einfälle, die die ganze Klasse zum Lachen brachten; kein verständnisvolles Nicken, kein Scherzen mehr. Stattdessen Stille und eine namenlose Leere. Ahmet, der nun in Rente ist, ruft ihn abends nicht mehr zu sich in sein nach Tabak riechendes Arbeitszimmer, jenen kleinen, geschützten Raum, diese Keimzelle von Vater und Sohn, von Meister und Schüler. Ahmet ist um Jahre gealtert, er geht nicht mehr aus, empfängt keinen Besuch. Er ist nicht mehr derselbe.

Bekir muss erkennen, dass dieser stolze, kluge Herr ohne seine Frau plötzlich nichts ist als ein gebeugter, schwacher, sprachloser Mann, der seinem Sohn keine Stütze und kein Ratgeber mehr ist. Bekir ist enttäuscht, er verehrt und liebt seinen Vater und weiß nicht, was er tun soll – kann denn ein trauerndes Kind einem trauernden Vater helfen? Der Junge versteht noch nichts von der Liebe zwischen Mann und Frau, schon gar nicht von dieser seltenen Liebe, die zwei Menschen so sehr zu einem Einzigen macht, dass der eine ohne den anderen verloren ist, nur noch ein Schatten seines Ichs bleibt – nicht mehr vollständig, eine unnütze Hälfte. Ahmet weiß, dass er versagt, doch er findet keine Kraft mehr; der alte Mann weint jeden Abend, wenn ihn niemand mehr sieht.

Stumm nehmen die beiden nun in der Küche und nicht mehr wie früher im Esszimmer an dem polierten, edlen Holztisch ihr Abendessen ein. Es sind Mahlzeiten, die Alina ihnen bereitet hat und die nicht recht schmecken. Danach zieht sich jeder zurück. Ahmet schließt die Tür seines Zimmerchens hinter sich zu; niemand weiß, was er dort tut, was er denkt oder ordnet. Wenn Bekir sich nicht heimlich davonschleicht, um seine Freunde zu treffen, sitzt er verloren im Wohnzimmer in einem grünen, samtenen Sessel und sieht auf einem kleinen Gerät fern oder legt sich auf sein

Bett, schaut auf die niemals ruhenden Blätter der Linde vor seinem Fenster und träumt diffus von etwas Neuem, von dem er keine genaue Vorstellung hat.

Das Fundament seiner Existenz wankt unmerklich. In seinem Leben ist das Licht ausgegangen. Es ist nicht das erste, doch das ahnt er noch nicht.

~~~~~

Bekir lebt bald sein eigenes Leben. Seine neuen Freunde sind nicht die, die sich seine Mutter für ihn gewünscht hätte. Obwohl er selbst aus gutem Hause kommt, schart er Jungs aus Schichten um sich, die seine Eltern verachten. Bauernsöhne von Zuwanderern aus Ostanatolien, die meisten kaum des Schreibens mächtig, mit schlechten Umgangsformen, manche roh. Der Umgang tut der namenlosen Wut gut, die in ihm schlummert. Nach der Schule lungert er mit ihnen an den Ecken des Viertels oder am großen Basar herum, sie rauchen und schauen frech den Mädchen hinterher.

Aber Bekir hat etwas an sich, das den Frauen gefällt. Seine grünen Chamäleon-Augen unter dunklen Locken können herzerweichend treu blicken, sein Lächeln ist von einnehmender Herzlichkeit, immer hat er ein Kompliment auf den schön geformten Lippen. Nicht selten werden ihm sogar unter Kopftüchern verschämte Blicke zugeworfen. Das merkt er genau. Auch seine Mutter war eine Frau gewesen. Er verfehlte seine Wirkung auf sie nie.

Bekir braucht Geld, er möchte sich Zigaretten kaufen, angesagte Klamotten tragen und seinen Freunden imponieren, indem er sie einlädt. Seinen Vater fragt er nicht – der ist ganz in sich versunken, wird seinem Sohn immer ferner,
~~~~~

nimmt in Bekirs Augen nicht teil am Leben des Halbwüchsigen. Bekir erkundigt sich bei Händlern im großen Basar, ob er ihnen gegen Entgelt als Verkaufsgehilfe oder Bote behilflich sein könne – gerne engagieren sie ihn, er hat eine einnehmende Art, kommt bei Kunden gut an.

Doch es dauert nicht lange, und im Basar wird über ihn geflüstert: Es scheint ein offenes Geheimnis zu sein, dass Bekir, dieser gut erzogene Junge und heitere Helfer, ein Dieb geworden sein muss. Obwohl es gegen die Ehre eines jeden Laufburschen verstößt, der dort arbeitet, scheut Bekir sich anscheinend nicht, ab und zu in den Läden oder bei Botengängen Sachen verschwinden zu lassen. Immer wieder fehlt etwas, wenn er den Kunden erworbene Gegenstände bringen oder sie von einem Ladenbesitzer zum nächsten übermitteln soll. Nicht jedes Mal, aber doch regelmäßig. Wird Bekir gefragt, wo denn das seidene Tuch aus der Lieferung geblieben sei, der schmale Armreif oder der fein ziselierte kupferne Becher aus dem Regal, schaut er den Standbesitzer groß an, die Augen werden feucht, mit heiserer Stimme versichert er, dass er es nicht wisse, dass er niemals in ein Paket oder eine Tasche hineinschauen oder gar stehlen würde, jeder wisse doch, dass das eine Sache der Ehre sei. Er kann so überzeugen, dass die meisten denken, sie selbst hätten es verschusselt oder verlegt. Und niemand kann ihm je etwas nachweisen.

Im Alter von 16 Jahren ist Bekir zu einem Meister der Täuschung geworden. Er führt ein Doppelleben: das des gehorsamen, seinen Vater ehrenden Sohnes und fleißigen Schülers, der seine Prüfungen halbwegs erfolgreich ablegt. Aber auch das eines von halbseidenen Freunden umgebenen Herumtreibers, der mit kühner Dreistigkeit stiehlt und mit einem Lächeln im Gesicht lügt. Falls er ein schlechtes Gewissen hat, verbirgt er es gut. Auch vor sich selbst.

~~~~~

Als sein 18. Geburtstag bevorsteht, ruft sein Vater ihn zu sich. Seit Ahmet nicht mehr arbeitet, sitzt er fast den ganzen Tag in seinem kleinen Arbeitszimmer, versunken in dem Sessel, der nun viel zu tief für den doch so großen Mann erscheint. Er raucht schon lange keine Zigarren mehr und liest, wenn überhaupt, nur noch die Tageszeitung. Seine geliebten Bücher verstauben unbeachtet in Regalen oder schief gestapelt auf dem Schreibtisch. Sie interessieren ihn, der immer so wissbegierig gewesen war, nicht mehr. Meist starrt er vor sich hin, die Hände auf den Knien, still. Es ist, als sei mit Banu alles Leben auch aus ihm verschwunden. Als warte er.

Unwillig folgt Bekir der Aufforderung des Vaters. Er ist in den letzten drei Jahren zu einem gut aussehenden jungen Mann herangewachsen, wenn auch immer noch kleiner als seine Kameraden. Wenn er lächelt, ruft eine Zahnlücke zwischen den oberen Schneidezähnen jedem zu, dass er ein fröhlicher, harmloser, lieber Kerl ist. In der Schule ist er beliebt und anerkannt, er ist witzig, scheint stets gut gelaunt zu sein. Immer hat er Ideen, wie man Lehrer unbemerkt hinters Licht führen kann oder bei Klassenarbeiten schummelt. Erwischt wird er nie. Bekir gefällt es, wenn man ihn dafür bewundert.

Langsam begibt er sich in Ahmets Kammer. Noch immer riecht man den Rauch der unzähligen, hier zu heller Asche verbrannten Zigarren. Bekir kann nur noch wenig anfangen mit diesem Mann, der seit dem Tod seiner Frau kaum noch spricht, sich für nichts mehr zu interessieren scheint – auch
~~~~~

nicht dafür, dass die große Wohnung zusehends verkommt und das Geld nicht mehr reicht. Jedenfalls in Bekirs Augen, der es gewohnt war, dass man genug Personal hatte, häufig auswärts zum Essen ging, feierte und Gäste einlud. Das Dienstmädchen bleibt nur, weil es viel zu alt ist für eine neue Stelle und froh, dass sie in einer kleinen Kammer wohnen darf und ihr täglich Brot bekommt. Sie gehört zur Familie wie eine unverheiratete, geduldete Tante, die man kaum mehr wahrnimmt – außer wenn sie ihre Pflichten im Haushalt vernachlässigt. Etwas, das nun häufiger vorkommt.

Der Vater sitzt im Gegenlicht der untergehenden Sonne in seinem Sessel, die schwarze Silhouette leicht vornübergebeugt, wie ein aufmerksamer Zuhörer. Er atmet noch schwerer als sonst – schon lange ist er kurzatmig.

»Komm zu mir, Bekir«, sagt er seinem Sohn. Zu dessen Überraschung hält er dem Jungen die Hand hin. »Setz dich nah zu mir.«

Bekir zieht einen Stuhl heran, der Vater legt ihm seine Hand auf den Schenkel. Sie ist knochig, blauadrig und eiskalt. Bekirs Herz beginnt zu klopfen. Er kann sich nicht erinnern, dass sein Vater je so mit ihm gesprochen hat. Körperliche Nähe war ein Tabu, seit er elf Jahre alt war. Was wird sein Vater ihm sagen?

Leise Furcht kriecht in ihm hoch – hat der schwache, alte und seit Banus Tod häufig kranke Mann etwas gemerkt? Hat ihm jemand gesagt, was hinter vorgehaltener Hand im Basar geflüstert wird? Bekir schluckt. Ahmet ist der einzige Mensch auf der Welt, vor dessen Urteil er Angst hat. Vor ihm möchte er der gute, dankbare, gehorsame Sohn sein. Er schlägt die Augen nieder. Wartet auf seine Vernichtung.

Und sie kommt.

Greta. Der Roman

| 2017 |

Wütend klappt Greta das Laptop zu. »Boah, ich hasse diese Geschichte, ich komme nicht voran! Ich schaffe es nicht!!«, schreit sie die unschuldige Küchenwand an.

Seit Wochen müht sie sich ab mit diesem Roman namens »Fremdes Land«, der ihr literarisches Debüt werden soll, nachdem sie ihr langjähriges Engagement in der Kommunalpolitik aufgegeben hat. Hauptberuflich ist sie Übersetzerin für Italienisch und Französisch, wichtigste Kunden sind eine große Werbeagentur und eine internationale Weinhandlung. Die Idee, einen Roman zu schreiben, war in den letzten Monaten gereift. Es waren politische Ereignisse, die sie sehr beschäftigten. Deutschland musste seit 2015 eine Flüchtlingskrise bewältigen, Diskussionen um Abschiebung, Integration, Ausländerfeindlichkeit und Terrorgefahr dominierten die Medien. Ein Rechtsruck war in der politischen Landschaft zu beobachten – nicht nur in europäischen Nachbarländern wie der Schweiz, Ungarn, Polen oder den Niederlanden, auch in der Türkei bahnten sich unter dem neuen Präsidenten totalitäre Strukturen an. Greta plante einen Roman, der das Thema von gelungener oder nicht gelungener Eingliederung von Ausländern in unsere Gesellschaft als spannende Geschichte von Liebe und Leid erzählt. Um die schillernde Hauptperson herum möchte sie die Schicksale einer Gastarbeiterfamilie vor der

Folie gesellschaftlicher Gegebenheiten schildern. Dies jedoch mit den üblichen Zutaten kurzweiliger Bücher – Liebe, Leidenschaft, Verbrechen, Vergehen, Verrat. Doch erst allmählich schälen sich ihre Figuren heraus, noch weiß sie nicht, wohin die Reise des Handlungsstrangs sie führen wird.

»Ganz schön ehrgeizig, Madame Pulitzer!«, kommt ein Kommentar aus dem Wohnzimmer.

Anja, ihre Mitbewohnerin, zieht sie regelmäßig auf und weist auf 100.000 Neuerscheinungen von Büchern hin – und zwar jährlich, allein in Deutschland! Und Hunderte weiterer Manuskripte werden geschrieben und nie veröffentlicht.

»Bücher erwirtschaften allein in Deutschland sicher einen Milliardenumsatz. Und da willst du was zu beisteuern, ja? Mensch, Greta! So was zu schreiben dauert Jahre! Wie willst du das neben deinen Übersetzungen schaffen? Ich seh doch, wie du die halbe Nacht recherchierst. Schreib doch lieber was Lustiges – über mein Liebesleben zum Beispiel!«

Anja grinst so breit, wie ihre Hüften sind – die werden vom Herumlungern auf dem Sofa auch nicht schmaler. Aber Anja ist ein Phänomen: Sie wiegt über 85 Kilo, hat bis zur üppigen Taille reichende, dicke, feuerrote Haare und ist so was von rundherum zufrieden mit ihrem Leben, dass Greta fast die Krise bekommt. Denn Anja hat etwas, was Greta im Moment nicht im Überfluss besitzt: ein unerschütterliches Selbstbewusstsein und – man mag es nicht glauben – Liebhaber bis zum Abwinken. Und nicht mal üble – Greta ist jedes Mal sprachlos, wenn sie nachts im Flur oder morgens in der Küche auf einen gut gebauten Mittdreißiger in – im besten Falle – Boxershorts stößt, der derart zufrieden vor sich hin grient, dass man sich schon denken kann, wieso.

Neulich hat sie sich in drei schmerzhaften Sitzungen bei der Kosmetikerin einen permanenten Lidstrich verpassen lassen, damit sie halbwegs präsentabel ist, wenn zu nachtschlafener Zeit Herren im fortpflanzungsfähigen Alter ihren Weg auf dem heimischen Stäbchenparkett kreuzen. Sie trägt jetzt sogar ab und zu kurze Nachthemdchen statt ausrangierter T-Shirts mit ausgeleiertem Kragen – nicht gerade Negligés, doch durchaus reizvoll. Eigentlich ist sie gut in Schuss: Ihre Tochter sagte noch letzte Woche, dass manches junge Mädchen für solche Beine töten würde, und übersah charmanterweise, dass ihre Mutter um den Bauch herum in letzter Zeit einige Pfund zu viel aufzuweisen hat. Beim morgendlichen Blick in den Spiegel sieht Greta nach schlafarmen Nächten – all ihre Nächte sind schlafarm – eine mittelblonde, nicht sehr groß gewachsene Frau mit hellen grauen Augen, verquollenen Oberlidern, ein paar Krähenfüßen, Stirnfalten und platten Haaren. Manchmal seufzt sie und ist froh, dass sie seit fünf Jahren von Nahem nicht mehr scharf sehen kann – Altersweitsichtigkeit kann eine Gnade der Natur sein. Doch wenn sie nach dem Duschen ihren Stufenschnitt fluffig geföhnt hat, die Wimpern getuscht und die schön geformten Lippen nachgezogen hat, sieht Greta um einiges jünger aus, als sie ist. Wenn sie lächelt, wird ein Grübchen an der rechten Wange sichtbar. Ihr Ehemann Georg sagte ihr einmal, dass es dieses Grübchen war, das ihn seinerzeit fast um den Verstand gebracht hatte. Aber was nützt es?

Es ist über vier Jahre her, dass Greta in einen Abgrund stürzte. Georg, zwölf Jahre älter als sie, bekannter Bauunternehmer und prominenter Hauptsponsor des Eishockeyclubs, starb völlig unerwartet mit knapp 60 Jahren an einem geplatzten Aneurysma der Aorta, auf das ihn die besten Kardiologen der Stadt offenbar vergebens hingewiesen hatten. Denn es hielt ihn nicht davon ab, neben seinen blutdrucksenkenden Mitteln zu gewissen Anlässen aus funktionalen Gründen gewisse andere Tabletten einzuwerfen.

Allerdings nicht für Greta. Er starb in einem Kölner Puff. Wie sich herausstellte, war Georg dort und auch in anderen Etablissements Stammkunde gewesen. Greta setzte Himmel und Hölle und all ihre Kontakte in Bewegung, damit ihre drei Kinder nichts davon mitbekamen. Offiziell verschied ihr Gatte in einem Restaurant bei einem geschäftlichen Termin. Keiner zog das in Zweifel; auch die Presse, die groß über den tragischen Fall des großen Unternehmers, Familienvaters und Gatten einer über die Stadtgrenzen hinaus bekannten Kommunalpolitikerin berichtete, blieb bei der Version. Wie sich bald herausstellte, hinterließ Georg auch noch ein einjähriges Kind. Die Mutter des außerehelichen Nachwuchses war 26, stammte aus der Ukraine und war offensichtlich zielorientiert.

Greta ist grundsätzlich ein positiver, optimistischer Mensch – doch so etwas nagt durchaus am Selbstbewusstsein. Wenigstens musste sie für das Kind trotz angedrohter Klagen der Kindesmutter nicht aufkommen. Ihr eigener Nachwuchs – Tochter Stella inzwischen 19 und die Zwillinge Markus und Paul 21 – hatte nach den ersten schweren Jahren seinen Weg gefunden. Doch Gretas Selbstwertgefühl hatte arg gelitten. Ihr geliebter Georg, den sie mit 25 Jahren während eines Urlaubs auf Capri in einer Eisdiele kennengelernt hatte, weil beider Lieblingssorte Zitroneneis war – Georg, mit dem sie 23 Jahre zusammen gewesen war, den sie zu kennen dachte und der seine schöne, kluge Frau immer stolz präsentiert und zuvorkommend behandelt hatte, war ein höherer Fremdgänger gewesen. Nach seinem Tod stand sie mit drei pubertierenden Kindern da, die den Tod des Vaters zu verkraften hatten und mangels anderer infrage Kommender ihre Mutter für alles verantwortlich machten, was zu Hause, in der Schule, in der Liebe und überhaupt im Universum nicht klappte.

Ihre Söhne Markus und Paul – blond, blauäugig, durchtrainiert – studierten inzwischen Jura in Freiburg, sie war stolz auf die beiden. Als Kinder und junge Teenager hatten sie sich gestritten wie die Kesselflicker, Greta musste manchmal dazwischengehen, um medizinische Notfälle zu verhindern. Doch der plötzliche Tod ihres Vaters hat sie zusammengeschweißt, einer ist ohne den anderen kaum vorstellbar, auch ihre liebsten Hobbys – Mountainbiken, Hockeyspielen und Mädchen-an-der-Nase-herumführen, weil die sie nicht unterscheiden können – betreiben sie gemeinsam.

Vor drei Monaten hat auch ihr Nesthäkchen Stella als Letzte das Haus verlassen, um 100 Kilometer entfernt ihre Ausbildung zur Ergotherapeutin zu beginnen und dort mit ihrem Freund zusammenzuziehen. Auch wenn ihr Heim plötzlich schrecklich leer und still war und eine tiefe Traurigkeit über das Ende dieses Lebensabschnitts von ihr Besitz nahm – sie wusste, es war richtig so, es war der Lauf der Welt, da konnte man in einsamen Stunden so viele Tränen verdrücken, wie man wollte.

Sie liebte ihre Kinder über alles, keine Frage, aber sie gehörte nicht zu jenen Müttern, die schon beim Gedanken an ein Heim ohne den Nachwuchs Panikattacken bekamen und sich jeden Lebenssinns und -inhalts beraubt sahen. Sie hatte sie umsorgt, großgezogen und hoffentlich auch gut erzogen. Sie hatte ihnen ein geborgenes Zuhause geboten, wie es jede Mutter versucht – einschließlich abends vorlesen und Geschichten ausdenken, Ritterburgen oder Star-Wars-Raumschiffe bauen, Barbies an- und ausziehen, Weihnachtsplätzchen backen, Lateinvokabeln abhören und zu Elternabenden gehen, die sie angesichts sinnfreier Diskussionen über Basteleien für den Adventsbasar oder den Belag der Pausenbrötchen jedes Mal den letzten Nerv gekostet hatten. Sie war immer für die drei da gewesen, während ihr Gatte seinen Geschäften nachging und häufig auf Reisen war. Wie sie jetzt wusste, nicht immer allein.

Greta – sie war studierte Romanistin – hatte während der Ehe als freie Übersetzerin gearbeitet und sich in der Kommunalpolitik engagiert. Kurz vor Georgs Tod hatte sie bei der Stadtratswahl für eine Öko-Partei kandidiert, und die Parteikollegen und Medien rechneten ihr gute Chancen auf die Stimmenmehrheit aus. Wahlplakate mit ihrem Konterfei zierten damals die ganze Stadt – ihr Gesicht war fast jedem Bürger bekannt. Doch dann war sie aufgrund des Trauerfalls zurückgetreten, sie hatte nicht die Kraft gehabt für ein öffentliches Amt. Nach Stellas Auszug hatte sie das nach Georgs Tod noch vier Jahre für die Kinder erhaltene und nun viel zu verlassene und zu teure Familienheim für einen erfreulich guten Preis verkauft und war vom Stadtrand in ein angesagtes Viertel mit Kneipen, Galerien und szenigen Läden gezogen.

Greta ist wie zu Studentenzeiten wieder in einer WG gelandet – zumindest bis sie etwas anderes gefunden hat. Und das mit 52! Noch dazu mit Anja, einer durchgeknallten, übergewichtigen Schauspielerin aus Österreich, die sich aufführt wie eine Nymphomanin. Anja lebt – wie sie selbst sagt – »à la carte«. Mal halten ihre Bekanntschaften ein paar Wochen, mal nur eine Nacht. Greta wundert sich, wo sie die Typen immer auftreibt – Anja ist optisch nicht gerade ein Model, aber sie hat ein apartes Gesicht, ein freches Mundwerk und eine unglaublich laszive Art, ihre Kurven durch die Gegend zu bewegen. Wenn sie sich einen Kerl ausguckt, tendieren dessen Chancen, ihr zu entkommen, gegen null. Und sie haben offenbar Spaß mit ihr. Das ist unüberhörbar … Gretas Oma hatte über Rothaarige immer gesagt: »Wenn es im Dachboden rostet, ist der Keller feucht.« Erst jetzt begreift Anja die Schlüpfrigkeit des Satzes und muss lachen. So etwas von ihrer Großmutter!

Greta jedoch schläft alleine ein und wacht alleine auf. Seit etwa 1460 Tagen und Nächten. Nun ja, fast immer. Sie hat die Nase langsam voll.

»Was hast du denn bitte zu verlieren? Greif doch einfach mal zu und überleg nicht so viel! Mach dich mal locker, Greta! Das wird schon!«, ruft Anja ihr oft zu, wenn sie mal wieder jammert, dass die Männer doch alle doof seien. Doof heißt: zu dick, zu dünn, zu sportlich, zu unsportlich, zu blond, zu braun, zu ungebildet, zu überkandidelt, zu aufdringlich, zu zurückhaltend. Oder am schlimmsten: zu verheiratet. Und am allerallerschlimmsten: zu verlogen.

Greta weiß selbst nicht, was mit ihr los ist. Sie kennt viele Menschen, geht am Wochenende aus, trifft sich mit Freunden zum Essen, geht ins Kino. Sie ist keine Stubenhockerin, tanzt, wenn es sich ergibt, auf Partys und ist als Tischdame beliebt, weil man sich mit ihr glänzend unterhalten kann. Aber ein neuer Mann in ihrem Leben: Fehlanzeige. Sie verliebt sich einfach nicht mehr, bis auf das eine Mal. Als sei ihr Herz endgültig tot.

Wie lange hat sie um Georg geweint? Zwei Jahre? Oft aus Kummer und Schmerz über den Verlust ihres vertrauten Partners, aber häufig auch aus Wut und Hilflosigkeit. Der Kerl hat sie jahrelang betrogen, ein Kind mit einer jüngeren Frau gezeugt, und dann macht er sich aus dem Staub, und sie kann ihm nicht mal mehr die Leviten lesen. Oder ihn fragen: Warum? Warum hat er sie nicht einfach verlassen, so was kommt vor, dann hätte man geordnet auseinandergehen können. Sie wäre natürlich tief verletzt gewesen, aber darüber hinweggekommen. Aber so war da diese nagende Frage, diese chronische Leerstelle, die keiner füllen kann außer dem, den man nicht mehr fragen kann. Oder hat er doch nur sie geliebt, aber etwas »Entertainment« nebenher gebraucht?

»Feiges Arschloch«, denkt sie oft und hat dann ein schlechtes Gewissen, denn schließlich war Georg ja nicht freiwillig aus dem Leben geschieden; nur aus Blödheit. Dennoch: Was wäre ihr alles erspart geblieben!

Greta darf gar nicht darüber nachdenken, da steigt ihr die Galle hoch. Ihr Angetrauter hatte durch sein Ableben im Bordell nicht nur für lange Zeit ihren Glauben an Liebesschwüre und eheliche Treue erschüttert, sondern offensichtlich irgendwas noch Nachhaltigeres mit ihrem Gefühlshaushalt angestellt. Irgendwie gibt sie ihm auch die Schuld an dem, was ihr danach widerfuhr.

Dabei mangelt es ihr nicht an tauglichen Verehrern.

Georg war noch nicht ganz unter der Erde, da klingelten an der Haustür die ersten Herren mit Blumensträußen, die weit über das hinausgingen, was man einer trauernden Witwe zum Trost bringt. Jedenfalls fand Greta die 33 roten Rosen, die ihr ein jung-dynamischer Architekt strahlend hinhielt, etwas übertrieben. Irritiert war sie von einem überdimensionierten Keramiktopf mit einer Yuccapalme, der eines Morgens in Folie verpackt vor ihrer Tür stand und dessen edler Spender sich selbstbewusst nur mit den Initialen »T. K. – in tiefer Verehrung« zu erkennen gab. Sie hatte keine Ahnung, wer das war, und stellte angesichts der scheußlichen Pflanze auch keine weiterführenden Nachforschungen an. Auch dass ihr ein schon etwas betagterer Autor gleich einen ganzen Gedichtband widmete, war zwar schmeichelhaft, aber zugleich etwas peinlich. Es wusste doch hoffentlich keiner, dass sie mit der Widmung auf der ersten Seite gemeint war?

»Für G., meine Zuckerschnecke. Für immer.«

Zuckerschnecke! Dass er sie immer so nannte, war ja irgendwie süß, aber musste das denn gleich jeder lesen, der sich für Poesie erwärmt? Gott sei Dank waren das im Falle dieses Dichters nicht gerade viele. Zuckerschnecke!

Bekir. Rabenkind

| 1984 |

Der Abgrund, in den Bekir stürzt, ist bodenlos. Wieder erlöscht ein Licht, nach dem Tod von Banu das zweite schon in seinem kurzen Leben – diesmal eines, das er für unlöschbar hielt. Er findet sich wieder in einer Dunkelheit von nicht endendem Ausmaß.

»Was, baba?« Bekir ist so bleich, dass sein Gesicht im nun dämmrigen Zimmer grünlich leuchtet. Seine Finger hat er in seine Hose verkrampft; er spürt nicht, wie die Fingernägel durch den Stoff in sein Fleisch dringen.

»Baba? Was hast du da gesagt? Ist das wahr?«

Ahmet schluckt, er atmet nun noch schwerer, seine Stimme ist fast unhörbar leise. Lautlos laufen Tränen über sein zerfurchtes Gesicht.

»Ja, oğul. Ja, mein Junge. Es ist die Wahrheit.«

In dem Moment zerspringt Bekirs Herz in tausend Teile. Er kann nicht atmen, hält die Luft an, wartet, ob es wieder schlägt. Oder wäre es ihm lieber, es würde für immer stehen bleiben?

Als die Teile sich langsam wieder zusammengesetzt haben, ist er ein anderer. Jener Bekir, der er einst war – das zärtliche Kind, das auf dem Schoß der Mutter in ihrem Haar vergraben einschlief, der Junge, der bewundernd an den Lippen seines klugen Vaters hing und ihm alles recht machen wollte –, existiert endgültig nicht mehr. Er ist ganz kalt. Nur tief in ihm verborgen, umfangen von einer festen Schale, ist noch ein weicher Teil. Eine Muschel, fest verschlossen.

~~~~~

Am nächsten Morgen – ein Sonntag – hört Bekir, wie Alina aufheult. Er muss gar nicht hingehen, um zu sehen, warum.

Nur ein paar ehemalige Geschäftspartner und einige Freunde aus Banus Lebzeiten kommen, um sich von Ahmet zu verabschieden. Alina, das Gesicht verweint, sorgt für Tee und Gebäck und hat einige Meze, Vorspeisen, vorbereitet. Die Besucher sprechen Bekir ihr Beileid aus. Er kennt kaum einen von ihnen, es ist lange her, dass Besuch in der Wohnung empfangen wurde.

Einen Tag später wird Ahmet abgeholt und in der Moschee aufgebahrt. Nach der Waschung durch den Hoca, den Geistlichen, wird er in ein weißes Tuch gewickelt und in einen Sarg gebettet. Nur wenige Gäste folgen dem Trauerzug zum Zincirlikuyu-Friedhof im Bezirk Şişli. Der Tradition entsprechend wird der Vater in dem weißen Tuch in die Erde gelegt. Zurück bleibt ein leerer Sarg. Und Bekir.

Wie betäubt steht er dort, reglos.

Ein älterer Mann nimmt ihn in seinem Auto mit und setzt ihn vor der Wohnung ab. Die Fahrt dauert lange, die Straßen sind wie an jedem Werktag verstopft. Der Verkehr wird immer unerträglicher. Bekir spricht kein Wort, nickt dem Mann zum Abschied nur kurz zu. Er steigt aus, geht die kleine Treppe bis zur Haustür, schließt auf und geht zu ihrer Wohnung im ersten Stock. Er dreht den großen Schlüssel zweimal um, dann steht er im Flur. Er schließt die Tür hinter sich, es
~~~~~

ist totenstill. Er ist allein. Alina hatte am Morgen ihre Tasche gepackt, Bekir unter Tränen lange umarmt und wortlos die Wohnung verlassen. Er hat nicht gefragt, wo sie hingeht.

Bekir fällt auf die Knie, legt den Kopf auf den kalten Boden, kreuzt die Hände über seinem Hinterkopf und weint, wie er noch nie im Leben geweint hat. Die Tränen, die seit Banus Tod darauf warten, geweint zu werden, stürzen ungehemmt hervor. Er schluchzt, bis der Hals rau wird und schmerzt, er heult und würgt, bis in seinem Körper keine Flüssigkeit mehr zu sein scheint, die für eine letzte Träne reicht.

Dann ist es gut. Als er aufsteht, besteht er nur noch aus Wut. Nie wieder wird er zulassen, dass der Schmerz ihn packt. Das schwört sich der kleine, schmale junge Mann. Er verschließt die Muschel in seinem Inneren wieder.

~~~~~

Ihm bleibt nicht mehr viel Zeit.

Noch bevor er volljährig wird, muss er dem vom Vater gestellten Antrag auf Familiennachzug nachkommen. Sonst wird die Auswanderung schwierig. Und er bliebe allein auf der Welt. Er hat niemanden hier, keine Verwandten, nur lockere Freundschaften. Banu, deren Vorfahren aus Persien stammten, hatte einen jüngeren Bruder – Navid –, der bereits im Säuglingsalter verstorben war. Ahmet war ein Einzelkind. Es gab keine Tanten und Onkel mehr, keine Cousins und Cousinen. An Großeltern konnte Bekir sich nicht mehr erinnern. Aber das war auch einerlei. Es war nicht seine Familie. Sie hatten ihn belogen, verraten, hinters Licht geführt. Alle. Er war nicht ihr Kind. Er war ein Rabenkind.
~~~~~

Ein Kind, das seine wirklichen Eltern nicht haben wollten. Sie hatten es an jemanden verschenkt, der sich sehnlichst einen Nachkommen wünschte. An jemanden, dessen Frau ihm keinen schenken konnte. Ahmet. Er hatte Tarık, einen einfachen, jungen Landarbeiter, kennengelernt, als er vor über zwei Jahrzehnten in Malatya nach einem geeigneten Gelände für eine neue Textilfabrik suchte. Tarık hatte ihm erzählt, dass er gern in ein anderes Land gehen würde, von dem ihm Kollegen erzählt hatten – dort suche man fleißige Leute, es gäbe gut bezahlte, regelmäßige Arbeit, Wohnungen aus solidem Stein, sogar fließendes Wasser, im Winter sei es in den Häusern warm, alle Kinder könnten in die Schule gehen und erhielten eine Ausbildung. Almanya heiße das Wunderland. Er könne dort als Gast arbeiten, das sei möglich, er hatte gehört, dass die türkische Regierung sich sogar freue, wenn die vielen Landsleute anderswo arbeiten und gutes Geld verdienen würden. Vielleicht könne seine Familie irgendwann nachkommen und sie würden für immer bleiben in diesem reichen Land. Er habe eine Frau und vier Kinder, fast jedes Jahr käme eins dazu, jetzt sei es mal genug. Ahmet wurde nachdenklich.

»Wenn du noch ein Kind bekommen solltest – ich nehme es gerne, denn meine Frau Banu und ich wurden nicht mit Kindern gesegnet. Wir würden es lieben wie unser eigenes, es wird ihm an nichts fehlen, das versichere ich dir. Und ich helfe dir, damit du in dieses Land gehen kannst, ich habe gute Kontakte zur Anwerbekommission. Die Arbeiter, die in dieses Land dürfen – nach Deutschland –, werden vorher in Istanbul in einer Prüfungsstelle untersucht und ausgewählt. Das schafft nicht jeder, doch ich bin sicher, dass sie dich nehmen, du bist jung, gesund und kräftig. Und wenn es dir gefällt und du den Mut hast, länger dort zu bleiben, kannst du später deine Familie nachholen.«

Tarık hatte ihn erschrocken angeschaut. Ein Kind weggeben? Das war zwar nicht unüblich, wenn die Gegebenheiten es erforderten, beispielsweise schwere Krankheit oder der Tod eines Elternteils. Doch ein Kind an jemanden geben, der nicht zur Familie gehörte? Das war ein schlimmer Gedanke. Er dachte an die schiefe Hütte in Kürecik, das Geplärre, den ewigen Hunger, die dürren Ziegen und die Kälte im Winter, an das in der Armut mürrisch und vor der Zeit alt gewordene Gesicht seiner Frau Sema. Er dachte an steinerne Wohnungen, in denen es warm wurde, an eigene Schlafstätten für jedes Familienmitglied, an gute Mahlzeiten und ein Leben ohne Kampf und Zankereien. An eine gute Zukunft für seine Kinder, auch wenn diese in der Fremde – gurbet – lag. Er sah den groß gewachsenen, vornehmen älteren Mann mit den gütigen Augen lange an. Sein Kind würde es dort gut haben, das wusste er.

Dann gab er Ahmet die Hand: »Ich verspreche es dir. Wenn wir noch ein Baby bekommen, bringe ich es dir.«

~~~~~

Ahmet, der den ganzen Tag so untätig in seinem Sessel zu sitzen schien, hatte alles für Bekir vorbereitet. Er wusste seit Längerem, dass ihm nicht mehr viel Zeit auf der Erde beschieden war, die Ärzte hatten ihm keinerlei Hoffnung gemacht. Sein Herz schlug nur noch unwillig, seine Lunge war stark angegriffen. Es machte Ahmet nichts. Aber er wollte nicht, dass sein einziges Kind, sein geschenkter Sohn, allein zurückblieb. Er musste ihm sagen, dass er eine Fami-
~~~~~

lie hatte – eine jüngere, lebendige, große Familie. Seine wirkliche Familie. Sie lebte seit 18 Jahren in Deutschland.

Ahmet fragte sich in seinen letzten Wochen oft, ob es Unrecht gewesen war, diesen Jungen anzunehmen, wo Banu und er doch nicht mehr die Jüngsten waren. Er zählte damals schon 58 Jahre. Aber hatten sie Bekir nicht geliebt, wie man nur ein Kind lieben kann? Hatten sie ihm nicht die beste Erziehung geboten und ein schönes Heim gegeben? Ihm alles ermöglicht? Wer konnte ahnen, dass Banu sterben würde, bevor Bekir im Leben Fuß gefasst hatte?

Ahmet war sehr wohl aufgefallen, dass sein Sohn sich seit ihrem Tod verändert hatte. Er hatte bemerkt, dass Bekir nach der Schule oder seinem Training im Fußballverein manchmal nach Hause schlich, damit der Vater ihn nicht hörte. Er hatte gesehen, wie er mit einem Beutel in der Hand rasch in seinem Zimmer verschwand und ohne wieder herauskam, um erst dann seinen baba zu begrüßen. Er hatte sich gewundert, wenn sein Sohn modische Kleidung trug, die er ihm nicht bezahlt hatte. Aber er hatte nie gefragt. Das verbot ihm sein Stolz. Vielleicht hatte er auch Furcht, ihn zu fragen. Vielleicht hatte er die Augen vor dem verschlossen, was trotz all der Lehren, die er seinem Sohn über Wahrheit und Lüge, Ehre und Anstand gegeben hatte, in ihm gewachsen war. Es ist nur vorübergehend, es liegt an der Trauer um die Mutter, es ist jugendlicher Übermut und Rebellion – so hatte Ahmet gedacht, bevor sein Teeglas ihm aus der Hand fiel und sein Herz in dem alten, braunen Sessel ein letztes Mal schlug.

In dem zehnseitigen Brief, den der Vater seinem Sohn auf seinem Schreibtisch zurückgelassen hat, steht alles. Er schreibt vom erforderlichen Visum, dessen Beantragung er bereits in die Wege geleitet hat, und erklärt, wo Bekir es abholen muss; er berichtet von Stillhalteklauseln zwischen Deutschland und der Türkei und erklärt, dass ausreisewillige Familienmitglieder keinen Sprachnachweis brauchen. Er sagt, wo der Sohn anrufen soll wegen des Flugtickets, es ist bereits bezahlt. Er schreibt ihm die Adresse und die Telefonnummer seiner Verwandten in Deutschland auf und rechtfertigt sich ausführlich, wieso Banu und er ihn vor fast 18 Jahren von Fremden angenommen und ihm nie etwas davon erzählt haben; er verteidigt Bekirs leibliche Familie, die so bitterarm und verzweifelt war, dass sie ihre Heimat verlassen hat und dann in dem fremden Land geblieben ist. Und die sich nun freuen würde, ihren verlorenen Sohn und Bruder wieder bei sich zu haben.

Bekir überfliegt es ungeduldig. Dann endlich kommt die Information, die er dringend braucht: die Kombination für den kleinen Tresor, der in die Wand hinter Ahmets schwerem Bücherregal eingebaut ist.

Greta. Desdemonas Schicksal

| 2017 |

Greta sitzt im kurzen, weißen Schlaf-Shirt, mit Shorts und nackten Füßen am kleinen, runden Küchentisch und sieht den winzigen Fruchtfliegen zu, die sich über die Bananen im Obstkorb hermachen. Könnte man auch mal essen. Oder wegwerfen.

Sie ist zu träge, um aufzustehen. Sie denkt nach. Ihr ist offenbar etwas abhandengekommen, was sie immer zuverlässig begleitet hat: ein unerschütterlicher Optimismus und der Glaube, dass das Leben trotz aller Rückschläge noch viel Schönes zu bieten hat. Resignation gehörte nie zu ihrem Wesen, nun wird sie viel zu oft zu ihrem Gefährten. Sie muss etwas dagegen tun.

Draußen nieselt es, aber bald soll die Sonne durchkommen, das verspricht ihre Wetter-App. Vor dem Fenster beugen sich träge die Äste einer alten Weide. Es ist noch keine sechs Uhr am Morgen. Seit Stella aus der Schule ist, hätte sie länger schlafen können – aber das mit dem Schlaf und ihr war so eine Sache. Es klappte einfach nicht mehr seit Georgs Tod und dem Schlamassel, der sie anschließend noch einmal aus der Bahn warf. Obwohl ihr Leben seit geraumer Zeit wieder in ruhigen Gewässern fließt, wird es nicht besser. Sie schläft zwar inzwischen gut ein, aber gegen drei, vier Uhr ist Schicht. Sie wird wach wie angeknipst und findet nicht mehr in den Schlaf zurück.

»Meine Liebe, das sind die Wechseljahre«, sagte ihre Freundin Susanne neulich grinsend. »Das geht uns allen so – wir können eine WhatsApp-Gruppe gründen und nachts chatten. Da sind alle wach!«

Außer Anja. Die hat vielleicht einen gesegneten Schlaf! Okay, sie arbeitet abends, kommt sehr spät aus dem Theater und ist zudem häufig »nachtaktiv«. Vor zwölf Uhr mittags kommt sie selten aus ihrem Zimmer angeschlappt. Dann hat sie die mieseste Laune der Welt, am besten spricht man sie nicht an, bevor sie den ersten Kaffee getrunken hat. Es sei denn, einer der Herren ist noch da. Dann schnurrt sie wie ein Kätzchen um ihn herum, werkelt zwischen Kühlschrank und Spüle und bringt ihm mit viel Tamtam einen Milchkaffee oder grünen Tee an den Tisch. Phänomenal. Die Schauspielerei ist der absolut passende Beruf für sie.

Sie kann einfach alles spielen. Greta war skeptisch, als ihre Freundin in der neuen Saison die Desdemona in Shakespeares »Othello« spielen sollte – sie ist eigentlich viel zu alt für die Rolle und wiegt sicher 25 Kilo mehr als Othello, der von einem einen Kopf kleineren und mindestens zehn Jahre jüngeren Hänfling verkörpert wird, der jedoch Shakespeare-gemäß zumindest von dunkler Hautfarbe ist. Die Gedankengänge des Regisseurs (hat sie ihn nicht auch schon mal nachts im Flur gesehen?) konnte sie beim besten Willen nicht nachvollziehen, die üppige Anja im Nachthemd als frommer Unschuldsengel entzog sich ihrer Vorstellungskraft.

Doch die Rechnung des Regisseurs geht auf. Bei der Premiere entpuppt sich der kleine »Mohr von Venedig« alias Othello als ein Temperamentsbündel ersten Ranges, sein von allerlei Verrenkungen begleiteter Tobsuchtsanfall angesichts Desdemonas angeblicher Untreue lässt sogar Anja erbeben. Und das nicht mal gespielt. Sie wiederum gibt die zu Unrecht des Ehebruchs beschuldigte Liebende mit einer Hingabe und Zartheit, die man ihr nicht zugetraut hätte. Ihr inständiges Flehen um nur noch eine Nacht Leben und ein letztes Gebet spricht sie mit bebender Stimme derart leise, dass man im Zuschauerraum eine Ameise hätte atmen hören können. Das Publikum ist vollkommen gebannt. Als der Vorhang schließlich fällt, herrscht weiterhin Stille. Entsetzlich lang erscheinende Sekunden klatscht niemand. Dann bricht ein Beifallssturm los, der sich in tosenden Jubel verwandelt, als Anja in ihrem langen weißen Gewand nach vorne tritt und sich demutsvoll verbeugt.

Greta sitzt in der zweiten Reihe und heult Rotz und Wasser. Heult vor Stolz auf ihre Freundin, heult vor Rührung über Desdemonas tragisches Ende und heult aus Selbstmitleid, weil in ihr all das verlorene Glück und all der Schmerz einer gekränkten Frau wieder hochkommen. Als der Beifall nach zig Vorhängen endet und das Publikum nach draußen strömt, tupft sie sich vorsichtig die Tränenreste aus den Augenwinkeln und beschließt, dass es jetzt reicht. Endgültig. Die Heulerei um verlorene Lieben und Träume, verlogene Kerle und ein Leben, das es längst nicht mehr gibt, ist doch völlig sinnlos.

Greta hasst Selbstmitleid, und gerade hatte sie eindeutig wieder so eine Attacke. Hat ihre Freundin Susanne nicht noch gestern gesagt, sie solle stolz auf sich sein, weil sie nach Georgs Tod und dem Mist danach alles allein recht gut hingekriegt hat, die Kinder wohlgeraten sind und sie einer Arbeit nachgeht, die ihr Spaß macht? Und dass sie außerdem doch noch verdammt attraktiv ist?

Susanne, genannt Suzie, ist in ihrem Trio so etwas wie die Instanz der Ruhe und Vernunft. Anja, Suzie und sie kennen sich seit 15 Jahren aus einem Schwimmkurs für Kleinkinder. Anja – man glaubt es kaum – war die Schwimmlehrerin, da sie von ihren damals noch seltenen Engagements kaum leben konnte. Sie blieb kinderlos. Suzie ist seit Längerem ebenfalls unbemannt, sie hat sich schon vor Jahren von ihrem Gatten getrennt, weil sie ihn schlicht langweilig fand und sich Hals über Kopf in den Klassenlehrer ihrer ältesten Tochter verliebt hatte. Das war damals ein kleiner Skandal, die ganze Grundschule kannte monatelang kein anderes Thema. Auch der Lehrer ließ sich scheiden, aber die Beziehung hielt keine zwei Jahre.

Seitdem treibt Suzie sich auf allerlei Dating-Portalen herum, ohne dass sich je auch nur ein Kandidat als halbwegs geeignet für eine ernsthafte Partnerschaft mit ihr herausgestellt hätte, doch sie sieht das vollkommen entspannt – manchmal hat Greta den Verdacht, dass diese Dates mit Unbekannten für ihre Freundin Versuchsanordnungen sind, die sie anschließend analysiert und sich dabei köstlich amüsiert. Suzie ist Physikern, ist wahrscheinlich eine Berufskrankheit. Ab und zu stellt sie Greta einen der Herren vor in der Hoffnung, dass es vielleicht bei ihr passen würde. Aber bislang hat es bei keinem gefunkt, auch wenn die andere Seite schon mal Interesse bekundet hatte.

Auf der Feier herrscht ausgelassene Stimmung. Im Foyer klingen die Gläser, gerade hat der Intendant wie nach jeder Premiere eine kleine Ansprache gehalten und der Reihe nach den Regisseur, Kostüm- und Bühnenbildner sowie die Darsteller nach vorne gebeten. Anja trägt nun ein mokkabraunes, enges Samtkleid mit einem Ausschnitt, der wenig bis nichts verbirgt. Andere Frauen mit ihrer Figur würden darin wirken wie eine Wurst in der Pelle – aber Anja sieht hinreißend aus. Sie strahlt, wie nur Sieger strahlen können, und nimmt die Huldigungen des Publikums entgegen wie eine Königin, die weiß, was ihr zusteht. Greta schüttelt lächelnd den Kopf – ihre Freundin ist unglaublich, sie bewundert sie rückhaltlos für ihr Selbstbewusstsein und die Selbstverständlichkeit, mit der sie durchs Leben geht und alle Hindernisse anscheinend mühelos meistert. Sie bemerkt nicht, dass jemand hinter ihr steht.

»Dein Glas ist leer. Darf ich dir noch einen Weißwein bringen?«

Greta dreht sich um. Und erstarrt.

| 1984 |

Bekir nimmt den Brief seines Vaters und geht zum Bücherregal, stolpert fast über das große, lederne Kissen, das achtlos auf dem Boden liegt. Er räumt Ahmets Bücher zur Seite, wagt nicht, sie einfach hinzuwerfen, sondern legt sie ordentlich auf den Schreibtisch neben das gerahmte Hochzeitsfoto von Banu und Ahmet. Sie schauen so ernst, so feierlich. Als ahnten sie, dass ein Unvermögen, eine gottgewollte Unmöglichkeit, ihre Ehe überschatten würde, auch wenn das an ihrer Zuneigung und gegenseitigen Achtung nie etwas ändern würde.

Rasch wendet sich Bekir von dem Foto ab. Der in die Wand eingelassene Tresor ist klein. Er tippt die von Ahmet notierten Zahlen ein, dreht wie angewiesen rechts-rechts-links-rechts. Nichts passiert. Er versucht es erneut – nichts.

Bekir treten Schweißperlen auf die Stirn. Wie viele Versuche hat er? Drei? Fünf? Oder unzählige? Er muss sich erst beruhigen, denkt er, nicht so hastig sein. Er wartet eine Minute. Atmet langsam ein und aus. Dann gibt er die Kombination erneut ein, dreht den runden Knopf sorgfältig. Dann das erlösende Geräusch – die Tür entriegelt sich und schnappt einen Spalt breit auf.

Auf dem grünen Filz im Inneren des Tresors liegen zwei Umschläge und eine rotlederne Schatulle. Im ersten Umschlag sind Urkunden und Zeugnisse, die Bekir während der Schulzeit erhalten hat. Mit elf hatte er den Wettbewerb seiner Jahrgangsstufe im Kopfrechnen gewonnen. Er erinnert sich, wie stolz Banu war, sie hatte den Arm um ihn gelegt, sich zu ihm heruntergebeugt, ihre Stirn an seine gelegt und geflüstert, welch ein Segen es war, dass so ein begabter Junge zu ihnen gekommen war und dadurch eine höhere Schule besuchen konnte. Damals hatte er den Satz nicht verstanden – wieso hätte er nicht zur Schule gehen sollen?

Im zweiten Umschlag sind ein paar Fotografien. Bekir sieht sie sich an. Wer sind diese Menschen? Auf einem gestreiften Sofa in verwaschenen Orange- und Brauntönen sitzt ein kleiner Mann mit lichtem Haar, großem Schnauzbart und freundlichen Augen, neben ihm eine dickleibige Frau in einem langen, unförmigen Kleid, ihr gemustertes Kopftuch ist locker gebunden und wirft an der Stirn Schatten über ihr Gesicht. Rechts und links und davor auf dem Boden lümmeln sechs Jugendliche, die beiden Jüngsten hocken schief auf der Lehne. Ahmet zählt drei mehr oder weniger erwachsene Jungen in weit offenen Jeanshemden und Sporttrikots eines ihm unbekannten Fußballclubs sowie drei Mädchen in hellen Blusen und dunklen Röcken; zwei sind noch Kinder, eine ist jedoch schon eine junge Frau. Auch sie trägt ein Kopftuch, ein paar schwarze Locken quellen vorwitzig darunter hervor. Hübsch ist sie. Erwartungsvoll blicken ihre auffallend großen Augen in die Kamera. Die Ecke eines plumpbeinigen, niedrigen Holztisches ist sichtbar, hinter dem Sofa an der Wand hängt auf groß gemusterter Tapete ein schwarzweißes Bild mit dem Antlitz von Mustafa Kemal Atatürk. Keiner lächelt in die Kamera – typisch für Menschen, die so gut wie nie fotografiert werden.

Noch bevor Bekir das Foto umdreht, um zu sehen, was auf der Rückseite steht, ahnt er, wer diese Leute sind. In seiner kleinen Schrift hat Ahmet hinten notiert: Tarık und Sema mit Yade, Cengiz, Baran, Timur, Meltem und Özlem. Hagen, 1978.

Die Aufnahme ist bereits vor sechs Jahren entstanden, eine weitere ist noch ein paar Jahre älter, 1971 ist darauf notiert. Da steht die dickliche Frau in einem Vorgarten und hält ein Baby im Arm, ein Kleinkind lehnt sich an sie. Sie sieht nicht glücklich aus, ihre Lippen sind zu einem Strich zusammengekniffen.

Ein anderes Bild, gelblich verblichen, zeigt eine karge, felsige Landschaft, in deren Mitte sich ein paar Behausungen aus Lehm und Steinen zusammendrängen, Hütten eher denn Häuser. Dürre Ziegen weiden im ebenso dürren Gras. Es ist ebenfalls beschriftet: Kürecik, 1966.

Bekir lässt die Fotos sinken. Das also ist seine echte Familie. Geschmacklos gekleidete Leute in einem schäbigen Wohnzimmer. Und so sieht seine gebürtige Heimat aus. Kürecik. Ein kümmerliches Dörfchen im tiefsten Osten von Anatolien.

Bekir, der sich doch gerade erst geschworen hat, dass ihm keiner mehr Schmerz zufügen darf, verlässt aller Mut. Angst umkrallt sein Herz. Ihm ist kalt. Erst jetzt wird ihm bewusst, was die Geschehnisse und Offenbarungen der letzten drei Tage zu bedeuten haben. Er hat nicht nur jene Menschen verloren, die ihm Vater und Mutter waren, die er liebte und achtete. Er hat auch die fundamentale Zuversicht, das bedingungslose Vertrauen verloren in jene, die ihm am nächsten standen. Sie hatten mit einer Lüge gelebt, 18 Jahre lang. Wann wohl hätten sie es ihm gesagt, hätte er es je erfahren?

Und noch viel mehr hat er verloren: sein Zuhause. Seine wahre Heimat, die er nun verlassen soll: Istanbul. Seine

Freunde, seinen Sportverein, seine Straßen, Gassen und Winkel. Seinen Basar. Und seinen geliebten Fluss, diesen herrlichen, breiten, dunkelblauen, grünen und ganz selten sogar türkisfarbenen Strom mit seinen Brücken und Lichtern, der ihm immer wie ein Ozean erschien. Es ist dunkel jetzt in Bekirs Welt.

~~~~~

Fünf Tage später verlässt er für immer die Wohnung an der Dereboyu Caddesi. Noch einmal durchstreift er die Zimmer, setzt sich auf den Küchenstuhl direkt am Fenster, auf dem er immer saß und auf die gepflasterte Straße, die Linde und die Geschäfte gegenüber hinuntersah, betrachtet im Wohnzimmer die bemalten Dosen und Figürchen auf der Anrichte, sieht das breite Sofa und den eleganten Diwan, auf dem Banu abends so gerne eine ihrer Zeitschriften las; er legt im Büro die Hand lange auf die Lehne des ledernen Sessels seines Vaters, nimmt das silbern gerahmte Hochzeitsbild von Banu und Ahmet vom Schreibtisch und birgt es wie einen Schatz an seine Brust. Ahmet hat die Wohnung verkauft, der Erlös war neben den Eheringen und Banus Schmuck in einer Schatulle gewesen: ihre goldene Halskette mit der schweren antiken Münze, ihre fein gearbeiteten Armreifen, die Perlen und ihr geliebter, herrlicher Smaragdring. Dies war Bekirs Erbe, sein Start in die Zukunft im fremden Land.

Bekir ist sehr blass, die dunklen Locken hat er sich entgegen der Mode ganz kurz schneiden lassen. Tapfer schleppt er den schweren Koffer und eine große Tasche zu dem Wagen, der ihn zum Flughafen bringen soll. Die Fahrt dorthin kommt ihm unendlich lange vor.
~~~~~

Er legt sein Ticket auf den Schalter, als hätte er es schon viele Male getan, obwohl sein Herz klopft. Verständnisvoll blickt die Dame der Fluggesellschaft ihn an. Es ist nicht schwer, die Furcht in seinen grünen Augen zu lesen. Er ist nicht der Erste und er wird auch nicht der Letzte sein, der in die kalte Fremde geht. Immerhin fliegt er.

Zum ersten Mal im Leben steigt Bekir in ein Flugzeug. Seine Angst ist einer erwartungsvollen Aufregung gewichen, eine unbekannte Abenteuerlust ergreift ihn. Er wird fliegen! Er wird zum ersten Mal im Ausland sein! Er wird seine Familie kennenlernen! Er hat Brüder und Schwestern! Nichts wird mehr sein wie vorher, nun ist er Herr über sein Leben.

Als er fünf Stunden später aussteigt, gibt es Bekir nicht mehr. Er hat ihn abgelegt wie eine Schlange ihre Haut. Aus Trotz, aus Verletzung, aus Wut und in der Gewissheit, dass nun sein richtiges Leben beginnt. In seinem Pass stehen zwei weitere Vornamen, sie wurden nie als Rufnamen genutzt, bislang wurde er von allen Bekir genannt. Diesmal wird der Junge, von dem es keine Geburtsurkunde gibt, sich selbst aussuchen, wie er genannt werden möchte: Kaan. Sein zweiter Name. Es bedeutet »der Herrscher«.

»Kaan«, flüstert er unhörbar, »das gefällt mir.«

Greta. Desdemonas Schicksal II

| 2017 |

Greta hört nicht, wie ihr im Theaterfoyer das Glas aus der Hand fällt. Der Teppichboden – er ist von einem dunklen Blutrot – schluckt das Geräusch, um sie herum ist fröhliches Geplauder und lautes Gelächter, seit Langem wurde keine Premiere mehr so gefeiert wie der heutige Othello mit ihrer Freundin Anja in der weiblichen Hauptrolle. Vor ihr geht ein Mann in die Knie, hebt das Glas auf und schaut zu ihr hoch. Er hat unglaubliche, grün schillernde Augen.

»Nein«, ruft Greta lautlos, ihre inneren Organe scheinen nach unten gesackt zu sein, sie kann kaum atmen, ihr Puls schlägt rasend schnell.

Sie dreht sich um, so rasch es ihre hohen Absätze und der enge, knielange Rock erlauben, und eilt Richtung Ausgang. Ihre Jacke lässt sie in der Garderobe hängen; Anja wird sie ihr mitbringen, das ist kein Problem. Vor der Tür reihen sich in einer langen Schlange schon die wartenden Taxen hintereinander auf der Straße. Sie reißt die Türe des ersten Wagens auf und steigt etwas atemlos hinten ein. Erst als sie dem Fahrer ihre Adresse genannt hat und dieser etwas sauer reagiert, weil die Strecke kurz und nicht lukrativ ist, fällt ihr ein, dass sie doch mit dem Auto gekommen ist. Es steht im Parkhaus neben dem Theater. Sie hatte es völlig vergessen.

»Ähm, Entschuldigung. Ich muss wieder aussteigen.

Ich habe meine Jacke hängen lassen«, lügt sie kleinlaut den Fahrer an, der noch keine hundert Meter gefahren ist.

»Is nicht Ihr Ernst, junge Frau. Ich hab mich schon gewundert, wieso Sie nicht mal ´ne Handtasche mithaben.«

Das darf doch nicht wahr sein! Auch die hat sie auf dem Boden stehen lassen, als sie einer Bekannten das Programmheft gegeben und sich länger mit ihr unterhalten hat, und sie dann vor Schreck vergessen. Sie stottert irgendwas von Premiere, bester Freundin, Aufregung und Stress. Der Taxler guckt genervt in den Rückspiegel und dann etwas wohlwollender, weil die aufgeregte Dame, die er dort sieht, wirklich recht verzweifelt zu sein scheint.

»Es tut mir echt leid, ich bin heute total verpeilt«, sagt sie und lächelt entschuldigend. Er dreht und setzt sie da ab, wo sie eingestiegen ist. Greta schlängelt sich von der Rückbank, zieht ihren Rock herunter und steigt nochmals Entschuldigungen murmelnd aus. Ist ja schon peinlich, dass sie nicht mal ein paar Euro hat für den netten Fahrer, der sich nun wieder ganz hinten anstellen muss.

Vor dem Eingang des Theaters steht ein auffällig gekleideter Mann. Er trägt einen feinen, jedoch etwas weiten dunkelblauen Dreiteiler, dazu ein weißes Hemd mit scheinbar achtlos gefälteltem, großem Einstecktuch. Der Vollbart ist grau meliert, das Haar nach hinten gekämmt. In der Hand hält er eine kleine Damenhandtasche aus schwarzem Satin, vier Buchstaben hängen glitzernd vom Griff, ein D, ein I, ein O und ein R. Er hat auf sie gewartet, sieht ihr direkt in die Augen, ernst, unsicher und doch auch siegesgewiss.

Greta bleibt reglos stehen und kann nicht anders, als den Blick zu erwidern. Sie hatte fast vergessen, wie gut er aussieht. Doch schmaler ist er, das Haar schütterer und mit grauen Strähnen durchsetzt. Er wirkt versehrt.

In dem Augenblick dreht sich die Zeit zurück, sie ist zwei Jahre jünger. Es ist Ende Februar 2015.

Navid und Greta. Die Begegnung

| 2015 |

Vor wenigen Tagen hat sich Georgs Todestag zum zweiten Mal gejährt. Greta war mit ihrer Tochter Stella und ihren Zwillingsjungs beim Italiener essen, dem sie früher fast jeden Sonntag einen beachtlichen Pasta- und Wein-Umsatz beschert hatten.

Überhaupt ist sie gut drauf: Kommende Woche wird sie fünfzig, sie plant eine Dinner-Party mit Freunden. Ihr ist nach Feiern zumute, zum ersten Mal nach Georgs Tod. Sie hat das Gefühl, dass sie ihr Leben nach zwei Jahren wieder im Griff hat. Sie schaut nach vorne, das Leben hat noch so viel zu bieten! Ihre Arbeit macht ihr Freude, die Kinder sind nicht ungerechter zu ihr als der Nachwuchs ihrer Freundinnen zu ihren Müttern, und nachdem sie sich nicht mehr in den Schlaf heult und sich regelmäßig in den Pilates-Kurs schleppt, sieht sie wieder richtig gut aus. Die Haare trägt sie kürzer, heller und durchgestuft; statt des damenhaften, eher konservativen Stils, den Georg so gerne an ihr sah, zieht sie sich jugendlicher an und betont ihre langen, immer noch fast makellosen Beine mit engen Jeans oder zeigt sie in schwingenden Röcken. Sie registriert durchaus, dass man ihr bewundernde Blicke zuwirft, und genießt es. Sie ist keine trauernde Witwe mehr, sondern signalisiert: Ich bin wieder da!

Ihre Freundinnen Anja und Suzie sind erleichtert. »Willkommen im Club«, hatte Anja augenzwinkernd gesagt und darauf angespielt, dass sie nun endlich ein »vollwertiger« Single sei, mit dem man mal einen draufmachen kann. Greta muss sich eingestehen, dass sie die erste Zeit nach Georgs Ableben ganz schön anstrengend für ihr Umfeld war. Dennoch standen ihre Freunde ihr unermüdlich mit Rat und Tat und Trost zur Seite. Doch eine unbeschwerte Freundin zu haben ist auf Dauer eindeutig angenehmer.

Für ihr Fest gönnt sie sich ein neues Cocktailkleid, sie hat es schon länger in einem Schaufenster im Auge gehabt und beschließt, dass diese Investition absolut angebracht ist, zumal sie gerade erfolgreich einige Problemzonen bekämpft hat. Rotes Leinen und Spitze wechseln sich in einem Mustermix ab, das Kleid ist ärmellos, oben eng anliegend, der Rock über der schmalen Taille weit ausgestellt und wadenlang. Es ist wie für sie geschaffen.

Leicht euphorisiert, wie Mädels das nach erfolgreichem Shopping gerne mal sind, läuft sie in der ungewöhnlich warmen Frühlingsssonne mit der schicken Einkaufstüte zum nächsten Termin: ein frischer Haarschnitt und Maniküre! Zum runden Wiegenfest möchte sie perfekt aussehen, daher hat sie im begehrtesten Salon der Stadt gebucht und durch die Absage einer Kundin sogar noch am selben Tag einen Termin bei der Chefin bekommen. Im Salon warten zwölf junge Frauen darauf, ihre meist weibliche Kundschaft zu verwöhnen.

Die Behandlungsplätze sind in dem großen, weiß und hellgrün gestrichenen Raum durch matt-gläserne Wände getrennt, üppige Blumen-Bouquets bieten Sichtschutz auch zu den gegenüberliegenden Plätzen. Die Waschbecken befinden sich im hinteren Teil, auch sie sind durch Glaswände abgetrennt. Alles ist sauber, edel, angenehm.

Greta wird zu einem Platz neben einem der hohen Fenster geführt. Man bringt ihr einen Kaffee, Wasser und die »Vogue«, sie lehnt sich zurück und denkt: Herrlich!! Die Chefin, eine umtriebige, kolumbianische Selfmade-Frau namens Beatriz, schwirrt zwischen den Plätzen herum, wechselt mit jeder Kundin ein paar Worte, es wird gelacht und auch ein bisschen getratscht. Greta kennt sie schon lange, zu Georgs Lebzeiten war sie regelmäßig hier.

Beatriz kommt zu ihr nach vorne, tätschelt ihr den Arm und flüstert ihr im verschwörerischen Ton zu, wie toll sie es findet, dass Greta endlich wieder richtig lebt, und sie eh nie verstanden habe, was eine Frau wie sie mit so einem Mann wollte, von dessen Untreue doch die halbe Stadt wusste. Was erzählte man nicht alles im Café gegenüber! Da würden doch jeden Morgen die alten, nutzlosen Kerle zusammensitzen und sich das Maul zerreißen, nicht mal vor Toten würden die haltmachen!

Greta muss lachen – früher haben sie solche Aussagen verletzt, heute weiß sie, dass sie einfach nur ehrlich sind. Dass sie das mit Georg nie nachvollziehen konnte, hatte ihr neulich sogar ihre Frauenärztin gesagt!

Greta sucht die Nagellackfarbe aus – genau dasselbe Rot wie im gerade erstandenen Kleid – und trinkt in kleinen Schlucken ihren Kaffee. Als Beatriz beginnt, ihre Haare zu schneiden, und eine andere sich ihre Hände vornimmt, schließt sie die Augen. Wie lange hat sie sich diesen Luxus nicht mehr gegönnt? Viel zu lange.

Nach einer halben Stunde ändert sich die Atmosphäre um sie herum. Unruhe kommt auf, zwei der Mädchen laufen hin und her, sie kichern und tuscheln. Greta hört männliche Stimmen und registriert: Kaum sind Kerle im Raum, werden die jungen Mädels wuschig. Sie lächelt in sich hinein und ist froh, dass sie aus dem Alter raus ist.

Die Besitzer der Stimmen werden dann ausgerechnet dorthin geführt, wo sie sitzt. Einer nimmt direkt neben ihr Platz, der andere schräg gegenüber. Gottlob kann sie die beiden dank der mattierten Trennscheibe und dem hohen Blumenbouquet in der Mitte nicht sehen, Greta findet fremde männliche Zuschauer bei der Schönheitspflege unangenehm. Doch mit der entspannten Ruhe ist es vorbei: Die beiden Herren lassen sich Espresso bringen, flachsen miteinander und schäkern mit den jungen Damen. Die sind offenbar hin und her gerissen, ob sie geschmeichelt sein sollen oder peinlich berührt, sie müssen ihren Job erledigen und nicht flirten.

Greta stellt sich die Typen vor: Es sind offenbar Ausländer, aufgrund des Akzents tippt Greta auf Türken, sie schätzt sie Anfang/Mitte zwanzig. Wahrscheinlich sind sie vorher schon in der Altstadt unterwegs gewesen und so angezogen, wie sich der coole Ruhrpott-Zuwanderer den echten Großstadt-Schick vorstellt: Jeans mit kunstvollen Rissen, buntes Polohemd und glänzende Bomberjacke. Dazu gerne noch ein Tattoo, Halskettchen und gold blinkende Armbanduhr. Wieso verirren die Jungs sich hierher? Immerhin scheinen sie Wert auf einen ordentlichen Haarschnitt und ein gepflegtes Äußeres zu legen.

Nach einiger Zeit – Gretas Lack ist fast trocken – sagt der Typ neben ihr, dessen Fingernägel offenbar gerade fleißig poliert werden: »Darf ich Sie auf einen Kaffee einladen?«

Greta denkt nur: Der hat echt Nerven – jetzt lädt er das junge Ding, das ihn bearbeitet, auf einen Kaffee ein, den sie dann selbst hinten in der Küche kochen muss. Als die Fachfrau für Nagelpflege nicht auf seine Frage antwortet, wiederholt er sie. Das Mädel reagiert immer noch nicht. Dann meint der Mensch: »Ich meine die Dame neben mir – Sie sind so still!«

Greta, die gerade ihr Wasserglas abstellen wollte, gleitet es fast aus der frisch eingecremten Hand, und es kommt klirrend zum Stehen.

»Danke sehr, ich hatte bereits einen Kaffee«, antwortet sie kühl.

»Ich lade Sie auch gerne nachher auf einen Kaffee nebenan ein«, insistiert der unsichtbare Mann.

Greta ist sich sicher, dass die beiden Jungs sich einen Spaß mit ihr erlauben, und bleibt gelassen. »Warum wollen Sie mit mir einen Kaffee trinken gehen? Sie kennen mich doch gar nicht«, erwidert sie und verkneift sich ein Lachen – irgendwie ist dies alles recht lustig.

»Aber ich spüre da etwas durch die Wand; da ist etwas zwischen uns«, kommt es von der anderen Seite der Glasscheibe.

Da muss Greta doch lachen, dieser Kindergarten nebenan ist amüsant. »Junger Mann«, ruft sie, »jetzt lassen Sie es gut sein, ich könnte Ihre Mutter sein!«

In dem Moment steht der Kumpel von schräg gegenüber auf – er ist maximal dreißig Jahre alt und wie befürchtet nicht ganz geschmackssicher gekleidet –, linst über das Orchideen-Gebinde und meint grinsend: »Nein, das passt schon!«

Greta ist erstaunt. Veräppeln die mich?, denkt sie und

sagt bestimmt: »Aber ICH schaue Sie mir auf jeden Fall erst einmal an, bevor ich mit Ihnen einen Kaffee trinken gehe!« Wäre ja noch schöner, mit einem wildfremden Spätpubertierenden aus Duisburg ins Café zu gehen!

Während sie in ihre Schuhe schlüpft, ihren Ring wieder anzieht und sich Handtasche und Tüte angelt, kommt von nebenan ein Kommentar: »Das ist wie bei Rudi Carrell in ›Herzblatt‹, als die Kandidaten sich nur durch eine Trennwand unterhalten durften und so ihr Herzblatt auswählten!«

Da zögert Greta. Wenn das Kerlchen diese Sendung aus den späten Achtzigerjahren kennt, muss es deutlich älter sein als 25.

Sie sortiert sich, zieht den Rock glatt, geht um die Glaswand herum und trifft in derselben Sekunde seinen Blick. Im Sessel lehnt ein schwarzlockiger, leicht gebräunter Herr, tadellos in dunkelgrauen Slim-Fit-Anzug und weißes Hemd gekleidet, den feinen hellgrauen Schal sorgfältig gefaltet um den Hals geschlungen. Er sieht fantastisch aus.

»Okay. Mit Ihnen gehe ich einen Kaffee trinken.«

Was hat sie gerade gesagt? Sie ermahnt sich noch selbst, da diktiert sie ihm schon ihre Mobilnummer – ihre Visitenkarte will sie ihm dann doch nicht geben.

»Dann müssen Sie mir aber auch ein Küsschen geben«, fordert der Fremde sie auf, und Greta, die gestandene, erfahrene Frau, beugt sich hinab und haucht dem Mann einen Kuss auf die Wange.

Greta richtet sich auf, dreht sich rasch um, geht zum Empfang, bezahlt und verlässt den Salon. Draußen bleibt sie kurz stehen.

Was ist da bitte gerade passiert? Sie hat einem völlig

Unbekannten ihre Telefonnummer gegeben? Sie hat ihn geküsst, wenn auch nur flüchtig? Vor aller Augen? Ist sie völlig übergeschnappt?

In dem Augenblick bimmeln auf ihrem Mobiltelefon Signaltöne – zwei WhatsApps. Ein rotes Herz. Und ein Vorname. Navid.

Gretas Herz schlägt – kann es sein, dass sie sich gerade verknallt hat, auf den allerersten Blick? Zackbumm? Das ist doch überhaupt nicht ihre Art! Überhaupt ist ihr Vergleichbares erst ein einziges Mal im Leben passiert – das war als junge Studentin in einer Berliner U-Bahn-Station, und der Auserwählte wurde zu einer großen, äußerst schwierigen On-&-off-Liebe. Sie hatte damals lange gebraucht, um darüber hinwegzukommen, erst durch Georg konnte sie ihn halbwegs vergessen.

Sie beschließt, auf gar keinen Fall sofort auf die WhatsApp zu antworten – das ist doch alles absurd! Sie geht zum nahen Parkhaus, kurvt viel zu schnell die vier Etagen hinunter und ruft leicht aufgelöst ihre Tochter Stella an, die den Nachmittag wie so oft bei ihrem Freund verbringt. Sie muss das Geschehene unbedingt jemandem erzählen, es erscheint ihr sonst zu unwirklich. Stella kennt ihre Mutter am besten.

»Schätzchen, du glaubst nicht, was mir gerade passiert ist«, prustet sie los, sobald ihre Tochter abgehoben hat.

Ihre Tochter hört sofort die Veränderung in ihrer Stimmung. »Mama, das ist doch total süß«, flötet ihre Jüngste, als sie alles gehört hat. »Das ist sooo eine schöne Geschichte, selbst wenn du den Typen nie wiedersiehst, ist das wie der Anfang von einem total kitschigen Hollywoodfilm. Ist doch toll, dass dir das passiert.«

Greta dankt Gott im Himmel, dass er ihr neben zwei in Gefühlsdingen der romantischen Art völlig ignoranten Söhnen auch diese Tochter geschenkt hat. Zu Hause beruhigt sie sich, indem sie die Waschmaschine füllt. Es holt einen nichts schneller auf den Boden der Tatsachen zurück als müffelnde Handtücher und schmutzige Unterwäsche des männlichen Nachwuchses. Aber sie ist unruhig, schielt dauernd auf das Telefon.

Die letzten Korrekturen ihrer Italienisch-Übersetzung für die Weinhandlung bleiben allerdings liegen – Greta kann sich auf höhere intellektuelle Anforderungen nicht mehr konzentrieren. Gleich wird sie zu einer Ausstellungseröffnung in einer privaten Sammlung gehen – sie ist mit der Sammlerin befreundet und hat versprochen zu kommen. Die kleine Ausstellungshalle liegt in einem Viertel am äußeren Stadtrand, dort, wo der in der Stadtmitte breite Fluss noch ursprünglicher aussieht und sogar kleine Sandstrände bietet, die bei schönem Wetter Sonnenanbeter anziehen. In den letzten Jahren hat es sich zu einem beliebten Ausflugsziel für Ausgehwillige und Nachtschwärmer entwickelt, einige coole Restaurants und gemütliche Biergärten haben sich mit Blick auf den Fluss dort angesiedelt.

Greta deckt rasch den Abendbrottisch, falls die Zwillinge sich nach ihrem Sportprogramm zu Hause blicken lassen, und frischt ihr Make-up auf. Wieso hat sie so rote Bäckchen? Wieso wohl, fragt sie sich selbst.

Erst als sie ihr Ziel erreicht hat, das Auto geparkt hat und ausgestiegen ist, schaut sie wieder auf die beiden WhatsApps, die vor vier Stunden gekommen sind. Sie hat sich immerhin ganz schön lange beherrscht und klopft sich im Geiste selbst auf die Schulter. Nun sieht sie sich in ihrem Mobiltelefon das Profilbild des Herrn an, den sie vorhin mal eben so auf die Wange geküsst hat. Das Foto wurde mit Blick auf den schmalen Sandstrand des Flusses aufgenommen, er sitzt lässig in Jeans und weißem Polohemd auf einer Bank und lächelt, die Sonnenbrille steckt im Haar. Greta schaut erstaunt hoch – und erblickt in der Ferne exakt diese Bank. Das Bild ist hier entstanden.

Sie lässt das Telefon sinken. Das kann doch kein Zufall sein! Ist das ein Zeichen? Gegen ihren Vorsatz, mindestens bis zum späten Abend mit der Antwort zu warten, schreibt sie:

»Stehe genau dort, wo Ihr Profilbild aufgenommen wurde.«

Die Antwort kommt prompt: »Ich bin in 20 Minuten da.«

Greta atmet tief durch, im Hintergrund schimmert das Wasser, es ist auch jetzt noch ungewöhnlich mild für die ersten Märztage, als ob der Frühling ungeduldig darauf warte, endlich wieder seine laue, vielversprechende Luft über alle und alles zu legen. Sie tippt ihre Antwort in das Telefon und ignoriert, dass ihre Finger leicht zittern.

»Ich gehe noch zu einer Ausstellungseröffnung, es dauert 45 Minuten. Danach Kaffee? Oder um diese Uhrzeit besser Wein?«, schreibt sie.

Wieder folgt die Antwort in derselben Sekunde: »Ich warte im Lokal gegenüber der Halle auf Sie.«

Greta hält inne. Sie ist nicht auf die Idee gekommen, sich umzuziehen, wer hätte denn gedacht, dass sie den Kavalier aus dem Schönheitssalon schon heute trifft? Jetzt ist es zu spät – aber eigentlich ist sie in ihrem schwarz-weißen Wickelkleid, schwarzem Cardigan und schwarzen Slingpumps durchaus präsentabel, passend zu den frisch lackierten Nägeln hat sie ihre rote Handtasche mitgenommen.

Sie geht die knapp 300 Meter bis zur kleinen Kunsthalle. Auf der Vernissage versucht sie vergebens, den Worten eines Kunsthistorikers zu folgen, der irgendwas über die Ironie in der Kunst erzählt und dabei auf die riesige Installation im Ausstellungsraum weist. Greta hat noch nie verstanden, was die mit Fremdwörtern gespickten Ausführungen mancher Kunstexperten mit den Dingen zu tun haben, die sie sieht – sie geht ab und zu in Museen und Ausstellungen, und in ihrer Wahrnehmung klaffen wortreiche kunsttheoretische Erläuterung und sinnliches Erleben häufig weit auseinander. Heute beziehen sich die Erklärungen auf eine gigantische begehbare Box, aus deren Innerem abwechselnd Gelächter und Gestöhne tönt, an den Wänden hängen Gemälde mit winzigen abstrakten Mustern, die man nur von ganz nahe als Chiffren und Schriftzeichen entziffern kann. War auf jeden Fall viel Arbeit, denkt sie.

Sie schaut dauernd auf die Uhr. Der Zeiger scheint zu kriechen! Als die Reden endlich zu Ende sind, ist schon eine Dreiviertelstunde herum. Greta will schnell hinausgehen, da tritt ihr ein junger, bereits international tätiger Galerist entgegen, dessen Ausstellungsprogramm als sehr avantgardistisch gilt: »Hallo Greta, wie schön, dich zu sehen. Ich wollte dich um etwas bitten.«

Sie tritt unruhig von einem Fuß auf den anderen, will aber nicht unhöflich sein und neigt den Kopf, als würde sie aufmerksam zuhören. Der Galerist möchte, dass sie gegen entsprechendes Honorar seine Katalogtexte übersetzt. Das macht sie natürlich gerne.

Dann kommt die befreundete Sammlerin, die die private Kunsthalle unterhält, dazu, umarmt Greta und stellt sie wortreich ihrem neuen Lebensgefährten vor, einem Notar aus Belgien. Greta kann ihre Ungeduld kaum mehr zügeln. Eine Stunde ist jetzt schon vorbei, sie will hier weg!

Entschuldigungen und etwas von den Kindern murmelnd, verabschiedet sie sich und hastet nach draußen. Das Lokal – ein angesagtes Restaurant mit großem Außenbereich und recht gemischtem Publikum – ist keine fünf Minuten entfernt.

Sie sieht ihn sofort, er sitzt auf der Terrasse mit dem Profil zu ihr. Eine Millisekunde zögert sie – die beginnende Glatze am Hinterkopf hat sie heute Mittag nicht bemerkt, auch nicht die stark gebogene Nase. Sie überlegt, kehrtzumachen. Gefällt der Typ ihr überhaupt noch?

Da dreht er sich zu ihr um und sieht ihr direkt in die Augen. Sie sind von einem tiefen Grün. Es ist zu spät. Er steht auf, kommt um den Tisch herum, beugt sich vor und küsst ihr galant die Hand: »Guten Abend, darf ich mich vorstellen: Navid Güner.«

»Greta Berg, bitte entschuldigen Sie die Verspätung«, erwidert sie und setzt sich wie hypnotisiert hin. Der Fremde sieht von vorne völlig anders aus, er ist äußerst attraktiv. Sein Jackett zu einer Jeans ist nun aus hellblauem Leinen, ein weißes Einstecktuch lugt sorgsam gefaltet aus der Brusttasche.

Als sie sich gegenübersitzen, sehen sie sich an. Greta wird es warm. Es ist, als hätten sie einander schon immer angesehen. Sie unterhalten sich, und es gibt keine Fremdheit, keine Distanz, kein Abtasten zwischen ihnen, so als seien sie seit Jahren vertraut.

Sie bestellen Weißwein und Salat, beide bekommen kaum einen Bissen hinunter.

Der Mann spricht ohne Unterlass, fast so, als müsse er eine erleichternde Beichte ablegen. Greta hört zu, die Augen unverwandt auf ihr Gegenüber gerichtet, ab und zu nippt sie am Wein. Sie haben sich Eiswürfel dazubestellt. Die Terrasse des kleinen Restaurants ist jetzt bis auf den letzten Platz besetzt – es ist Freitagabend, die Luft ist trotz der frühen Jahreszeit sehr mild. Bei schönem Wetter ist das idyllische Viertel am Stadtrand noch voller als sonst.

Von den Gesprächen und den verstohlenen Blicken, die ihnen zugeworfen werden, bekommen Greta und Navid nichts mit. Der ein oder andere Gast wird Greta erkannt haben und sich fragen, mit wem die ehemalige Politikerin und Bauunternehmerwitwe dort sitzt. Navids Hand ruht auf ihrer, als wäre es das Selbstverständlichste auf der Welt. Er hat wunderschöne gepflegte Hände, klein, braun, fest und doch weich. Längst sind sie zum Du übergegangen.

Nach drei Stunden bestellt Navid die Rechnung und bezahlt. Als er sich erhebt und neben ihr steht, registriert Greta, dass er zwar feingliedrig und nicht gerade groß gewachsen ist, aber offenbar gerne isst – das Hemd spannt leicht um die Körpermitte. Sie gehen zu seinem Auto, sein Gang ist leicht und federnd, sanft liegt seine Hand auf ihrem Rücken.

Der Wagen steht gleich neben dem Restaurant. Es ist ein einfaches, nicht besonders sauberes Modell älteren Baujahrs und passt nicht zu seinem dandyhaften Auftritt und der teuren, rotgoldenen Uhr, die am Handgelenk unter den Hemdmanschetten mit den eingestickten Initialen »N. G.« hervorschaut.

»Ich fahre dich zum Parkplatz«, bietet er an und kramt

nach dem Schlüssel – aber den hat er nebst Telefon, Portemonnaie und seinem Schal am Tisch vergessen.

»Was hast du mit mir gemacht? Ich bin total verwirrt«, sagt er und schaut sie an wie ein Bub, den man beim Bonbonklauen erwischt hat.

Greta muss feststellen, dass der Mann unwiderstehlich ist. Als er seine Sachen eingesammelt hat und sie zu ihrem Auto gebracht hat, verabschiedet er sich mit einem Handkuss.

Sie treffen sich in den nächsten Tagen noch dreimal, jedes Mal vergeht die Zeit wie im Flug, sie verabschieden sich mit einem Kuss auf die Wange.

Dann muss er einige Tage geschäftlich in seine Heimat nach Istanbul. Als er in seinen Wagen steigt, sagt er: »Bitte nenne noch niemandem meinen Namen. Und lass keinen zwischen uns, alle wollen immer das Glück der anderen zerstören.«

Greta ist erstaunt über dieses Ansinnen – das ist ja wie bei Richard Wagners Lohengrin-Arie «Nie sollst du mich befragen«, denkt sie. Den zweiten Einwurf versteht sie schon eher – was haben ihr manche Leute nach Georgs Tod nicht alles an Absurditäten erzählt; als ob sie es genießen würden, noch tiefer in der Wunde zu bohren. Aber Greta kann Neid und Schadenfreude inzwischen ganz gut einordnen. Warum soll man ihr ein neues Glück nicht gönnen? Und dass er schon jetzt überhaupt von gemeinsamem Glück spricht, wo sie nichts als Händchen gehalten haben! Erstaunlich, doch aus seinem Mund klingt es wie das Normalste auf der Welt.

~~~~~
~~~~~

Hätte Greta sich niemals mehr bei ihm gemeldet und auf keine seiner wenigen Nachrichten geantwortet, wenn sie geahnt hätte, was auf sie zukommt? Als sie nach Hause kommt und das von ihren Söhnen stehen gelassene Geschirr auf dem vollgekrümelten Tisch betrachtet, beschließt sie, etwas zu tun, das sie seit Jahrzehnten nicht mehr getan hat: Sie kramt in der Schreibtischschublade nach ihrem großen Moleskine-Notizbuch und fängt wieder an, Tagebuch zu schreiben. Sie ahnt nicht, wie wichtig ihre Aufzeichnungen einmal für sie sein werden. Oder spürt sie es doch und tut es deshalb?

Sie schreibt:

»Wie alt bin ich? 15? Ich habe mich Knall auf Fall verliebt, wie ein Teenager. Ich habe nicht nur Schmetterlinge im Bauch, sondern ganze Geschwader von Flugzeugen, wenn ich an diesen Mann denke. Bei meinem Georg war es ganz zu Anfang bestenfalls eine Stubenfliege.«

Während sie das notiert, grinst sie glückselig vor sich hin. Was auch immer das wird, sie fühlt sich wohl.

Endlich ist sie frei, frei für eine neue Liebe.

~~~~~

Als sie an ihrem Geburtstag die ersten Gäste empfängt – das neue Cocktailkleid sitzt ebenso perfekt wie Haare und Make-up –, schauen ihre Freunde sie an wie eine Erscheinung: »Meine Güte, was hast du gemacht? In welchen Jungbrunnen bist du denn gefallen?«, ruft ihre eigens aus Bremen angereiste Freundin Franziska und nimmt sie in den Arm. »Du siehst fantastisch aus – leuchtest wie ein Atom! Man könnte meinen, du bist verliebt!«
~~~~~

Gretas strahlendes Lächeln sagt alles – sie erzählt keine Silbe von Navid, aber alle ahnen, was los ist.

Beim Abschied weit nach Mitternacht raunt Suzie ihr weinselig ins Ohr: »Ich platze vor Neugier. Ich will jedes Detail wissen, JEDES!!!«

»Du wirst die Erste sein, die alles erfährt – aber ich habe ihn erst ein paar Mal getroffen, es ist noch absolut nichts passiert!«, flüstert Greta und lacht.

Suzie ist sprachlos. Wenn schon wenige Treffen zu solch einer Veränderung bei ihrer Freundin führen – was wird es erst werden, wenn sie und dieser Unbekannte wirklich zusammenkommen? Sie hat sie den ganzen Abend beobachtet. Greta war schon immer eine muntere Person, sie ist eine anregende Gesprächspartnerin, charmant und witzig. Doch heute umstrahlte sie ein Glanz, eine Zuversicht, die ansteckend wirkte und die sie so noch nie an ihr gesehen hatte. Es machte sie unfassbar attraktiv.

»Also diesen Zaubertrank hätte ich auch mal gerne, unsere Kleine schwebt ja über dem Boden!« Anja steht auf einmal neben Suzie und grinst ihr anzüglichstes Grinsen.

»Anja! Da ist doch noch gar nix gelaufen!«, schimpft Suzie zurück – sie findet die Unterbrechung ihrer romantischen Gedanken gar nicht komisch.

»Was? Noch NICHTS? Na dann gute Nacht, das wird mir ja was.« Ausnahmsweise verschlägt es sogar Anja die Sprache.

Kaan. Fremdes Land

| 1984 |

Bekir, der beschlossen hat, sich nun Kaan zu nennen, landet am frühen Nachmittag. Aufgrund der Wetterlage ist der Flug in der letzten Stunde sehr turbulent gewesen. Er hat Angst gehabt, sich an die Armlehne des Sitzes gekrallt und die Augen geschlossen. Er ist sehr blass und erleichtert, als die Boeing polternd die Landebahn berührt und langsam ausrollt.

Kaan steigt die steile, lange Treppe aus dem Flugzeug hinab, fröstelt angesichts der niedrigen Temperaturen, erschrickt, weil der Himmel so bleiern und unheilvoll aussieht. Er folgt den anderen, fast allesamt männlichen Passagieren, die die kurze Strecke über das Rollfeld gehen und sich im Gebäude vor den Schaltern zur Ausweiskontrolle anstellen. Die meisten sind Deutsche, auch einige Türken sind dabei – es sind Diplomaten und Geschäftsleute, keine einfachen Arbeiter oder Bauern. Die können sich die teuren Flüge nicht leisten. Sie nehmen den Zug oder fahren, wenn sie sich einen Wagen zusammengespart haben, Ostern und Weihnachten mit dem Auto oder hoffnungslos überladenen Kleinbussen in die Heimat. 2000 Kilometer über Österreich, Jugoslawien, Bulgarien oder Mazedonien bis in die Türkei oder nach Griechenland; über schlechte Straßen voll endloser Staus, das meist alte Gefährt samt Autodach vollgepackt mit Koffern, Familienangehörigen und Geschenken für die Verwandten und Freunde zu Hause. Strumpfhosen, billige Textilien und Pulverkaffee sind besonders beliebt. Sie quälen sich übermüdet und das lange Autofahren ungewohnt über die Europastraße 5, die schon seit Ende der Sechzigerjahre als »Gastarbeiterroute« zweifelhaften Ruhm genießt. Keine andere europäische Straße verbucht so viele Unfälle und fordert so viele Todesopfer. Manche der klapprigen Autos fahren mit vier verschiedenen Reifen, die Bremsen sind unzuverlässig, das Dach undicht, die Mütter sitzen vorne und versuchen verzweifelt, mit den Straßenkarten klarzukommen, da kaum einer den Weg kennt und viele Frauen noch nicht lesen können. Man trifft auf den Rastplätzen an der Strecke fast nur andere Gastarbeiter. Manche schließen sich zusammen und fahren Kolonne nach Ankara, Istanbul, Anatolien.

All das hat Kaan gerade erfahren: Neben ihm im Flugzeug hatte ein Herr mittleren Alters gesessen. Kaan schätzte ihn auf Mitte vierzig. Er war ausnehmend gut gekleidet, in einen wollenen Anzug mit Weste, das gestreifte Hemd hatte einen weißen Kragen, an der rechten Manschette waren die Initialen E. T. eingestickt. Und was Kaan besonders beeindruckte: An seinem Hals hing an einer schmalen silbernen Kette ein Monokel. So etwas kannte Kaan nur von alten Fotografien. Der Herr hatte bemerkt, dass der Junge neben ihm aufgeregt war, bei den ersten Erschütterungen in der Kabine die Augen schloss, recht grün um die Nase wurde und sich in die Sitzlehnen krallte; er wollte ihn ablenken und hatte ihm einiges darüber berichtet, wie ausgewanderte Landesgenossen zum Heimatbesuch fuhren:

»Besonders schlimm ist es an der Grenze zwischen Österreich und Jugoslawien. Weihnachten 1969 – da warst du noch ein kleines Kind – war die Straße durch chaotisches Fahrverhalten blockiert, alles war vereist, der Verkehr brach zusammen, es kam zu Massenprügeleien. Erst mehrere Panzer und über hundert Bundessoldaten haben das Chaos in den Griff bekommen, stell dir das mal vor, mein Junge!«, erzählte er. Es gäbe zu Weihnachten an den Grenzübergängen manchmal Staus von siebzig Kilometer Länge, an die dreißig Stunden müssten die armen Leute in ihren alten Karren aushalten. Täglich 50.000 Durchreisende könne doch kein Grenzbeamter schaffen, da würden ja Millionen Menschen durchrollen! Und er berichtete, wie schlimm es dann in Jugoslawien zuging.

»Die Straßen haben mehr Löcher als Asphalt, die reinste Todesroute ist das, die Straßenränder sind zugemüllt mit Unrat und Exkrementen, man kann nicht mal austreten, es ist schlimm. Viele Grenzbeamte und Polizisten sind korrupt und fordern Geld oder Geschenke, man kann sogar überfallen werden! In Bulgarien ist es genauso schlimm, da gibt es regelrechte Banden, die den Gastarbeitern das schwer verdiente Geld abjagen wollen. Die wissen ja, dass die Arbeiter ersparte Devisen für die Daheimgebliebenen dabeihaben«, fügte er hinzu.

Kaan ist nachträglich dankbar, dass sein Vater ihm einen Flug organisiert und bezahlt hat – die Busreise wäre angesichts dieser Schilderungen sicher schrecklich gewesen und hätte Tage gedauert. Er wird den Verdacht nicht los, dass der feine Herr neben ihm in früheren Zeiten die elende Strecke auch unter ähnlich unzumutbaren Umständen gefahren sein muss – er kannte sich zu gut aus. Doch er hatte es offenbar zu etwas gebracht in dem fremden Land, das nun vorerst auch seine Heimat werden sollte.

Der Mann machte Kaan Mut. Vorausschauend wollte er sich von dem Herrn die Adresse auf ein kleines Stück Papier schreiben lassen, das er aus einem Prospekt in der Sitztasche vor ihm riss. Sein Sitznachbar schmunzelte, griff in seine Anzugjacke und zog ein schmales, glänzendes Etui aus der Innentasche. War das nicht Krokodilleder? Kaan kannte so etwas aus vornehmen Geschäften in Istanbuls feinster Einkaufsstraße und wusste, dass es sehr teuer war. Der Herr zog eine Visitenkarte aus dem Etui, sie war aus dickem, geprägtem Papier und auf beiden Seiten beschriftet. Dort stand über seiner Adresse:

Dr. med. Erhan Tezcan

Psychiater

Einmal auf Deutsch, einmal auf Türkisch. Kaan bedankte sich ehrfürchtig, steckte die Karte sorgfältig in seine Brieftasche. Es war die schwarze, abgewetzte, die sein Vater sein Leben lang benutzt hatte. Sie hatte ganz hinten im Tresor seines Arbeitszimmers gelegen.

Kaan beschließt, dass er irgendwann eine andere haben wird. Eine aus Krokodilleder.

Er muss nur kurz auf seinen Koffer warten und ist froh, dass es ein ganz neuer, hellbrauner Lederkoffer ist – Ahmet hatte ihn extra für diese Reise gekauft; das konnte sein Sohn jedoch noch nicht ahnen, als Ahmet vor einigen Monaten damit ankam.

Die Kontrolle bei der Einreise dauert lange, seine Dokumente werden geprüft, der Pass gestempelt. Er versteht kein Wort von dem, was die Beamten ihm sagen oder was sie von ihm wissen wollen. Als sie ihn durchwinken, ist er erleichtert und geht durch eine Glastür, die sich wie von Zauberhand öffnet. Dann steht er in einer riesigen Halle. Wo soll er hin?

Wie ein vergessenes Gepäckstück steht er dort inmitten der um ihn herum eilenden Reisenden, die offenbar alle genau wissen, wo sie hinmüssen. Er schaut nach rechts und nach links, aus einem Lautsprecher scheppern Worte, die er nicht versteht, er kann weder Deutsch noch Englisch. Wieder kriecht das Gefühl einer unendlichen Verlorenheit in ihm hoch. Er wird zu einem kleinen Jungen, zum dreijährigen Bekir, der im Gewühl des Basars die Hand seiner Mutter verloren hat und nun hilflos in einer bedrohlichen Welt steht. Heute ist es nicht die Stimme von Banu, die ihn erlöst und das verängstigte Kind an sich drückt. Von Ferne hört er jemand anderen seinen Namen rufen.

»Bekir? Bekir!«

Er dreht sich um und sieht einen kleinen Mann auf sich zueilen, er trägt eine verbeulte blaue Hose und ein hellgelbes Hemd, darüber eine weite hellbraune Jacke mit vielen Taschen. Er kennt das freundliche Gesicht. Es ist der Mann von dem Foto mit dem gestreiften Sofa.

Es ist sein Vater.

»Bekir«, wiederholt er. Sonst sagt er nichts, als er vor ihm steht. Schaut ihn mit hängenden Armen an, seine Augen schimmern. Kaan weiß nicht, wie er reagieren soll. Soll er ihm die Hand geben wie einem Unbekannten? Ihn umarmen und küssen, wie man das tut, wenn man seinen Vater lange nicht gesehen hat? Doch was macht man, wenn man ihn noch NIE gesehen hat?

Auch Tarık wirkt mit seinen 51 Jahren hilflos; unbeholfen reicht er dem jungen Mann, der sein vierter und jüngster Sohn ist, die Hand.

»Ich werde Kaan genannt«, sagt Bekir. Er muss schlucken. Es ist eine unangenehme Situation. Sein leiblicher Vater hat bereits lichte Haare, ist noch etwas kleiner als er – kein Hüne, wie Ahmet es in seinen guten Tagen war. Kein stolzer Mann mit aufrechtem Gang. Keiner, dem man ansah, dass er gebildet und erfolgreich war. Das Gegenteil des Herrn auch, den er im Flugzeug kennengelernt hatte.

»Ich bin Tarık Demir«, stellt sein leiblicher Vater sich fast feierlich vor. Kaan, dem sein neuer Vorname selbst noch fremd vorkommt, bringt es nicht über sich, den ihm fremden Mann herzlich zu begrüßen, ihn zu duzen. Und das, obwohl er sich doch sonst so gut verstellen kann! Er streckt ihm die Hand hin, sein Vater schüttelt sie lange. Fast schämt Kaan sich, als er neben diesem schnauzbärtigen Arbeiter zum Ausgang geht, obwohl er selbst in Istanbul mit Jungs aus genau solchen Verhältnissen herumgehangen hat. Aber da hatte ihn niemand sehen können aus seiner heilen, gutbürgerlichen Welt. Und in der will er bleiben.

Tarık nimmt Kaans Reisetasche, den Koffer wuchten sie auf einen scheppernden Gepäckwagen, Tarık wirf die Tasche hinterher. Das Auto steht im Parkhaus. Am Rückspiegel hängt ein türkisblaues Amulett mit einem großen Auge, wahrscheinlich aus Plastik, vermutet Kaan.

Auf der Fahrt versucht Tarık ein Gespräch zu beginnen, doch es will nicht gelingen.

»Wie war der Flug?«, erkundigt er sich. Er spricht Türkisch mit einem ganz leichten Akzent, ein kaum wahrnehmbarer Singsang hat sich in die Betonung geschlichen, man hört, dass er schon lange weg ist aus dem Land seiner Geburt. Kaan hat sehr feine Antennen für so etwas.

Er weiß nicht, was er mit dem Mann reden soll. Dabei gibt es so unendlich viel zu sagen, so unendlich viele Fragen. Doch er bleibt stumm.

Tarık bemüht sich, die Verlegenheit zwischen ihnen zu überspielen, fragt, ob die Stewardessen wirklich so hübsch seien, wie es immer heißt, erkundigt sich, ob man im Flugzeug anständiges Essen bekomme. Lauter belanglose Fragen, nicht das, was er wirklich wissen möchte: wie sein Sohn sich fühlt, ob er böse ist auf diejenigen, die ihn als Säugling wie ein Ding einfach fremden Menschen übergaben. Ob der Junge wütend ist auf ihn und auf seine leibliche Mutter Sema, auf diese Eltern, die ihr zur Unzeit geborenes Kind bei ihrem Neuanfang in einem fremden Land störte. Und die dann doch noch zwei Kinder in diesem Land bekommen haben.

Die Fahrt durch eine immer hügeliger werdende Landschaft dauert kaum eineinhalb Stunden, Kaan kommt es vor wie Jahre. Er fühlt sich unwohl neben dem Mann, der sein Vater ist, spürt es regelrecht körperlich. Als sie ein gelbes Schild mit dem Ortsnamen passieren, wird sein Mund ganz trocken.

Tarık, kein besonders geschickter Autofahrer, prügelt den alten Wagen im zweiten Gang eine Straße hoch. Kaan schaut schon die ganze Zeit angestrengt aus dem Fenster, damit er nicht sprechen muss. Die Stadt kommt ihm sehr grün vor, es gibt viele Bäume. Doch er sieht keine schönen Gebäude – nirgends unter dem Grau des Himmels schimmernde Kuppeln, keine hohen, wie mahnende Lanzen in den Himmel ragenden Minarette. Und wo ist der Fluss? Hier muss es doch einen Fluss geben?

Als hätte er die Gedanken seines Sohnes gelesen, sagt Tarık: »In dieser Stadt gibt es übrigens vier Flüsse, einer davon heißt Ruhr. Das hier zählt zum Ruhrgebiet. Da gibt es sehr viel Industrie. Gute Arbeitsplätze.«

Sie überqueren eine Brücke, die über ein Dutzend Zuggleise führt, irgendwann rückt eine Siedlung in den Blick. Lang gestreckte, fünfstöckige Häuser, in Viererblocks sind sie aneinandergeklebt wie Waben, gleichförmige Fenster und Balkons ermöglichen den Blick in die Wohnungen gegenüber. Fahrräder, Kisten, Wäscheständer, Grillgeräte und Autoreifen streiten sich mit wackeligen Stühlchen und Tischen um den Platz auf den Balkons, hier und da hängen Kästen oder Töpfe mit den verblühten Blumen längst vergangener Sommer daran. Die Fassaden müssen einmal rosa und gelb gestrichen gewesen sein, nun sind sie von einem schmuddeligen Schleier überzogen. Kleine Rechtecke vor den Hauseingängen ertrotzen sich mit dünnem Gras etwas Grün, eine bunte Rutschbahn aus Plastik hier, ein fast leerer Sandkasten da. Auf einer Bank sitzen trotz der niedrigen Temperaturen ein paar Frauen in langen Mänteln und klobigen Schuhen, sie tragen helle Kopftücher und – Kaan glaubt es kaum – stricken!

Tarık fährt nun ganz langsam, erklärt seinem Sohn, dass diese Wohnungen 15 Jahre nach dem großen Krieg entstanden seien. Im Ruhrgebiet sei ja wegen der Industrieanlagen alles durch die Amerikaner und Briten zerbombt worden, auch die Städte seien fürchterlich zerstört gewesen. Früher hätten hier in der Siedlung deutsche Arbeiter gewohnt, doch inzwischen sei alles in türkischer und einige Wohnungen in nordafrikanischer Hand, obwohl die Marokkaner erst 1963, also zwei Jahre später als die Türken, nach Deutschland gekommen seien, die Tunesier sogar noch später. Man hätte aber nicht viel miteinander zu tun.

Tarık hält einen kleinen Vortrag darüber, wer wann nach Deutschland kam – schon Mitte der Fünfzigerjahre die Italiener, dann die Spanier, Griechen, Portugiesen und zuletzt, 1968, die Jugoslawen –, und er berichtet, dass die Türken längst die größte Gruppe der ausländischen Arbeiter seien. Inzwischen weit über eineinhalb Millionen, obwohl viele schon lange vor dem Anwerbestopp in den frühen Siebzigerjahren wieder in die Heimat zurückgekehrt seien. Nach dem Stopp hätten viele dann doch in Deutschland bleiben wollen und schnell ihre Familien nachgeholt, wenn es noch nicht geschehen sei. Heute sei es ja nicht gerade verlockend, wieder in die Türkei zu gehen, wenn man überlege, was die letzten Jahre da alles passiert sei: Bürgerkrieg, Militärputsch, noch immer Kriegsrecht in Teilen des Landes, hohe Inflation, Arbeitslosigkeit, explodierende Bevölkerung! Auch wenn der neue Ministerpräsident Turgut Özal von dieser neuen Mutterlandspartei ANAP sich um Wirtschaftsreformen bemühe und man seit letztem Jahr sogar wieder die verbotene kurdische Sprache benutzen dürfe – wer wolle denn zurück? Und sei man dann nicht irgendwie auch fremd im eigenen Land?

Kaan hört widerwillig zu, Politik und Wirtschaft interessieren ihn nicht, persönliche Befindlichkeiten schon gar nicht. Er wünscht sich jetzt schon, nie hierhergekommen zu sein. Er hat schrecklichen Durst, sein Mund ist jetzt papiertrocken.

Umständlich parkt Tarık den Wagen, obwohl der Parkplatz neben den Häusern fast leer ist. Ford Fiesta, Ford Taunus, Opel Kapitän oder Opel Kadett steht auf den paar dort stehenden Autos, allesamt klapprig, ein deprimierender Anblick, findet Kaan. Sie holen Koffer und Tasche aus dem Kofferraum, Tarık geht voraus auf das letzte Haus im mittleren Block zu.

»Hier wohnen wir«, sagt er fast ein bisschen stolz, was Kaan nicht im Mindesten nachvollziehen kann. Als sie das Treppenhaus betreten, schlägt ihnen der Geruch von gebratenem Fleisch und Zwiebeln entgegen, Kaan wittert auch Kumin. Zwei altmodische Kinderwagen stehen im Hausflur, die hellgelben Wände erscheinen ihm schmierig. Banu hätte sich auf dem Absatz umgedreht und wäre gegangen, denkt Kaan.

»Wir haben alle Bäder in den Wohnungen und Zentralheizung«, ruft Tarık, der mit der Tasche in der Hand schon einige Stufen erklommen hat. »Früher gab es Etagenklos und Kohleöfen in den Zimmern, aber das ist lange vorbei. Bald wird auch alles innen und außen neu gestrichen, ist längst überfällig«, plappert er weiter.

In der ersten Etage bleibt er vor einer dunkelbraunen Wohnungstür stehen und kramt einen Schlüssel hervor, gleichzeitig klingelt er. Der Ton ist schrill, doch niemand öffnet.

Kaan steht mit seinem Koffer hinter ihm; es geht ihm nicht gut, ihm ist fast übel vor Durst und Furcht vor dem, was ihn da drinnen erwartet: seine Familie.

| 1984 |

Als Tarık die Tür schwungvoll aufstößt und den Arm einladend ausstreckt, damit Kaan vorgehen solle, rührt dieser sich nicht vom Fleck. Tarık zieht ihn hinein. »Gel oğlum – komm, mein Junge.« Er nimmt ihm den Koffer ab und schiebt ihn den düsteren, kurzen Flur entlang in ein Zimmer, dessen Tür angelehnt ist. Das Wohnzimmer. Kaan erkennt einige Möbel von der Fotografie in Ahmets Tresor wieder. Auf dem orange-braun gestreiften Sofa ist nun eine plüschige, braune Decke drapiert, Kemal Atatürks Porträt musste einem Wandteppich mit einer orientalischen Reiterszene weichen. Unter dem niedrigen Tisch liegt ein schöner türkischer Teppich, die Fenster zieren kurze, geraffte Gardinen. Auf der Couch sitzen zwei Mädchen, vielleicht 14 oder 15 Jahre alt, daneben ein junger Mann im blauen Trainingsanzug und eine beleibte Frau in dunkler Bluse und einem langen schwarzen Faltenrock, das Kopftuch leuchtet hellblau. Sie hält ein großes Taschentuch in der Hand und weint lautlos.

»Was will der Fremde hier?« Kaan hat den jungen, kräftigen Typen, der auf einem wuchtigen Sessel in einer Ecke des Zimmers sitzt, nicht bemerkt. Er dürfte Mitte zwanzig sein, die Haare ein aufgebauschter Afro-Look, das Hemd weit aufgeknöpft, die Jeans eng.

»Timur«, zischt Tarık, »lass das!«

Beide sprechen Deutsch, Kaan weiß nicht, was sie sagen,

aber er versteht eines: Er ist nicht willkommen hier. Der junge Kerl im Trainingsanzug auf dem Sofa, der demnach der etwas jüngere Baran sein muss, senkt den Kopf; Kaan vermutet, dass er blöde grinst. Die beiden Teenager-Mädchen kichern unsicher.

»Sema, hier ist er. Unser jüngster Sohn!«, ruft Tarık in Richtung der weinenden Frau. Sie wischt sich immer wieder mit ihrem Tuch über die Augen und bewegt sich nicht vom Fleck. Kaan steht vor dem Sofa wie ein Delinquent, der sich eines Verbrechens schuldig fühlt, das er nie begangen hat.

Da berührt ihn von hinten jemand leicht am Arm, er fährt herum und schaut in die großen Augen einer jungen, hübschen Frau.

»Bekir, mein Kleiner, mein Würmchen! Ich bin's. Yade. Deine große Schwester«, sagt sie und umarmt ihn so schnell und doch innig, dass er nicht reagieren kann. Sie weint und lacht gleichzeitig. Sie schaut ihn an, tritt einen Schritt zurück, nimmt leicht seine Hände, hält ihn von sich. »Du bist ja jetzt größer als ich!«, ruft sie lächelnd, nimmt seine Finger dann fest in ihre und dreht sich zu der immer noch stocksteif dasitzenden Familie um.

»Schaut, wer da ist! Unser Bekir! Schau, anneciğim, schau, Mama!«

Yade bricht das Eis. Die dicke Frau – seine Mutter – müht sich vom Sofa hoch und streckt ihm ihre Arme hin, und Kaan, der weiß, was sich gehört, tritt ihr entgegen, nimmt über den niedrigen Tisch hinweg ihre Hand und berührt sie mit der Stirn.

»Setz dich doch«, sagt Yade und schiebt ihm einen Stuhl hin, »ich hole etwas zu trinken!« Sie verschwindet, wieder tritt kurz betretene Stille ein.

»Kannst du denn Deutsch?«, fragt ihn das jüngere der beiden Mädchen auf Türkisch.

»Nein«, antwortet Kaan, »das muss ich noch lernen. Ich werde übrigens Kaan genannt. Bist du Özlem?«

»Ja«, sagt die Jüngste der Familie und kichert wieder, deutet dann auf das andere Mädchen: »Das ist Meltem.«

Meltem – sie ist etwa zwei Jahre älter als Özlem und müsste demnach 16 sein, überlegt Kaan – schaut ernst. Kaan fällt auf, dass die beiden jüngeren Schwestern keine Kopftücher tragen. Das gefällt ihm, Banu hatte ihr schönes Haar immer gezeigt.

Yade kommt mit einem Tablett herein, sie hat Gläser mit Tee und Wasser sowie Schalen mit Nüssen und Gebäck daraufgestellt. Kaan stürzt ein Glas Wasser in einem Zug hinunter. Endlich entspinnt sich so etwas wie ein Gespräch, die drei Schwestern sind neugierig, wollen alles wissen von ihrem neuen Bruder. Die Brüder und die Mutter sagen kein Wort, Tarık sitzt lächelnd daneben, er macht einen zufriedenen Eindruck.

Kaan erzählt von seiner Stadt, er lässt die grünen Hügel Istanbuls in dem kleinen Wohnzimmer auferstehen, schildert den majestätischen Strom zwischen dem Schwarzen Meer im Nordosten und dem Marmarameer im Südwesten, der Asien und Europa voneinander trennt; er beschreibt die langen Brücken, die die Kontinente wieder verbinden, und lobt den köstlichen Fisch, den Lüfer genannten Blaubarsch und den Palamut, den der Bosporus so großzügig gibt und den man am besten gegrillt in einem der Lokale am Fluss verspeist. Er nimmt die Schwestern mit in die Gassen der Altstadt, in denen sich die Menschen aus allen Teilen des Landes drängen, und führt sie in die verschlungenen Winkel des riesigen, seit dem Mittelalter bestehenden Basars in Eminönü, in denen man alles kaufen kann, was man sich vorstellen kann: Gold und Silber, Gewürze und Honig, Keramik und Glas, Leder und Seide, Teppiche und Antiquitäten, Gewänder und Schleier … Er schildert ihnen die unvorstellbare Pracht der Schätze im Topkapı-Palast und das süße Leben der Haremsdamen in vergangenen Zeiten, schwärmt von der Schönheit der fast 400 Jahre alten, vielkuppeligen Sultan Ahmet Camii, die man wegen ihrer berühmten Îznik-Fayencen auch die blaue Moschee nennt, und berichtet von der altehrwürdigen Hagia Sophia, die einmal byzantinische Kirche war und später Moschee wurde.

Kaan ist der geborene Erzähler, wie gebannt lauscht ihm nicht nur der weibliche Teil der Familie. Er schmückt aus, gestikuliert, seine Augen leuchten. Es tut ihm gut, von seiner Heimat zu sprechen, als wäre sie ihm schon verloren und in unendliche Ferne gerückt. Dabei hat er sie erst am Morgen verlassen. Er ist nun entspannt, während des Redens hat er fast alle Nüsse weggefuttert, Yade und die Mutter erheben sich.

»Erzähl bitte lauter, wir bereiten das Essen vor«, sagt Yade und berührt ihn leicht an der Schulter. Die älteste Schwester ist schon jetzt sein erklärter Liebling, die gute Seele der Familie.

Als auch die jüngeren Mädchen in die Küche gerufen werden, schaut Timur ihn direkt an.

»Was willst du hier?«, fragt er ihn mit unverhohlenem Misstrauen in der Stimme noch einmal. Auch Baran, der vorher eher lümmelte denn saß, hält sich nun ganz aufrecht.

»Ich habe keine Verwandten mehr in der Türkei, die Leute, bei denen ich aufwuchs, sind tot. Ihr seid meine Familie.

Ich gehöre zu euch«, antwortet Kaan, der nun deutlich selbstbewusster ist – das Erzählen und die positive, fast bewundernde Reaktion der Frauen seiner Familie haben ihm den Rücken gestärkt. »Ich möchte studieren, etwas lernen und danach vielleicht hier mein Geld verdienen und bleiben.«

Timur lacht laut auf.

»Studieren willst du? Hast du überhaupt Abitur? Du kannst ja nicht einmal die Sprache! Von uns studiert auch keiner!«

Kaan passt der verächtliche Ton nicht, er wird aggressiv, wenn jemand sich über ihn lustig macht.

»Ich habe Abitur«, zischt er, »und die Sprache werde ich lernen.«

Tarık, der bislang still blieb und besorgt dem Gespräch zuhörte, geht dazwischen:

»Dein Bruder wird schnell Deutsch lernen, es gibt inzwischen gute Kurse. Wir hatten so was nicht, als wir hierherkamen, und die Männer haben es trotzdem irgendwie gelernt. Außerdem will auch deine Schwester Meltem studieren, Timur! Und wenn Özlem es möchte, kann sie das auch! Du warst zu faul in der Schule, sonst hättest du es auch geschafft, und Baran hat den Beruf erlernt, von dem er träumte. Jetzt streitet euch nicht!« Tarık erhebt die Stimme kaum, er ist ein sanfter Mann, aber er sagt es sehr bestimmt.

In Kaan erwacht die Angriffslust, dieser Timur wird nie sein Freund werden, das ist mal sicher. Aber er respektiert Tarıks Ermahnung und lenkt ein.

»Was arbeitest du denn, Timur?«, will er wissen.

»Hab' Maler und Lackierer gelernt und einen Job bei einer kleinen Firma gekriegt, aber die Bezahlung ist beschissen«, sagt er nun etwas freundlicher. »Aber ich male ein bisschen in der Freizeit, Landschaften, Blumen und so, das verkaufe ich manchmal an Bekannte und Freunde«, fügt er nicht ohne Stolz hinzu und deutet vage auf die Wand neben dem Fenster. Kaan ist überrascht, dass hinter dem eher grobschlächtigen Kerl eine Art Schöngeist steckt. Das kleine Gemälde neben dem Fenster zeigt eine leicht abstrahierte Meeresansicht mit neblig ineinander verwischten Farben.

»Schön«, findet Kaan, »ziemlich originell. Du hast Talent.« Er spürt, dass er sich besser gut stellt mit dem älteren Bruder, da kann ein Kompliment helfen. »Und du, Baran?«, wendet Kaan sich an den anderen.

»Kfz-Mechaniker. Aber ich krieg' keinen Job«, antwortet Baran. Kaan ist verwundert – er dachte, dass man doch deshalb in dieses Land kommt, weil es Arbeit gibt; gut bezahlte noch dazu.

Tarık, der Kaans erstauntes Gesicht bemerkt, sagt vorsichtig: »Es ist heute nicht mehr so einfach, eine Arbeit zu bekommen, jedenfalls wenn man das machen will, was man gelernt hat.«

»Sag ihm doch gleich, dass sie uns nicht ausstehen können, dass sie am liebsten hätten, dass wir nur im Dreck arbeiten. Und wenn wir das nicht wollen, sollen wir uns wieder nach Hause verpissen«, faucht Timur, nun wieder ganz der unfreundliche Typ von vorhin. »Los, erzähl ihm von Cengiz!«, provoziert er seinen Vater.

Tarık wird blass. »Sei still, deine Mutter kann uns hören!«, warnt er seinen Sohn, und Kaan bemerkt, dass ihm das Fehlen des ältesten Bruders Cengiz noch gar nicht aufgefallen ist.

»Was ist mit ihm?«, fragt er zögerlich – er sieht, wie betroffen Tarık ist.

»Ich erzähle es dir später, mein Junge«, antwortet sein Vater; die Stimme wirkt plötzlich brüchig.

»Er ist tot!«, stößt Timur da hervor.

Greta. Gläsernes Glück

| 2015 |

Nach den paar Treffen mit Navid im Restaurant und in Cafés ist er zwei Wochen unterwegs, er meldet sich nur sporadisch bei Greta. Ihr verstorbener Mann Georg dagegen war jemand gewesen, der sie mehrmals täglich anrief, wenn er unterwegs war; er war in dieser Hinsicht ein Kontrollfreak, wollte immer wissen, was sie gerade machte. Sie mochte das, weil es ihr das Gefühl gab, dass ihr Mann sie vermisste und an sie dachte. Navid ruft sie nie an, er schickt lediglich kurze Nachrichten. Deutsche Rechtschreibung zählt definitiv nicht zu seinen Stärken, Greta muss schmunzeln ob seiner fantasiereichen Orthografie. Sie fragt sich, wie er so das Studium in Deutschland geschafft hat, von dem er erzählt hat.

Er teilt ihr nicht mit, wann er wieder zurück ist – sie wartet einfach. Sie möchte nichts falsch machen, nicht drängen, sich nicht die Blöße geben und zeigen, dass sie sich in jemanden verguckt hat, der womöglich doch nicht dasselbe empfindet. Aber sie denkt fast ständig an ihn.

Und dann steht er plötzlich vor ihr. Es ist früher Abend, sie war einkaufen, hat die volle Tasche in der Hand und steht vor der Bäckerei mitten auf dem Bürgersteig der Haupteinkaufsstraße. Er nimmt ihr wortlos die Tasche aus der Hand, lässt sie auf den Boden plumpsen, zieht Greta an sich und küsst sie so leidenschaftlich, dass ihr fast die

Beine versagen. Eine ältere Dame mit Pudel wartet an einer Ampel und schüttelt den Kopf.

»Ich habe dich vermisst. Komm!«, sagt er, nimmt ihre Hand, hebt die Einkaufstasche hoch und marschiert los. Greta lässt sich mitziehen, sie bringt noch keinen Ton hervor und versucht die Horde wild tobender Schmetterlinge in ihrem Bauch zu besänftigen. Muss sie sich daran gewöhnen, dass sie mit diesem Mann Dinge tut, die ihr niemals in den Sinn gekommen wären? So wie Küsse an Fremde im Friseursalon verteilen und mitten in der Öffentlichkeit minutenlang knutschen wie ein Teenager? Gut, dass sie nicht mehr in der Politik ist …

Als sie protestieren will, dass ihr Auto weiter hinten parkt, dreht er sich zu ihr um und verschließt ihr mit einem neuen Kuss den Mund. Ihr Bauch zieht sich zusammen, die Gefühle für ihn kommen mit einer Wucht auf sie zu, die sie nicht mehr für möglich gehalten hat.

Navid hat ein Zimmer in einem Hotel am Stadtpark reserviert – es ist etwas altmodisch eingerichtet, doch aus den Fenstern hat man einen Panorama-Blick auf den großen Park und den von Enten und Schwänen bevölkerten Teich. Eine Flasche Weißwein steht in einem Eiskübel auf einem kleinen Tisch. Sie kommen nicht dazu, ihn zu trinken.

Greta hatte Bedenken vor diesem Moment gehabt – es war schließlich eine Weile her, dass sie zuletzt mit einem Mann zusammen gewesen ist, und dieser, ihr Georg, war auch der einzige in all den Jahren gewesen, sie war ihm immer treu geblieben. Wie wird es mit einem anderen sein? Ist sie mit ihren fünfzig Jahren überhaupt noch attraktiv? Sogar über die bei dieser Gelegenheit zu tragende

Wäsche hatte sie sich Gedanken gemacht – aber das hat sich bei diesem Überfall ohnehin erledigt ...

Mit Navid ist alles von einer völligen Selbstverständlichkeit – er zieht sich und sie voller Ruhe einfach aus, es gibt nicht einen Moment der Unsicherheit, es ist, als ob es so und nicht anders hatte kommen müssen. Sie hat diesen Mann fünfmal im Leben getroffen, und er scheint ihr so vertraut, als wäre er immer schon bei ihr gewesen.

»Wo warst du die letzten Jahre?«, fragt sie ihn, als sie mit dem Kopf auf seiner Schulter ruht und er mit einer Strähne ihres Haares spielt. »Warum hast du mich so lange warten lassen?«

»Ich war verloren, meine Liebe, vollkommen verloren.«

Sie richtet sich auf und blickt ihm in die Augen. Sie schimmern wie ein tiefer grüner See im letzten Abendlicht. Greta sieht alle Liebe und alles Leid der Welt darin. Wann hat jemand sie zuletzt so angesehen? Mit dieser unendlichen Zärtlichkeit? Greta bekommt einen Anflug von Panik. Sie weiß schon jetzt, dass sie diesen Mann vielleicht wird lieben können. Und dass sie sich damit in Gefahr begibt, verletzt, enttäuscht und gekränkt zu werden.

Der Anflug vergeht augenblicklich wieder, Navid hat ihren Kopf in seine Hände genommen, küsst kaum spürbar ihre Augen, ihre Nase, ihre Stirn, ihren Mund.

»Ich werde dich niemals verlassen, niemals«, flüstert er. »Bitte lass nicht zu, dass sie unser Glück zerstören.«

Wer soll unser Glück zerstören wollen? Warum? Wovor hat er Angst?, fragt sich Greta. Sie schmiegt sich in seine Armbeuge und beschließt, später darüber nachzudenken.

Als er sie wieder zu ihrem Auto fährt, ist es schon spät; die Kinder werden sich wundern, wo das Brot fürs Abendessen bleibt, das sie heute Mittag auf dem Markt besorgt hat. Wieder in ihrem Wagen laufen Greta auf dem Nachhauseweg ein paar Tränen die Wangen hinunter. Sie heult vor Freude.

In ihr Tagebuch, das sie nun immer in der Nachttischschublade bereitliegen hat, schreibt sie:

»Ich bin so dankbar für dieses kostbare Geschenk. Er kam völlig unverhofft, völlig unerwartet – vielleicht ist er der einzig Richtige im einzig richtigen Moment. Wir haben beide einiges mitgemacht, wir wünschen uns einfach nur Ruhe und Frieden … Ich hoffe, dass unsere Träume sich erfüllen. Noch nie habe ich mit einem Mann, den ich doch kaum kenne, so gesprochen. Es kommt mir alles so unwirklich vor. Aber wovor hat er Angst? Ist da etwas, vor dem ich mich fürchten muss?«

Navid schreibt ihr kurz vor Mitternacht eine Nachricht, nur einen Satz und den fast fehlerfrei:

»Ich kann nicht schlafen. Ich bin aufgeregt und glücklich.«

Und dann hört sie wieder tagelang nichts von ihm.

| 1983 |

»Cengiz ist tot?«, fragt Kaan, als könne er das eben Gehörte nicht glauben. Er kannte seinen ältesten Bruder nicht, doch die Nachricht macht ihn betroffen. Cengiz war doch höchstens zwei Jahre älter als Yade, also nicht mal dreißig!

Tarık blickt Timur ernst an und deutet mit dem Kopf zur Küchentür, hinter der die Frauen hantieren. Timur begreift, er steht auf und schließt die Tür. Sie sollen nicht hören, was nun erzählt wird.

»Cengiz war zehn, als wir nach Deutschland kamen. Er tat sich schwer, die Sprache zu lernen, obwohl er so jung war. Er konnte noch nicht richtig lesen und schreiben, auch die Schule fiel ihm schwer. Der Junge vermisste seine Heimat, die Natur, seine Freunde. Hier konnte er keine finden, er war ein verschlossenes, stilles, Fremden gegenüber misstrauisches Kind. Yade versuchte immer, ihn zu trösten, sie hat sich viel schneller eingelebt und holte in der Schule alles auf, sie war ein kluges, aufgeschlossenes Kind, sie erobert, wie du sicher bemerkt hast, jedes Herz. Wir wohnten damals noch am Stadtrand von Köln und zogen später nach Duisburg, es gab dort viele Türken. Aber Cengiz sagte oft zu mir: ›Morgen fahren wir nach Hause, ja, baba? Wir gehen doch zurück?‹«

Tarık verstummt und wischt sich über die Augen. Auch Baran und Timur haben ihre Köpfe gesenkt, Baran knetet seine Hände.

»Die Hauptschule hat er dann gerade so geschafft, seine Schwester Yade hat ihm sehr geholfen, aber er fand anschließend keine Lehrstelle; er wollte Schreiner werden, hätte aber auch alles andere gemacht. Ich weiß nicht mehr, wie viele Bewerbungen er rausgeschickt hat, es waren Dutzende«, fährt der Vater fort. »Sein Traum war es, schnell genug Geld zu verdienen und wieder in die Türkei zurückzukehren. Auch ohne uns, denn nach der Geburt der jüngsten Schwestern Meltem und Özlem wollten wir für immer hier bleiben. Wir gehörten nicht mehr nach Kürecik. Doch für Cengiz wurde es zur fixen Idee, dass er nur dort leben und glücklich werden könne.«

Dann hört Kaan eine Geschichte, die er nicht für möglich gehalten hätte – nicht in der Türkei und schon gar nicht in Deutschland.

~~~~~

»Du musst verstehen, Kaan – das Elend begann damit, dass Cengiz keinen Ausbildungsplatz fand, obwohl er so viele Bewerbungen verschickte«, hebt Tarık an. »So konnte er keinen richtigen Beruf erlernen. Er wollte nicht von mir abhängig sein, nicht zu Hause rumhängen; er nahm Gelegenheitsarbeiten an – meist half er auf Baustellen oder putzte Fenster, in der Regel nur Arbeit für ein paar Tage oder Stunden. Dann fand dein Bruder einen Job, der ihm Spaß machte: Ein Nachbar von uns, Mehmet, hatte einen kleinen Laden aufgemacht, er bot Döner Kebab an, die Leute rannten ihm die Bude ein. Er brauchte dringend eine Hilfe und fragte Cengiz. Der lernte, wie man das Grillfleisch von dem drehenden Spieß absäbelt, er schnitt Gurken, Zwiebeln und Tomaten, zerkleinerte
~~~~~

Weiß- und Rotkohl, wärmte Fladenbrot, rührte die Joghurtsoße an. Die Kunden mochten seine ruhige, auch im dicksten Betrieb niemals nervöse Art. Er war ein stiller, freundlicher, junger Mann, dem nichts zu viel war«, fährt Tarık fort. »Doch dann war schon nach knapp drei Jahren Schluss: Mehmet hatte genug Geld verdient und wollte seine Bude dichtmachen. 1980 kehrte er zurück in die Türkei, seine Frau hatte inzwischen eine Schneiderei in ihrem Heimatort Bolu eröffnet und war mit den beiden Kindern die ganze Zeit dort geblieben. Cengiz überlegte, den Laden von Mehmet zu übernehmen – aber er hatte nicht genug Geld, keine Bank wollte ihm oder mir einen Kredit geben.«

»Tja, und dann ging die Scheiße richtig los«, mischt sich Timur ein.

Über einen Bekannten geriet Cengiz an ein Subunternehmen, das sogenannte Leiharbeiter für Industriereinigung an Firmen wie Mannesmann, Thyssen, MAN und andere Unternehmen dieser Art vermittelte. Zahlreiche angestellte Arbeiter aus der Türkei und anderen Gastarbeiterländern waren inzwischen von diesen Konzernen entlassen worden, man bot ihnen »Rückkehrhilfen« in Form von Prämien an, damit sie freiwillig gingen. Denn es war für die Konzerne viel billiger, statt dieser Angestellten geliehene Arbeitskräfte zu beschäftigen: Man konnte sie für ein paar Mark die Stunde anheuern und sie die gesundheitsschädliche, miserabel bezahlte Schinderei in Schlamm, Dreck und Schlacke erledigen lassen.

»Aber Cengiz hatte man erzählt, man könne durchaus gut verdienen, wenn man sich nur möglichst viele Stunden abrackert«, berichtet Tarık, »der Junge wusste nicht genau, worauf er sich einlässt, und nahm den Job an.«

Zunächst wurde er in eine Kokerei geschickt, später setzte man ihn überall ein – er war jung, kräftig und muckte nicht auf. Cengiz stand um vier Uhr früh auf, damit er um fünf Uhr den Bus bekam, der die Arbeiter einsammelte. Er musste bei eisiger Kälte auf Fördertürme klettern, um unter Förderbändern mit Hacke und Pressluftbohrern ineinander verschmolzene Erdklumpen loszuklopfen. Ihm froren bei Arbeiten in zehn Meter Höhe bei 16 Grad minus fast die Hände ab, als er mit seinen Kollegen auf Metallgestellen gefrorene, dicke Verkrustungen loshacken und wegschaufeln musste; keine Schutzbrille schützte ihn vor den kleinen herumfliegenden Stücken, es gab auch keinen Schutz vor den aus dem Dreck aufsteigenden, stinkenden Rauchschwaden oder vor dem aus den Rohren ausströmenden Gas.

Während der Vater all dies von seinem Sohn berichtet, stockt immer wieder seine Stimme. Er spricht weiter: »Cengiz quetschte sich in schmale Spalten, um mit Brecheisen durch verkrustetes Eisenerz blockierte Maschinen freizubekommen. Er und andere Leiharbeiter wurden in die Tiefen von Koksmühlen geschickt, um mit einem Pressluftgebläse den fingerdicken Staub auf den Maschinen und in den Ritzen aufzuwirbeln und anschließend in Plastiksäcke zu schippen.«

Da wird Timur laut: »Sag doch, wie es war, baba: Er schluckte und fraß den Koksstaub doch regelrecht, und seine Lungen waren voll mit dem Dreck! Atemschutzmasken gaben sie den ausländischen Arbeitern damals genauso selten wie Schutzhelme, Arbeitshandschuhe, Sicherheitsschuhe oder Gehörschutz gegen den ohrenbetäubenden Lärm der Pressluftgeräte in den engen Gängen.«

Timur nimmt einen großen Schluck Rakı, seine Hand zittert, so wütend ist er. Sein Vater versucht, in ruhigem Ton weiterzuerzählen. Kaan erfährt, dass die Ausländer in den Pausen getrennt von den Deutschen saßen, aber sie durften sich nicht in ihrer Sprache unterhalten – dann gab es Ärger, denn die Deutschen vermuteten, dass man schlecht über sie sprach. Keiner der Fremdländischen protestierte, keiner ließ sich von Beschimpfungen und schlimmen Beleidigungen provozieren, alle hatten Angst um ihre Jobs, so mies die auch waren. Auch in Deutschland stieg die Arbeitslosigkeit dramatisch, man holte längst keine »Gastarbeiter« mehr ins Land. Im Gegenteil: Man wollte sie loswerden, sie waren verhasst, wurden wie minderwertige Arbeitstiere behandelt.

»Cengiz redete nicht viel darüber, ich glaube, es war ihm peinlich und er war immer furchtbar müde. Aber einmal sagte er mir, dass auf den versifften Toiletten Sprüche standen wie: ›Kanaken raus‹ und ›Was stinkt mehr als Pisse? Die Türken!‹«, wirft Timur immer noch wütend ein.

Dann hört Kaan, dass Cengiz manchmal mehrere Schichten hintereinander annahm, Arbeitszeitverordnungen interessierten anscheinend keinen. Einmal brachte er es auf über 280 Monatsstunden. Machte er mal frei, schlief er wie ein Toter. Seine Mutter war krank vor Sorgen um ihren Ältesten, sein Vater flehte ihn an, mit der mörderischen Schinderei aufzuhören, er könne ihm ohne große Probleme eine andere Arbeit besorgen. Aber Cengiz ließ sich nichts sagen, er wollte einfach nur weg und dafür das Geld zusammenbekommen. Offenbar hoffte er, dass er eine besser bezahlte Festanstellung erhielte, wenn er nur hart genug arbeitete. Er übernahm klaglos auch die gefährlichsten Aufgaben, ließ sich vom Vorarbeiter schikanieren und als »dummer Türkendepp« oder »Kümmeltürke« beleidigen. Doch er bekam keine Anstellung, nicht einmal als LKW- oder Gabelstaplerfahrer.

Nach drei Jahren war Cengiz ein Wrack. Er hatte so viel Staub mit Teer, Blei, Quecksilber, Mangan, Titan und Eisen eingeatmet, dass seine Bronchien und Lungen ruiniert waren. Er aß immer weniger, hustete dauernd, ihm war häufig übel.

»Es war ein Grauen, dabei zuzusehen, wie er immer kranker wurde und es ignorierte«, erzählt sein Vater weiter. »Wenn er ausspuckte, war seine Spucke schwarz. Sein ohnehin blasses Gesicht war aschgrau, und der Körper wurde rappeldürr.«

Durch die tagtäglichen körperlichen Zwangshaltungen in Schächten und Spalten hatte er ständig Rückenschmerzen. Cengiz war erst Mitte zwanzig und sah aus wie vierzig. An einem kalten Dezembertag übernahm er nach einem harten Arbeitstag die zweite Nachtschicht hintereinander, seine Kolonne reinigte Kanäle in einem Keller. Immer wieder fielen glühende Eisenstücke herunter, es dampfte, man sah die Hand vor Augen kaum.

Als die Kollegen später gefragt wurden, was genau passiert sei, antworteten sie, dass sie nichts sehen konnten und auch keinen Schrei gehört hatten. Erst nach der Schicht sei aufgefallen, dass einer fehlte. Cengiz.

Er – übermüdet und erschöpft – musste ausgerutscht sein, fiel mit dem Gesicht in den Kanal. Es war ein unglücklicher Zufall, dass ein besonders großes Stück Eisen ihn am Schädel traf. Er trug keinen Helm.

Als sie ihn seiner Mutter brachten, schrie Sema so laut, dass die ganze Straße es hörte. Dann brachten Tarık und die beiden Brüder den Erstgeborenen der Familie dorthin zurück, wo er hingewollt hatte.

Cengiz wurde in der Nähe von Kürecik beigesetzt. Er wurde 26 Jahre alt.

Greta. Gläsernes Glück II

| 2015 |

Für Greta beginnt eine Zeit, die sie ohne zu zögern als die glücklichste seit vielen Jahren bezeichnen würde. Nicht dass sie unglücklich gewesen war in ihrer langen Ehe, Georg und sie hatten sich meist gut verstanden, der Gesprächsstoff ging ihnen selten aus, sie hatten ein schönes Leben. Doch in den letzten Jahren waren eine Müdigkeit und Resignation eingetreten, ein gewisses Desinteresse ihrerseits an ihrem immer eine Spur zu lauten und arg selbstherrlichen Gatten – vielleicht das Resultat mancher enttäuschter Erwartung und Hoffnung, wie es so viele Ehen erleiden. Ihr Mann wurde ihr fremd. Sie waren sich zwar vertraut und sie fühlte sich ihm verbunden. Aber oft erschien er ihr meilenweit weg. »Na ja«, dachte sie, »seine Geliebte war ihm und seinem gefüllten Bankkonto sicher gerne nah.«

Greta schilt sich sofort für den Gedanken – das war ein für alle Mal Vergangenheit. Nun erlebt sie etwas, das in ihrem emotionalen Repertoire lange verschüttet war. Ist Navid nicht bei ihr, fühlt sie sich unvollständig. Wenn sie sich nach einem Abendessen voll anregender Gespräche oder einem langen, gemeinsamen Spaziergang verabschieden und er sie vor der Haustür ein letztes Mal umarmt, in sein Auto steigt und wegfährt, bleibt sie oft noch länger auf der Straße stehen und sieht ihm nach. Es ist ihr dann, als sei an ihrer Seite ein Loch. Sie spürt dieses Fehlen nahezu körperlich.

Dabei sehen sie sich gar nicht häufig, telefonieren so gut wie nie, nur Nachrichten werden geschickt. Sie weiß meist nicht genau, wo er steckt, weiß nicht genau, was er macht. Sie teilen nicht ihren Alltag, zwischen ihnen gibt es keine Verabredungen im Voraus, keine gemeinsamen Einladungen oder Übernachtungen in der Wohnung des anderen. Navid hat etwas von einem Phantom. Das irritiert sie, dennoch existiert eine Verbindung zwischen ihnen, die sie mit Worten nicht greifen kann. In ihr Tagebuch schreibt sie:

»Ich bin dankbar für dieses unverhoffte Glück, egal wie lang es währen mag. Die letzten Wochen waren wunderbar. Und doch warnt mich etwas in mir.«

Navid ist aufmerksam und rücksichtsvoll, hat Verständnis für ihre Schusseligkeit und ist reizend zu ihren Kindern, wenn er nachmittags mal auf einen Kaffee vorbeikommt. Sie können stundenlang reden, nicht selten sind sie die Letzten im Restaurant oder sitzen noch lange vor ihrer Haustür in seinem Auto, stets halten sie sich an den Händen. Er erzählt von seiner Heimat, von seiner Familie und von seiner Religion. Er gehört einer Glaubensrichtung an, die – so sagt er – besonders gesellig und tolerant sei und in der es eigentlich nur drei Gebote gebe, nämlich auf Mund, Herz und die unteren Gefilde des Körpers zu achten, das sei das Wesentliche. Er betont, wie wichtig Ehrlichkeit, Aufrichtigkeit und Respekt gegenüber anderen seien, das habe ihm sein Vater in Istanbul beigebracht und danach würde er leben, auch wenn ihm dadurch viel Unrecht widerfahren würde. Manchmal sprechen sie über Politik, sie merkt, dass sie sehr unterschiedliche Einstellungen haben. In Navids Heimatland braut sich unter dem neuen Präsidenten Recep Tayyip Erdogan etwas zusammen, das vielen Demokraten Sorgen macht. Navid schätzt zwar die strenge religiöse Einstellung des Präsidenten nicht sonderlich, ist aber der Auffassung, dass dieser Mann wie schon in den Neunzigern als Istanbuler Oberbürgermeister noch viel bewegen wird, außerdem würde er die Macht des für seine Putschversuche berüchtigten Militärs zurückdrängen. Und schließlich halte Erdogan das Land doch stabil, weil seit Atatürks Tagen noch nie jemand die türkische Politik so lange dominiert habe wie er. Er sei ja schon elf Jahre Ministerpräsident gewesen, bevor er letzten Sommer zum Präsidenten gewählt worden war. Wenn Greta einwirft, dass doch gerade das zeige, wie machtbewusst er ist und wie gezielt er auf dem Weg ist, die Demokratie zu demontieren und womöglich eine Autokratie zu installieren, erwidert Navid, dass die Türken schon aufpassen werden, dass das nicht passieren wird. Seine Landsleute wüssten ja spätestens seit dem 2013 von Erdogan niedergeschlagenen Aufstand am Taksim-Platz, mit wem sie es zu tun hätten. Und dann fügt er hinzu:

»Außerdem muss man sich mit der herrschenden politischen Klasse arrangieren, wenn man dort Geschäfte machen will oder Vermögenswerte in der Türkei hat!«

Greta ist nicht wohl bei solchen Aussagen, sie verachtet Mitläufertum und Opportunismus zutiefst, doch Navid weicht bei genauerem Nachfragen, was er denn damit meine, aus.

Bis auf diese sehr unterschiedlichen politischen Einschätzungen verstehen sie sich fast blind. Manchmal scheint es Greta, als spiegele er sie in allem wider – ihr fällt auf, dass er ihr immer zustimmt, ihre Meinung ist stets auch seine. Von außen betrachtet müsste man sagen: Er ist glatt wie ein Aal. Einmal betrachtete er sie versonnen mit verschleierten, samtgrünen Augen und versicherte, dass er nach dem Unglück mit Ela nicht damit gerechnet habe, noch einmal im Leben eine Frau so zu lieben.

Er lacht gerne, doch immer sieht sie hinter dem Lachen die Traurigkeit in seinen Augen. Diese vielfarbigen, grünen Augen. Sie spürt, dass in seinem Inneren eine tiefe Verletzung, eine nicht wiedergutzumachende Zurückweisung lauert. Aber sie spricht nicht mit ihm darüber, fragt nicht, wer Ela ist, irgendetwas hindert sie daran – sie traut sich nicht, weil sie fürchtet, etwas Unsägliches aufzurütteln. Wenn sie Zeit miteinander verbringen, ist er der denkbar zugewandteste Mann, sie genießt jede Minute, denn sie weiß nie genau, wann sie ihn wiedersieht. Es kommt ihr alles zerbrechlich vor. Sie fürchtet sich davor, dass ihre Gefühle für diesen nicht greifbaren Mann zu tief werden.

»Navid, meine Liebe, meine Hälfte. Enttäusche mich nicht. Verletze mich nicht. Immer habe ich Angst, dass alles platzt«, notiert sie dann in ihr Tagebuch. Es ist alles fast zu schön, um wahr zu sein.

Manchmal ist er einfach da, so wie damals auf der Einkaufsstraße. Sie wähnt ihn im Ausland, hat zwei Tage nichts von ihm gehört, und plötzlich taucht er neben ihr auf, wenn sie nachmittags mit ihrer Tochter auf den hohen Hockern an der Bar in ihrem Lieblingscafé sitzt und einen Milchkaffee trinkt. Dann umarmt er sie beide von hinten, sodass sie vor Schreck fast vom Stuhl kippen, herzt Stella und sie und strahlt, als hätte er sich noch nie im Leben so gefreut, jemanden zu sehen. Oder er klingelt unverhofft vormittags an der Haustür, hat langstielige Rosen oder Lilien in der Hand, hinter denen seine Gestalt fast verschwindet, und sagt leise:

»Ich hatte solche Sehnsucht nach dir.«

Greta kann Lilien nicht ausstehen – vom Duft wird ihr fast übel, die gelben Pollen versauen Böden und Blusen –, doch sie behandelt die Blumen, als seien sie aus kostbarem Material. In die Vase kommen sie allerdings erst, nachdem er wieder gegangen ist.

»Solange du dir nicht ein Herz-Tattoo mit seinem Namen auf den Oberarm stechen lässt, geht's ja noch«, grummelt Anja, als sie sich in der neuen Tapas-Bar am Marktplatz treffen. Anja ist sauer – bislang hat Greta ihr Navid noch nicht vorgestellt.

»Wäre ja nett, wenn man den Wunderknaben nach fast drei Monaten mal kennenlernen würde«, fährt sie mit gespielter Empörung fort. Suzie stößt zu ihnen.

»Na, wäscht dir unsere Drama-Queen den Kopf?«, begrüßt sie die beiden lachend und lässt sich auf einen Stuhl fallen. »Aber es wäre schon angemessen, dass deine besten Freundinnen sich deinen Liebsten mal ansehen dürften – in natura meine ich!«, stimmt sie Anja zu. Fotos hatte Greta natürlich schon gezeigt – sie waren wohlwollend betrachtet worden. Sehr wohlwollend sogar.

»Er ist halt viel unterwegs, und die Kinder hat er schon kennengelernt, sie mögen ihn«, rechtfertigt sich Greta. In der Tat ist es ihr noch nicht gelungen, Navid zu einem Treffen mit ihren engsten Freundinnen zu überreden. Letzten Freitag waren sie mit Anja und ihrer aktuellen Flamme – einem Konditor, der sie mit Törtchen voll stopfte – verabredet gewesen, doch Navid hatte mittags abgesagt. Er müsse drei Geschäftspartner aus Istanbul am Flughafen abholen und mit ihnen nach Brüssel zu einer Tagung fahren.

Greta hatte verwundert nachgefragt: »Mit deinem kleinen Auto?«

»Ich leihe mir eins bei meiner Mitarbeiterin.«

»Eine Tagung am Wochenende? Und die Geschäftsleute kommen so spontan hierher?«, insistierte sie weiter.

»Sie brauchen einen Dolmetscher.«

Greta wunderte sich etwas, fragte aber nicht weiter nach.

»Was macht dein Navid denn überhaupt genau?«, bohrt Anja weiter – anscheinend läuft die Liaison mit dem Süßwarenspezialisten nicht ganz zufriedenstellend, Anja befindet sich im Kampfmodus.

Greta erklärt, dass er als Berater tätig sei, deutschen Unternehmen behilflich sei, die in der Türkei Niederlassungen betreiben oder gründen wollen. Umgekehrt berate er türkische Firmen, die in Deutschland investieren oder fusionieren möchten. Ganz sicher ist sie sich zwar nicht, was das konkret heißt, aber so hat Navid es ihr erzählt, und sie hat keinen Grund, daran zu zweifeln. Ab und zu ließ er Firmennamen fallen – Modeunternehmen und Konsumgüterhersteller, die nach Produzenten suchten oder nach Standorten in der Türkei Ausschau hielten.

»Okay, das klingt einleuchtend«, konstatiert Suzie, wie stets um Ausgleich bemüht.

»Hat Mr. Unsichtbar denn wenigstens ein bisschen Schotter?«, fragt Anja, die offenbar misstrauisch ist, was den Herrn aus dem Orient betrifft.

»Anja!«, mahnt Suzie, »jetzt lass doch mal deinen materialistischen Ansatz! Das ist doch nicht wichtig!«

»Wie, nicht wichtig? Soll unsere Greta den Kerl etwa durchfüttern? Sie hat durch Georgs Tod genug mitgemacht, jetzt hat sie es verdient, mal verwöhnt zu werden! Nicht dass der nur ein warmes Nestchen in Gretas schönem Häuschen sucht!«

Anja hat einen Hang zu übertreiben – es ist ihrem Beruf als Schauspielerin geschuldet. Aber sie hat natürlich recht – Greta ist ein Mensch, der sein Leben lang einzig und allein nach ihrem Gefühl entschieden hat, wenn es um Männer ging. Aber eine arme Kirchenmaus, die sie noch zusätzlich zu ihren drei Kindern unterstützen muss, wünscht sie sich für ihre Zukunft natürlich nicht.

»Er ist total großzügig zu mir!«, ruft sie und freut sich, dass sie an der Stelle nur Bestes von ihrem Freund berichten kann. »Selbstverständlich lädt er mich immer zum Essen ein, und ihr wisst doch, dass wir zwei Tage in Paris waren – es war traumhaft, er hat total süße Restaurants ausgesucht und ist klaglos mit mir durch die Geschäfte marschiert. Dazu ist er unglaublich fürsorglich, nie hat er im Gedränge meine Hand losgelassen, obwohl ich mich dort eigentlich besser auskenne als er. Ab und zu bringt er kleine Geschenke mit – Blumen für mich, einen Nagellack für Stella –, und zu unserem dreimonatigen Kennenlernen kam er in Paris mit einer schwarzen Satin-Abendtasche von Dior an!«

Greta zeigt auf ihrem Handy ein Foto des edlen Teils, da muss selbst Anja kurz den Mund halten, solch eine Tasche ist teuer. Offenbar hat der Typ Geschmack.

»Und –«, Greta macht eine künstliche Pause, ihre Augen blitzen, »bald nimmt er mich mit in seine Heimat! Er hat es mir vorhin gesagt und schon alles gebucht!«

»Na fein, wird ja auch Zeit. Dann wirst du seinen Clan ja kennenlernen«, brummt Anja.

Greta verschweigt, dass es dazu wohl nicht kommen wird. Sie ruft: »Zumindest würde ich sie begrüßen können – ich habe angefangen, Türkisch zu lernen! Ich mochte die Sprache schon immer. Aber er weiß es nicht, ich werde ihn damit überraschen!«

Sie wartet amüsiert auf die Reaktionen ihrer Freundinnen: Anja verdreht die Augen, Suzie lächelt beseelt.

»Das muss Liebe sein«, seufzt sie, »wie romantisch!«

Sie bestellen eine große Platte gemischte Tapas für alle und einen Rioja Baron de Ley. Als sie die zweite Flasche fast geleert und jede eine Crema Catalan gefuttert haben, ist es schon spät, sie haben viel erzählt und viel gelacht. Suzie hatte die Geschichte ihres letzten via Online-Portal zustande gekommenen Dates zum Besten gegeben: Der Herr, ein nicht unattraktiver Mittfünfziger, hatte ihr nach dem Abendessen höflich in den Mantel geholfen, sich ganz nah zu ihr gebeugt und ihr ins Ohr geraunt: »Ich stehe auf SM.« Daraufhin rief Suzie so vernehmlich: »SM? Diese Partei kenne ich nicht!«, dass die Gäste an den Tischen in Garderobennähe aufschauten.

Suzie verschluckt sich beim Lachen, als sie den konsternierten Gesichtsausdruck des Herrn schildert und wie er dann leicht wankend wortlos in sein Auto stieg und verschwand.

Anja wiederum erzählt kuriose Geschichten aus der Welt des Theaters. Von technischen Pannen, verwechselten Perücken, liebestollen Kollegen und einer großen Shakespeare-Rolle unter einem fantastischen Regisseur, die sie in der übernächsten Saison in Aussicht hat. Beim

Abschied muss Greta ihren Freundinnen schwören, dass sie ihnen Navid bald präsentiert – egal, mit welchem Trick sie ihn dazu bringt.

~~~~~

Doch erst einmal freut sie sich, mit ihm in seine Heimat zu reisen – sie war erst einmal in Istanbul, vor zehn Jahren mit Georg. Nie mit jemandem, der dort zu Hause ist. Sie überlegt lange, was sie in ihren kleinen Koffer packt. Halb im Scherz fragt sie Navid, ob sie ein Kopftuch einpacken solle; er muss herzlich lachen und verspricht, ihr das schönste Seidentuch am Bosporus zu kaufen.

Der Flug geht sehr früh, sie zieht etwas Bequemes und doch Schickes an – weiße Jeans, flache Schuhe und eine weiche, helle Lederjacke. Sie haben sich am Flughafen vor dem Schalter der türkischen Airline verabredet. Navid ist schon da, auch er lässiger als sonst in Jeans, hellblauem Polohemd und hellem Baumwollsakko. Ihr Herz hüpft vor Freude, als sie ihn sieht. Beide haben kleine Koffer, er nimmt ihr ihren sofort ab.

»Ich hatte Angst, dass du nicht kommst«, sagt er erleichtert und umarmt sie.

Greta ist überrascht. Wie kommt er darauf? Stets wohnen Zweifel in ihm, das hat sie schon gemerkt – als sie ihn einmal etwas unwirsch fragte, wieso er sich manchmal einfach nicht melde, wurde er ganz fahl im Gesicht und fragte, ob sie ihn nun verlassen würde, immer hätte er Furcht, dass sie kulturelle Unterschiede oder so etwas anführen würde und nicht mehr mit ihm zusammen sein wolle.
~~~~~

»Ich habe Angst, dass das alles nur ein Traum ist«, hatte er leise gesagt.

Navid hat ihre Tickets, gibt sie nicht aus der Hand. Als er sie der Stewardess zum Einchecken zeigt – Greta hätte das längst online am Vortag erledigt, aber er bevorzugt die altmodische Variante –, könnte Greta schwören, dass dort ein anderer Vorname steht, nicht Navid, aber so genau kann sie einzelne Buchstaben ohne Brille nicht entziffern. Sie denkt auch nicht mehr daran – ihr wird in den nächsten Tagen eine ganze Stadt zu Füßen gelegt.

| 1962/84 |

Kaan rutscht in seinem Sessel im Wohnzimmer nach vorne und sieht Tarık und Timur entsetzt an. Er kann kaum glauben, was er soeben gehört hat. Cengiz tot! Und er hat unter unmenschlichen Umständen gearbeitet. Wieso hatte sein ältester Bruder sich diese fürchterliche Arbeit angetan?

Als könne er Gedanken lesen, sagt Timur: »Das war Selbstmord auf Raten. Cengiz wollte aus diesem verfluchten Land weg, egal wie. Er blieb hier immer ein Fremder.« Die Wut in seiner Stimme ist nicht zu überhören. »Und als er sich totgeschuftet hatte, haben die Schweine von der Versicherung nicht mal was gezahlt – sie behaupteten, in seinem geschwächten Zustand hätte er sich krankmelden müssen und sei seiner Pflicht dazu nicht nachgekommen. Der Unfall sei daher seine eigene Schuld gewesen. Selbst um seinen ausstehenden Lohn mussten wir kämpfen. Wenn Tarık nicht in der Gewerkschaft gewesen wäre, hätten wir das Geld nie bekommen!«

»Du bist in der Gewerkschaft?« Kaan schaut seinen Vater verwundert an. Bislang hat er ihn für einen tumben Malocher gehalten, einen, der einfachste Arbeiten verrichtet und nichts gelernt hat.

»Unser Vater war einer der ersten Türken, die Anfang der Sechzigerjahre aus Ostanatolien hierher gingen, da waren noch keine 500 in Deutschland, die meisten kamen ja erst 67/68«, erklärt Baran, der selten den Mund aufmacht und sich erstaunlich gewählt ausdrückt. »Er hat die Sprache gelernt, obwohl es damals keine Kurse oder Hilfe für die Gastarbeiter gab – sie sollten ja wieder zurückgehen, wenn sie hier nicht mehr gebraucht wurden. Doch Anfang der Siebziger, als mit der Weltwirtschaftskrise die Arbeitslosigkeit auch hier stieg und der Anwerbestopp für fremde Arbeiter erfolgte, haben viele ihre Familien nachgeholt und blieben. Da waren es schon fast 900.000 Türken.«

Tarık hatte damals, 1962, Glück gehabt. Er wurde bei einem Autozulieferer in Köln als Hilfsarbeiter eingestellt und traf auf nette deutsche Kollegen. Einige waren sehr hilfsbereit, das war keine Selbstverständlichkeit. Da er ein umgängliches Wesen hatte und nach kaum einem Jahr halbwegs Deutsch konnte, fungierte er als Übersetzer für die anderen türkischen Gastarbeiter, denen die Maschinen erklärt werden mussten. Man respektierte Tarık, denn er war freundlich, ohne unterwürfig zu sein, bestimmend, ohne aggressiv zu werden. Er lernte schnell. Schließlich wurde er Vorarbeiter.

Dennoch wohnte Tarık wie alle anderen in einer armseligen Baracke unter primitiven Bedingungen. Abends saßen sie hundemüde in ihren Mehrbettzimmern auf Pritschen, spielten Karten und sprachen von der Heimat. Manchmal vertrauten sie sich ihre Träume an, die sie sich dort vom hier verdienten Geld erfüllen wollten: einen Kleinbus kaufen und damit Leute transportieren; endlich die Verlobte heiraten und ein Geschäft eröffnen; ein Häuschen im Dorf kaufen und Felder bewirtschaften; die Kinder in Istanbul oder Ankara auf die Universität schicken…

Die Firma, für die Tarık arbeitete, erkannte seinen Wert als Vermittler zwischen den einheimischen und den Gastarbeitern, die für wenig Geld zuverlässige Arbeit lieferten. Tarık wurde zum Elektroinstallateur ausgebildet und dann nach Duisburg und später nach Hagen versetzt.

Als er in den ersten Jahren genug gespart hatte, um eine einigermaßen anständige Wohnung zu mieten, holte er 1966 Sema und die vier größeren Kinder nach. Das jüngste, Bekir – gerade erst geboren –, blieb zurück. Vielleicht könnten sie es später nachholen, so beschwichtigte Ahmet sich selbst, oder sie würden irgendwann alle zusammen wieder in die Heimat zurückkehren und es dort wieder zu sich nehmen; aber dann kamen in Deutschland bald Meltem und Özlem zur Welt. Tarık hatte eine ordentliche, im Vergleich zum Lohn in der Türkei viermal so hoch bezahlte Arbeit, es gab für ihn Renten- und Sozialversicherung, er hatte türkische Freunde gefunden. Und der kleine Bekir hatte es doch so gut in Istanbul bei der vornehmen, gebildeten Familie, nicht wahr?

Tarık Demir beschloss daher früher als viele seiner Landesgenossen, für immer mit seiner Familie in Deutschland zu bleiben. Er entschied es, obwohl er wusste, dass Sema weder richtig lesen noch schreiben lernen würde und sich nicht die Sprache aneignen wollte. Er ahnte: Sie würde immer Heimweh haben, nie die Hoffnung auf Rückkehr aufgeben. Doch ihr Ehemann hoffte auch, dass seinen Kindern eine bessere Zukunft blühen würde; hoffte, dass sie keine Fremden bleiben würden. Er wollte das Beste für sie.

»Weißt du, mein Junge, für mich war es kein verfluchtes Land, wie dein Bruder sagt – für mich war es das gelobte Land«, schaltet sich Tarık in Barans Ausführungen ein. »Doch man muss mehr als tausend Schritte gehen, um darin auch eine neue Heimat zu finden. Wir hatten damals ein sehr hartes Leben auf dem Land, es gab in der ganzen Türkei zu wenig Arbeit, auch nicht in den Städten, wo viele aus Verzweiflung hinzogen. Ihr Kinder hattet keine Zukunft. Die Regierung wollte, dass ihre eigenen Leute ins Ausland gehen, sie wurde der Massenarbeitslosigkeit und Landflucht nicht Herr und hatte das Anwerbeabkommen mit der Bundesrepublik geschlossen. Die Bundesrepublik ging darauf ein – das hatte auch damit zu tun, dass die NATO die Türkei weiterhin als Verbündeten im Kalten Krieg brauchte, sie war ja ein sehr wichtiger Posten an der Grenze zum sozialistischen Block. Dafür wollten die türkischen Machthaber und Militärs als Gegenleistung Teilhabe am wirtschaftlichen Aufschwung in Europa. In Deutschland, so hieß es, gebe es ein Wirtschaftswunder. Und wir Türken galten als besonders fleißig und zuverlässig, wir scheuten keine Art von Arbeit und waren anspruchslos. Ich fuhr damals viele Stunden von Malatya nach Istanbul zu dieser deutschen Verbindungsstelle, die uns untersucht hat. Das war keine schöne Prozedur, das kann ich euch sagen, aber jeder von uns betete, dass er genommen wird. Nur jeder Vierte schaffte das! Ahmet, dein Adoptivvater, hat mir sehr geholfen, denn eigentlich sollten vor allem ledige Männer angeworben werden, und ich hatte Frau und Kinder. Er half mir dabei, meinen Pass im Polizeipräsidium in Sirkeci zu bekommen, und brachte mich am Tag der Abfahrt zum Bahnhof, der auch in Sirkeci lag. Der Zug war voller Männer, sie hatten ihre besten Sachen an, viele trugen Anzug und Hemd, manche sogar Krawatte. Frauen, Kinder, Mütter und Väter waren gekommen und drängten sich auf dem Bahnsteig, alle weinten, verabschiedeten sich mit langen Umarmungen von ihren Lieben und Liebsten. Keiner wusste doch, wann man sich wiedersieht. Ich war froh, dass ihr nicht da wart, es war herzzerreißend. Wir alle waren voller Hoffnung und Euphorie, aber auch Furcht. 50 Stunden – drei Tage und zwei Nächte auf harten Holzbänken und in großer Kälte – dauerte die Fahrt; unterwegs gaben uns Bauern und Kinder durch die Fenster etwas zu essen und zu trinken, Börek und Wasser. Wir kamen in München an, von dort aus ging es weiter Richtung Ruhrgebiet. Die meisten wurden im Bergbau, in der Stahl- und Eisenindustrie oder in der Autoproduktion und auf Baustellen eingesetzt. Am Anfang waren die Arbeitsverträge auf ein, dann zwei Jahre begrenzt, aber das wurde auf Wunsch der Industrie schnell aufgehoben. Man musste die Leute ja sonst immer wieder neu anlernen.«

Kaan, immer noch erstaunt über die Kenntnisse seines Vaters, stellt sich vor, wie es damals vor mehr als zwanzig Jahren gewesen sein muss. Diese Männer brachen in der Hoffnung auf ein besseres Leben in die Fremde auf, ließen zurück, was ihnen lieb und teuer war, und kamen nach strapaziösester Reise für ungewisse Zeit in ein Land, in dem sie weder Religion und Sitten noch Gebräuche und schon gar nicht die Sprache kannten. Ging es ihm nicht genauso? Gut, er hatte eine weitaus angenehmere Reise gehabt, würde keine lebensgefährliche Arbeit machen müssen, und seine Familie lebte bereits seit Langem hier – aber sie war ihm genauso fremd wie jeder andere, der hier in der Siedlung wohnte. Wie sollte er jemals hier zu Hause sein?

In dem Moment geht die Küchentür auf, ein kleiner Triumphzug aus Schüsseln, Platten und Tellern nimmt seinen Weg zum Esstisch in der Ecke des Wohnzimmers. Angeführt wird die weibliche Armada aus duftenden Speisen von Yade, die ihre männlichen Angehörigen lachend schilt, wieso denn der Tisch noch nicht gedeckt sei. Kaan staunt, mit welcher

Windeseile seine beiden Brüder gehorsam Besteck, Gläser und Karaffen mit Wasser herbeiholen und auf das gemusterte Wachstuch werfen, während der Vater aus einem wuchtigen Schrank eine Flasche Rakı hervorholt. Er schenkt den Männern am Tisch ein, reicht Wasser dazu. Sanft vermischt sich der hochprozentige Schnaps aus getrockneten Trauben und Anissamen im Glas mit dem Wasser und wird zu einem milchigen See. Auf dem Tisch stehen Schüsseln mit Meze: Hirtensalat aus klein geschnittenen Tomaten, Gurken, Paprika, Zwiebeln und Schafskäse, Cacık, Joghurtcreme mit Gurken, Knoblauch und frischen Kräutern, gefüllte Weinblätter, mit Käse gefüllte und überbackene Champignons, hellgelber Humus und Pide, warmes Fladenbrot. Zum Hauptgericht reichen die Frauen Lammspieße, würzige Rinderhackbällchen – Köfte –, gedünstetes Gemüse und Reis – Pilav. Es ist eine Festtafel, extra für ihn.

Es schmeckt köstlich. Lange hat er nicht mehr so gut gegessen. Nach dem ersten Glas Rakı erzählt Tarık weiter, er schwelgt nahezu in Erinnerungen.

»Die erste Zeit in Deutschland war hart. Außer für die zwei Jahre Militärdienst hatte ich mein Dorf ja noch nie verlassen. Ich hatte schon im Zug Bekanntschaft mit zwei anderen Kameraden gemacht, Mustafa und Ali aus Çorum, die in derselben Firma unterkommen sollten wie ich. Wir waren alle unsicher und doch froh, dass wir die Chance hatten, Geld zu verdienen. Weißt du, Kaan, wir wollten höchstens zwei oder drei Jahre bleiben, dann zurückgehen und uns in der Heimat etwas mit dem verdienten Geld aufbauen. Deshalb haben die meisten die Sprache zunächst nicht erlernt, aber ich war immer schon neugierig, wollte mit den Deutschen in Kontakt kommen. Mir war unbehaglich, dass ich mich nicht mitteilen konnte. In der Firma waren die meisten freundlich und hilfsbereit, fast keiner hatte bis dahin je einen Türken zu Gesicht bekommen! Und die Deutschen waren auch fleißig, das muss man sagen. Und wie sauber alles auf den Straßen und vor den Häusern war! Wie hübsch die kleinen Gärten vor vielen Häusern. Das fiel mir sofort auf. Ich erinnere mich noch an das erste Weihnachtsfest, die Stadt und die Geschäfte waren festlich geschmückt. Es war bitterkalt, und überall lag hoher Schnee. Ich wunderte mich, als ich hörte, dass es in Deutschland Sitte sei, gesunde Tannenbäume zu fällen, um ein religiöses Fest – die Geburt von Jesus – zu feiern. Doch unser Chef ließ eine große Tanne in der Eingangshalle aufstellen. Als ich sah, wie schön der Baum mit seinem Grün mitten im Winter aussah und wie festlich die Lichter und Kugeln glänzten, wurde auch mir feierlich zumute. Alle Mitarbeiter kamen nach Dienstschluss zusammen und sangen in der Halle ein Weihnachtslied. Das war wirklich schön, auch wenn es sicher bessere Chöre gibt und wir natürlich nicht mitsingen konnten. Ich glaube, dass wir alle an diesem Abend besonders großes Heimweh hatten. Jeder von uns Gastarbeitern – außer uns Türken waren noch Portugiesen und Spanier in der Firma – erhielt später von der Sekretärin des Chefs eine Tüte aus buntem Papier, darauf waren Sterne, Engel und Schneemänner. In jeder Tüte waren eine Tafel Schokolade, Socken, eine Packung Kaffee und eine Schachtel mit Gebäck, das die Frau vom Chef selbst gebacken hatte. Ich werde den Geschmack in meinem Leben nicht vergessen – Anisplätzchen, sie waren bröselig und schmeckten ein bisschen wie Rakı!«

Tarık muss lachen und nimmt einen Schluck aus seinem Glas.

»Erzähl mal von Karneval, baba!«, fordert Baran ihn auf. Er hat schon rote Backen, anscheinend ist er den Alkohol nicht gewöhnt, während der ältere Bruder Timur schon das dritte Glas vor sich stehen hat.

Wieder lacht Tarık. »Ja, das war eine Aufregung! Ich konnte mich schon einigermaßen verständlich machen, da kamen meine Kollegen Mustafa und Ali sonntags zu mir und sagten, dass wir morgen freihätten und unbedingt in die Innenstadt fahren müssten, da würde ein fröhliches Fest gefeiert – das Ende des Winters und der Beginn des Frühlings. Ich dachte, das ist so was wie unser Hizir und Ilyas – das Frühlingsfest am 6. Mai. Wir nahmen die Straßenbahn – ich kann euch sagen, da war vielleicht was los! Je näher wir dem Zentrum kamen, desto voller und lauter wurde es. Wir hatten Anzüge und unsere Mäntel an, es war kalt. Doch die Menschen in der Bahn waren fast alle in Kostümen, wir sahen Clowns, Matrosen und Indianer, die Mädchen waren angemalt und trugen trotz der Eiseskälte ziemlich kurze Röcke! So etwas hatten wir noch nie gesehen, obwohl wir uns schon daran gewöhnt hatten, dass man hier mit dem weiblichen Geschlecht ganz selbstverständlich näher zusammen war als in unserer Kultur – beim Einkaufen oder in der Straßenbahn sahen Frauen mich manchmal direkt an, dann schaute ich zu Boden. Doch an dem Tag ging es noch mal anders zu. Mancher hatte eine Flasche Bier in der Hand, die Männer und Frauen umarmten sich und küssten sich sogar! Mir kam das alles sehr seltsam vor. Als wir am Hauptbahnhof neben dem riesigen Dom ankamen, wimmelte es auf dem Platz davor und in den Straßen vor Menschen, alle waren ausgelassen. Wir passten auf, dass wir uns im Gedränge nicht verloren. Da näherten sich große, bunt hergerichtete

Wagen, darauf standen Leute in Kostümen und bunten Uniformen, sie warfen Bonbons und Blumen und riefen ›Alaaf, Alaaf‹, die Menge brüllte zurück. Überall hörte man Musik, die Leute hakten sich unter und tanzten. Und plötzlich hatte ich ein Mädchen am Arm – sie hatte eine schwarze Perücke mit langen Haaren an, um die Stirn ein rotes Band gebunden und darin steckte eine große rote Feder. Ich wusste nicht, was ich tun sollte! ›Allah, steh mir bei‹, dachte ich nur. Doch das Mädchen lachte und winkte Mustafa und Ali herbei, zwei andere Mädchen kamen dazu. ›Seid ihr Italiener?‹, schrie sie mir ins Ohr. ›Nein, Türken‹, antwortete ich. Das konnte sie kaum glauben, sie hatten alle drei noch nie einen Türken gesehen. Sie wollten dann unbedingt mit uns in ein Lokal, obwohl alles überfüllt war. Mustafa fand freie Plätze in einer Kneipe, er war immer der Mutigste von uns. Er bestand darauf, dass ich auch ein Bier trinke, obwohl ich damals nie Alkohol zu mir genommen habe. Die Frauen – das Indianermädchen hieß Brigitte – bestellten etwas zu essen und stellten alle möglichen Fragen. Wo wir herkämen, wie die Landschaft aussah, ob die Frauen wirklich tagein, tagaus Kopftücher tragen müssten und ob es noch Sultane und Haremsdamen gäbe. Als unser Essen kam, lag etwas auf den Tellern, was ich noch nie gesehen hatte: in ganz dünne Streifen geschnittener weißer Kohl, der weich gekocht war. Daneben lagen gebratene Würste. Mit Händen und Füßen erklärten uns die Mädchen, das sei Sauerkraut und die Wurst heiße Bratwurst. Ich fragte, ob Schweinefleisch darin sei, aber das verneinten sie. Wir saßen dann lange in dem Lokal, und obwohl wir verschiedene Sprachen sprachen, hatten wir einen unterhaltsamen, lustigen Abend. Der schönste, seit ich zehn Monate zuvor nach Deutschland gekommen war.

Nur am nächsten Tag ging es mir nicht so gut. Ich hatte wohl zu viel Bier getrunken.«

Tarık schaut in die Ferne, als würde irgendwo da draußen ein Indianermädchen mit einer roten Feder im Haar auf ihn warten, das ihn Semas bitteren Blick vergessen lässt. Den ganzen Abend sitzt sie mit zusammengekniffenen Lippen am Tisch, nur wenn sie sich Essen hineinschiebt, öffnet sie ihren Mund. Bis jetzt hat sie noch kein einziges Wort gesagt.

Kaan mag die Frau, die seine Mutter ist, nicht. Nie wird er sie mögen, das weiß er. Banu war seine wahre Mutter.

Sema. Entwurzelung

| 1954–66 |

Es gab nicht viel Auswahl in ihrem und den benachbarten Dörfern. Alle sahen gleich aus, und alle rochen gleich. Sie waren Hirten oder arbeiteten auf dem Feld. Ihre Hände waren immer schmutzig, wenn der Flaum im Gesicht endlich zum Schnurrbart wurde, waren sie stolz, als wäre das eine besondere Leistung. Sema hatte sieben oder acht Geschwister, alle Familien hatten viele Kinder, sie starben oder überlebten, der Kummer war so beständig wie die Armut. Ihre ältere Schwester Dilan sollte heiraten, ihr Bräutigam war einer der fünf Söhne eines Bauern aus dem Nachbardorf. Die Schwester bekam Fieber und starb, Ärzte gab es damals nicht, das nächste Krankenhaus war weit weg. So nahm Sema den Burschen, der von allen noch der angenehmste war – er sah recht gut aus, hatte ein freundliches Wesen, behandelte auch Mädchen mit Respekt. Und er hatte die Schule vier Jahre besucht, konnte lesen und schreiben. Sema hatte ein schlechtes Gewissen, als sie dachte, dass der Tod ihrer Schwester doch auch etwas für sich hatte. Sie bekam nun den für Dilan bestimmten Mann. Er hieß Tarık. Es hätte sie schlechter treffen können, sie hatte schon immer ein Auge auf ihn geworfen.

Doch kaum waren sie verheiratet, wurde er zum Militärdienst berufen, zwei Jahre blieb er in Istanbul, hatte keinen Urlaub. Als er wieder zurückkam nach Kürecik, gründeten sie eine Familie: Cengiz wurde Ende 1956 geboren, eineinhalb Jahre später Yade, dann kamen Timur und Baran.

Aber Tarık hatte sich verändert, während der Zeit in der großen Stadt: Er träumte von einem anderen Leben, er wollte mehr. Er war ein geduldiger, sanfter Mann, doch sie sah, dass er unglücklich war. Manchmal, wenn er müde von der Arbeit auf dem Feld nach Hause kam, sah er die Kinder in ihren armseligen Kleidern an, und jede Hoffnung schwand aus seinem Blick. Er wurde immer wortkarger, und Sema besaß kein Rezept, seine Schwermut zu lindern. Sie hatte nicht viele Worte, war eine stille Frau, auch ihr Herz hatte in der Bitternis ihres Lebens gelernt zu schweigen. Das Leben war seit Generationen so, und es würde so bleiben. Harte Arbeit und das Wetter bestimmten den Rhythmus der Tage, Eiseskälte im Winter, glühende Hitze im Sommer, entweder waren die Felder knochenhart von der Trockenheit oder vom Frost. Die Männer waren froh, wenn sie zu den wenigen zählten, die in der nächsten Stadt eine Arbeit in der Fabrik fanden, sie kamen nur alle zwei oder drei Wochen nach Hause.

Es war kein freudvolles Dasein. Und doch hatte man seine Gemeinschaft, die Nachbarn und Verwandten, kannte die Eigenarten der kargen Landschaft, feierte Bayram mit Baklava und Börek und schwatzte vor den Hütten und wackeligen Häusern aus Stein. In einem der Nachbardörfer gab es ein Café, manchmal fuhren die Burschen und jungen Männer mit einem Fuhrwerk hin, trafen dort andere Männer aus der ganzen Umgebung und blieben lange fort. Danach kannten sie die Neuigkeiten, einige konnten die Zeitung lesen, und sie waren zumindest für einige Tage besser gelaunt.

Sema merkte, dass mit Tarık etwas vor sich ging. Manchmal hielt er lange in seiner Beschäftigung inne und blickte an einen unbestimmten Punkt am Horizont. Sie sah, dass er nachdachte, aber sie fragte nicht. Als er eines Abends ganz gegen seine Gewohnheit ihre Hand nahm, wusste sie, dass er gehen würde.

»Sema, ich möchte, dass unsere Kinder etwas Richtiges lernen, dass sie eine bessere Zukunft haben. Im Café gab es Männer, die erzählten, dass man in einem Land sehr weit weg von hier fleißige Arbeitskräfte sucht und unsere Regierung ihre Landeskinder gerne dorthin schickt, denn hier gibt es nicht genug Arbeit, auch in den Städten nicht. Man kann in diesem fernen Land – Almanya heißt es – viel mehr Geld verdienen als hier. Ich habe einen vornehmen Herrn namens Ahmet aus Istanbul kennengelernt, der nach Arbeitern für eine neue Fabrik in Malatya suchte. Wir haben lange miteinander gesprochen. Sema, der Herr würde mir helfen, in dieses Land zu kommen. Ich bin noch keine dreißig, kräftig und gesund. Dann bliebe ich ein oder zwei Jahre dort, ich würde euch Geld schicken, und wenn ich zurück bin, haben wir genug gespart, um uns etwas aufzubauen, Sema. Wir eröffnen in Malatya ein Geschäft, verkaufen Obst und Gemüse und was die Leute so brauchen, wir können unsere Kinder auf eine richtige Schule schicken!«

»Wann gehst du?«, war die einzige Frage, die sie ihm stellte. Wenn ihr Mann sich etwas vorgenommen hatte, brachte nichts und niemand ihn davon ab. Ob sie traurig, entsetzt oder froh war, war ihr nicht anzumerken. Nur ihr zugekniffener Mund ließ ahnen, dass sie mit der Entscheidung nicht einverstanden war.

»Wann?«, wiederholte sie.

»In zwei Wochen«, antwortete Tarık fast unhörbar und schlug die Augen nieder. Er erzählte Sema nicht, dass er dem vornehmen Herrn aus Istanbul ein Versprechen gegeben hatte.

In den zwei verbleibenden Wochen wechselten die Eheleute noch weniger Worte als sonst, Tarık war der Erste seit Menschengedenken, der sein Dorf und seine junge Familie verließ, um in die Fremde zu gehen. Die Frauen fanden das ungeheuerlich, die Männer beneideten ihn.

Der Abschied zwischen Tarık und Sema verlief kurz. Er küsste sie auf die Stirn und murmelte etwas Unverständliches; seine Kinder drückte, küsste und herzte er lange. Er wiegte den erst wenige Monate alten Baran in seinem Arm, drückte den kleinen Timur fest, strich der vierjährigen Yade lange über das lange, lockige Haar. Er hatte Tränen in den Augen. Cengiz klammerte sich jammernd an sein Bein und wollte ihn nicht gehen lassen.

»Nimm' mich mit, baba, bitte«, flehte der Sechsjährige weinend. Tarık musste die dünnen Ärmchen mit Gewalt von seinem Bein lösen, es war schrecklich, brach ihm fast das Herz. Sema half ihm nicht.

Ein Lastwagen nahm Tarık mit bis Malatya, er hatte seine besten Sachen angezogen. Von dort nahm er den Bus nach Istanbul. Er war nicht der Einzige aus der Gegend, der hoffte, in eine bessere Zukunft zu fahren.

Sema blieb zurück und fügte sich in das Schicksal einer zurückgelassenen Frau. Sie erledigte ihre Arbeit im Haus und auf dem Feld, versorgte die Kinder und trotzte der Einsamkeit, die sie oft fühlte, indem sie sich ständig beschäftigte, die Kinder scheuchte oder abends in das kleine Feuer starrte und sich ausmalte, was gewesen wäre, hätte sie einen anderen Burschen genommen, einen, der seiner Arbeit in einer Fabrik nachging und zufrieden war mit dem Leben, das schon seine Väter, Großväter und Urgroßväter gelebt hatten. Sema hatte keine Ahnung, wo dieses Almanya lag, dieses Land, für das ihr Mann sie und die Kinder alleine ließ. Sie war 27 Jahre alt und hätte sich niemals vorstellen können, irgendwo in der Fremde zu leben, wo man eine andere Sprache sprach, andere Gebräuche hatte, eine fremde Religion ausübte und keinen einzigen Menschen kannte.

Aber Tarık schickte regelmäßig Geld und schrieb Briefe, die ihr jemand vorlesen musste, weil sie weder lesen noch schreiben konnte. Was er schrieb, klang, als hätte er zwischen netten Kollegen, gutem Lohn und einem warmen Zimmer einen kleinen Platz im Paradies ergattert. Doch zwischen den Zeilen hörte Sema, wie sehr er seine Familie vermisste, wie alleine auch er sich oft fühlte.

Dreimal wurde es Winter, bevor ihr Ehemann für einige Wochen wiederkam, Taschen voller Geschenke hatte er dabei. Sie erkannte ihn kaum wieder, für die beiden kleinsten Kinder Baran und Timur war er die ersten Tage ein fremder Mann. Cengiz war ihm schon barfuß über das Feld entgegengelaufen, als seine Ankunft bekannt wurde. Strahlend und stolz führte er den Vater an der Hand über die steinige Dorfstraße, Yade tanzte vor Freude.

Tarık sah verändert aus, sprach gewählter, bewegte sich selbstbewusster, wirkte unter den Bauern und Hirten wie etwas Besseres. Er schwärmte von Deutschland, in dem alles so sauber und aufgeräumt und fortschrittlich sei, überall gäbe es richtige Straßen und Lichter und Läden und Radios, und der Lohn sei sehr gut, er habe viel gelernt, sogar die Sprache. Im Dorf umringte man ihn, war neugierig auf das, was er berichtete. Sema erinnert sich, wie er dort stand und die Männer, Burschen und Kinder ihm lauschten, als erzähle er von unglaublichen Abenteuern in einer exotischen Welt.

Tarık fand nicht mehr nach Hause in Kürecik, in diese karge, abends stockdunkle Ödnis. Er sah seine Zukunft nicht mehr hier, in seiner Heimat. Nach einigen Wochen fuhr er zurück nach Deutschland. An einem der Abende zuvor hatte er zu seiner Frau gesagt:

»In spätestens einem Jahr komme ich wieder, Sema, dann hole ich euch zu mir. Wir werden in Deutschland wieder zusammenleben, möglicherweise bleiben wir ganz. Du wirst sehen: Es ist viel besser dort. Ich erledige in Istanbul alles, was dafür erforderlich ist, und schreibe dir, was zu tun ist.«

Sema nahm diese ihr ganzes bisheriges Leben beendende Tatsache hin, wie sie alles einfach hinnahm. Wer weiß, dachte sie, es ist noch lange bis dahin. Vielleicht ändert er seine Meinung wieder.

Als Sema einige Wochen nach seiner Abreise merkte, dass sie ein Kind erwartete, bekam sie Angst. Vielleicht war es in diesem fremden Land doch besser als hier? War nicht alles besser als das hier? Sie stellte sich vor, wie es wäre, wenn sie sich nicht mehr so schinden müsste. Tarık hatte erzählt, dass die Frauen in diesem Almanya nicht auf den Feldern schuften mussten, dass man in den Geschäften alles kaufen könnte, die Wohnungen wie neu seien und fast alle Heizungen und elektrisches Licht und sogar Badezimmer hätten. Und jeder hätte ein eigenes, richtiges Bett. Er hatte genug gespart, um ihnen eine solche Wohnung zu mieten, wenn sie nachkommen. Und dann wollte er sich ein Auto kaufen. Ihr Tarık hatte sogar den Führerschein gemacht! Ausflüge könnten sie dann unternehmen, die Kinder würden die Welt kennenlernen.

Sema, die nie lächelte, lächelte versonnen und träumte davon, dass ihre Kinder und auch sie schöne, neue, warme Kleidung tragen würden und dass immer genug zu essen da war, auch im Winter. Sie schaute auf ihren runder werdenden Leib und verfluchte den Tag, an dem sie dieses Kind empfangen hatte. Die anderen vier waren schon anstrengend genug, und nun sollte für sie ein neues Leben anfangen. Ein Leben, vor dem sie sich fürchtete und auf das sie sich doch auch freute. Und dann noch ein Säugling! Er kam zur unrechten Zeit.

Sema schonte sich nicht, auch als ihr Bauch immer mehr anschwoll und das Kind darin viel unruhiger war als ihre Älteren. Es trat und boxte, sie schimpfte manchmal, es solle Ruhe geben, und presste die Hand auf die kleinen Beulen, die ein Händchen, Füßchen oder was auch immer durch ihre Bauchdecke und den fadenscheinigen, schwarzen Rock drückte.

Die Wehen setzten lange vor der Zeit mitten im Winter ein, das Kind hatte es offenbar eilig, auf diese schäbige Welt zu kommen. Es war winzig klein und rot, sie schaute es kaum an, denn sie war sich sicher, dass es den Tag seiner Geburt nicht überleben würde. Das wäre auch besser so.

Draußen lag Schnee, es war bitterkalt in ihrer Behausung, lange hatte sie nichts von Tarık gehört, die Post kam seit Wochen nicht an. Ihre Nachbarin und eine Tante kümmerten sich um das Baby – und Yade. Sie war von Anfang an vernarrt in den Winzling. Es war ein Junge. Sie nannten ihn Bekir.

Einem Instinkt folgend, dessen Ursprung sie nie verstand, nahm sie den Säugling, der wider jedes Erwarten nicht starb, nie an. Sie tat so, als gebe es ihn nicht, auch wenn ihre von Milch geschwollenen Brüste schmerzten. Jeden Morgen trat sie früh vor das Häuschen, sah noch in der Dunkelheit nach draußen in der Hoffnung, dass Tarıks Gestalt am Ende der staubigen Straße auftauchen würde. Wochenlang hielt sie vergebens Ausschau, bis ein Brief seine Ankunft im Mai ankündigte. Sie begann, ihre wenigen Habseligkeiten zu packen und innerlich Abschied zu nehmen von dem, was bisher ihre Welt gewesen war.

Als ihr Mann endlich zurückkam, staubbedeckt, blühte die steinige Landschaft schon. Gelb, weiß, purpurn, lila und violett leuchteten die Blüten. So, als hätte sich die Umgebung besonders schön herausgeputzt, um ihren Abschied festlich zu umrahmen. Sema wusste nicht, wie sie ihrem Mann sagen sollte, dass noch ein Maul mehr zu stopfen sein würde, dass noch ein hilfloses Menschenkind die lange Reise mit ihnen antreten würde. Doch ihr Tarık reagierte nicht, wie sie befürchtet hatte. Er wurde nicht unwirsch, im Gegenteil, er freute sich über das Kind zur unrechten Zeit!

Sema weinte vor Erleichterung, obwohl sie niemals weinte; doch als ihr Tarık nachts nach ihrer Umarmung flüsternd gestand, welches Versprechen er gegeben hatte, wusste sie, dass sie recht gehandelt hatte, ihr Herz vor diesem winzig kleinen Jungen zu verschließen.

Ihr ganzes Leben lang würde sie sich das nicht verzeihen.

| 1984 |

Yade ist von Herzen froh. Ihr kleiner Bruder Bekir, der sich nun mit Rufnamen Kaan nennt, ist wieder da! Wie oft hat sie in all den vergangenen Jahren an ihn gedacht, sich gefragt, wie er lebt, wie es ihm ergangen war. Ob er wohl wusste, dass er noch Geschwister hatte, noch eine leibliche Familie in Deutschland? Von ihrem Vater hatte sie lediglich erfahren, dass er in Istanbul bei einem vornehmen und lieben Ehepaar in einer schönen, großen Wohnung aufwuchs und es sehr gut hatte. Mehr war nicht aus ihm herauszubekommen.

Doch nun, nach 18 Jahren, ist er endlich zu ihnen zurückgekehrt! Und was er alles zu berichten hat! Er bringt frischen Wind mit in die muffige, von der trüben Stimmung der Mutter durchdrungene Wohnung; er erzählt ganz anders als der Vater von der Heimat, die von ihm nur als karge Wüstenei geschildert worden war. Wie gerne würde sie einmal nach Istanbul reisen und die Herrlichkeiten sehen und riechen, von denen Kaan schwärmt! Jetzt, wo er bei ihnen ist, scheint das alles in greifbarer Nähe.

Sie hat ihm in Barans Zimmer ein Bett bereitet – es war früher Timurs Schlafplatz – und für ihn die schönste Bettwäsche ausgewählt, die der Haushalt zu bieten hat. Sie hat seine Sachen aus seinem Koffer und der Tasche ordentlich gefaltet in eine Schublade gelegt, seine Jacke, die paar Hemden und Hosen in einem Kleiderschrank verstaut. Sie selbst wohnt nicht mehr zu Hause, auch Timur nicht.

Als Kaan spätabends im Badezimmer fertig ist und vorsichtig das Zimmer betritt, liegt Baran bereits in seinem Bett an der gegenüberliegenden Wand. Er schläft schon oder tut zumindest so. Baran hat am nächsten Morgen eine Art Vorstellungsgespräch – ein deutscher Kumpel, so erzählte er, will einen kleinen Handel mit gebrauchten Autos eröffnen und kann einen Kfz-Mechaniker gut gebrauchen. Wenn er den Job bekommt und einigermaßen verdient, sucht er sich auch ein eigenes Zimmer, da kann er wenigstens machen, was er will. Seine beiden jüngeren Teenager-Schwestern Meltem und Özlem gehen ihm auf die Nerven – vor allem, wie viel Freiheiten sein Vater ihnen lässt. Tarık war immer der Meinung, dass man sich den Sitten des Landes, in dem man lebt, anpassen sollte. Seine Töchter dürfen enge Hosen tragen und draußen ohne Kopftuch herumlaufen, Yade schminkt sich, kleidet sich schick und wohnt mit ihrer Cousine in Düsseldorf, wo sie eine gute Stelle hat. Sie trägt das Kopftuch nur ihrer Mutter zuliebe, wenn sie zu Besuch nach Hause kommt.

Baran und Timur sehen das nicht gerne – sie sind konservativer als ihr Vater, auch wenn sie Frauen respektieren, gelten in ihren Augen auch hier weitestgehend die Regeln ihrer Heimat. Darüber haben sie oft mit ihrem Vater gestritten, soweit das bei Tarıks ausgleichendem Charakter möglich war. Tarık war der Auffassung, man könne sich der Lebensweise und den Gebräuchen der neuen Umgebung anpassen, ohne seine eigenen Werte und Sitten ganz aufzugeben. Ein Chamäleon würde sich auch an seine Umgebung anpassen und sich damit schützen, aber es bleibe doch ein

Chamäleon und sei grün genauso glücklich wie blau oder gelb. Auch dürfe man doch die eigene Kultur nicht derart idealisieren, Licht und Schatten gebe es überall. Er belehrte seine Söhne:

»Ihr sagt, dass ihr hier Fremde seid, dass ihr als Ausländer beschimpft werdet. Aber wisst ihr, wie man uns in der Heimat nennt? Nein? ›Almancı!‹, rufen sie dort, ›Deutschländer!‹, und glaubt mir, dass ist nicht immer nett gemeint. Man muss lernen, damit zu leben, dass man zwei Herzen in der Brust schlagen hat – ein türkisches und ein deutsches. Doch wenn man immer im Schatten unseres Mondsterns lebt, wird man unglücklich. Denkt an Cengiz, denkt an eure Mutter!«

Und stets schloss er mit leichtem Ärger in der Stimme:

»Ihr beiden habt doch nur ganz kurz dort gelebt, könnt euch kaum erinnern! Nur noch einmal wart ihr später in unserer Heimat, als wir unseren Cengiz heimgebracht haben. Ihr habt doch gesehen, wie rückständig und arm es da auf dem Land immer noch ist, ihr wolltet nie wieder dorthin. Seid froh, dass ihr das Beste aus zwei Kulturen mitnehmen könnt! Etwas lernen durftet! Und wenn es euch nicht gefällt, könnt ihr jederzeit zurück, ihr seid erwachsen. Aber denkt dran, dass ihr eurer Mutter das Herz brechen würdet!«

Immerhin hatte Tarık seiner ältesten Tochter verboten, eine Lehre als Friseurin zu machen, das war ihr Traumberuf gewesen – aber da wäre sie Männern womöglich doch zu nahe gekommen. Yade hatte einen sehr guten Realschulabschluss gemacht, die Lehrerin empfahl sogar, dass sie Abitur machen solle, sie habe das Zeug zum Studium. Doch Yade hatte genug von der Schule, wollte arbeiten, ihr eigenes Geld verdienen, selbstständiger werden; sie fand einen Ausbildungsplatz als Druckerin und anschließend die Arbeitsstelle in Düsseldorf. Yade war hübsch, geschickt und immer gut gelaunt, jeder mochte sie. Die Arbeit gefiel ihr, es war ein ungewöhnlicher Beruf für eine Frau, noch dazu eine türkische. Sie war mit einem Türken aus der Nähe von Ankara verlobt, Emre. Er war wie sie mit seinen Eltern in den Sechzigerjahren nach Deutschland gekommen und wohnte noch zu Hause, sein Vater hatte in einer benachbarten Stadt einen Großhandel für Obst und Gemüse aufgezogen. Es war ein erfolgreiches, offenbar lukratives Geschäft, in dem Emre seit seinem Schulabschluss mitarbeitete. Er war ein cleveres Bürschchen und würde den Betrieb übernehmen.

Baran mochte den Kerl nicht – Emre sah gut aus, und das wusste er. Baran passte es nicht, wie er mit stolz geschwellter Brust seine hübsche Schwester vorführte, als sei sie schon jetzt sein Eigentum. Und er hasste es, wenn Emre mit seinem lauten Angeberauto vorfuhr, um Yade bei den Eltern abzuholen und nach Düsseldorf zurückzufahren. Baran fand ihn überheblich, albern und latent aggressiv, doch im Grunde war er neidisch. Er hatte nicht mal ein Moped und keine Arbeit. Aber das würde sich bald ändern, dass schwor er sich! Yade war jedoch offensichtlich ganz vernarrt in den Typen, das war auch kein Wunder. Alle Weiber fanden ihn toll.

Die beiden hatten sich vor zwei Jahren auf der Hochzeit von Emres Cousine kennengelernt. Emre hatte den »Halay« angeführt, das kleine rote Tuch geschwungen, das Tempo vorgegeben. Er war ein hervorragender Tänzer, schlank, elastisch, er beherrschte den Rhythmus perfekt. Während des Tanzes und den ganzen Abend ließ er Yade kaum aus den Augen, sie war die schönste junge Frau im Saal, keine strahlte wie sie. Sie trug ein schulterfreies, dunkelblaues

Abendkleid, der golddurchwirkte Stoff glitzerte wie ein Sternenhimmel, ihr herrliches Haar war kunstvoll hochgesteckt, die großen Augen dramatisch geschminkt. Die Angebetete spürte Emres Blicke, sie glühte, ihre schwarzen Augen leuchteten, die Freundinnen kicherten. Kaum einem Gast blieb verborgen, dass Emre und sie ein Paar werden würden. Baran musste einsehen, dass seine besonnene, fürsorgliche Schwester ihr großes Herz einem Mann geschenkt hatte, der ihm nicht geheuer war.

Doch sie ist glücklich. Wann immer sie ihre Familie besucht, lacht sie, spricht ununterbrochen von Emre, schmiedet Pläne für ihr gemeinsames Leben. Sie liebt ihn von ganzem Herzen, und er scheint sie zu vergöttern. Das versöhnt Baran, er hängt sehr an seiner großen Schwester, sie war immer für ihn da, hat ihm immer geholfen. Ohne ihre Hilfe und Geduld hätte er die Schule nicht geschafft, obwohl er nicht dumm ist. Sema konnte ja bis heute nicht richtig lesen und schreiben, ihr Deutsch war katastrophal, nie hatte sie den Versuch unternommen, heimisch zu werden. Er hat das Gefühl, dass das Leben seiner Mutter an dem Tag geendet hat, als sie in Deutschland ankamen; alles muss sie zutiefst enttäuscht haben. Sie hatte sicher diffuse Hoffnungen auf ein besseres Leben gehegt und nicht im Entferntesten geahnt, wie schwer es werden würde, auch wenn der Alltag von außen betrachtet viel leichter geworden war. Sema existierte all die Jahre hindurch einfach nur, sorgte für ihre Kinder, wusch, kochte, putzte und wurde immer dicker. Außer zu einigen türkischen Frauen aus der Nachbarschaft hat sie nie Kontakte geknüpft, zum Einkaufen müssen bis heute meist Tarık oder eines ihrer Kinder mitgehen.

Baran war als kleiner Junge hierhergekommen, für ihn

war es kein Problem, ein Deutschländer zu sein, jemand, in dessen Brust zwei Herzen schlugen. Er hat sich nie die Frage gestellt, was es für Sema, diese einfache Analphabetin vom Land, bedeutet haben muss, mit vier kleinen Kindern in ein vollkommen fremdes Land zu gehen, in einer Stadt zu leben, in der sie niemandes Worte verstand, die Häuser dicht gedrängt standen, zahlreiche Autos fuhren und die Luft von der Industrie manchmal dick und grau war. Wie es für sie, deren Mann von Montag bis Samstag den ganzen Tag arbeitete, gewesen sein muss, als ihr die eigenen Kinder fremd wurden, weil sie zur Schule gingen, bald anders sprachen, anders dachten, anders handelten. Was wusste Baran oder sonst wer aus der Familie davon, dass Sema Angstzustände, Kopfschmerzen, Magenprobleme hatte? Dass sie unter Depressionen litt – ein Wort, das nicht einmal sie selbst kannte? Was wusste Baran davon, dass die Mehrzahl der türkischen Migrantinnen darunter litt? Wie konnte er ahnen, wie viele von ihnen gerne zurückgekehrt wären und mit dem Gedanken spielten, sich umzubringen? Wie sehr Sema unter dem litt, was sie ihrem jüngsten Kind einst angetan hatte, indem sie es einfach abgab? Seine Mutter hatte alles unter einem dicken Tuch aus Schweigen, Resignation und Trauer verhüllt. Und nie hatte jemand danach gefragt, wie es ihr ging, wie sie sich fühlte. Sie war einfach da. Und störte nicht.

~~~~~

Yade und Emre werden im nächsten Monat heiraten, das Fest wird riesig werden. Emres Vater hat eine Halle angemietet, über 300 Gäste werden erwartet. Da wird wohl auch sein neuer Bruder Kaan dabei sein.
~~~~~

Baran seufzt leise und zieht sich die Decke enger um den Körper. Er war neugierig auf ihn gewesen. Als er von seiner Ankunft gehört hatte, hat er darüber nachgedacht, dass es nicht einfach für ihn sein muss: Da wächst man mit Milch und Honig bei reichen Leuten in Istanbul auf, und dann erfährt man, dass alles Lug und Trug war und man nun ins kalte Wasser geschmissen wird. Er hatte den kleinen, vergessenen Bruder sogar bedauert, doch nun, da er ihn erlebt hat, ist das Gefühl verflogen. Kaan hat etwas Aalglattes, er redet zu viel, schaut ihm zu viel hin und her, lächelt zu viel. Ihm erscheint dieser verlorene Bruder wie ein verletztes und gehetztes Tier, das jederzeit zum Sprung und zum Angriff bereit ist – doch am liebsten von hinten angreift.

Kaan. Chamäleon

| 1984 |

Kaan liegt keine zwei Meter entfernt neben ihm, das Gesicht zur Wand gedreht, die Decke bis zum Gesicht hochgezogen. Was für ein Tag … Er möchte nachdenken über alles, was er in den letzten Stunden erlebt und erfahren hat. Heute früh ist er noch in Istanbul durch die verlassene, großbürgerliche Wohnung gestreift, nun liegt er mit viel zu viel gutem Essen im Magen Tausende Kilometer entfernt in einem gesichtslosen Kaff auf einer besseren Pritsche, neben ihm atmet ein fremder Mensch, der ihm unangenehm ist. Doch Kaan ist so erschöpft, so müde, dass er sofort in einen tiefen Schlaf fällt.

Als Kaan aufwacht und die Augen öffnet, weiß er zunächst nicht, wo er ist. Er kennt das Zimmer nicht, auch nicht die in fröhlichen Farben klein gemusterte Tapete und die weißen Möbel. Ein paar lange Sekunden schwebt er zwischen der Welt des Schlafens und des Wachseins, er muss sich erst aus diesem verwirrenden Nebel schälen, bis ihm ins Bewusstsein steigt, wo er sich befindet: in der Fremde unter Fremden. Trauer überfällt ihn.

Das Bett neben ihm ist leer, die Wohnung still. Kaan dreht sich auf den Rücken und starrt die Decke an. Er muss einen Plan machen, sonst wird er verrückt. Und sich anpassen. Zunächst muss er die Sprache lernen, das ist klar. Das deutsche Alphabet ist gottlob bis auf einige Laute das gleiche wie das türkische, denn das ist seit den Zwanzigerjahren –

Atatürk sei Dank! – nicht mehr das arabische des Osmanenreiches, sondern das lateinische. Tarık hat ihm schon gesagt, dass an der Volkshochschule Deutschkurse angeboten werden. Er wird sich anstrengen müssen, Lesen und Schreiben zählen nicht zu seinen Stärken, aber er wird es hinbekommen, denn gut reden kann er sehr wohl. Anschließend wird er studieren, irgendetwas mit Wirtschaft, dann kann er später Geschäftsmann werden. Um Geld zu sparen und sein Erbe weitgehend unangetastet zu lassen, muss er vorerst hier wohnen bleiben. Es gibt ordentliches Essen, er wird auch sonst versorgt und ist nicht allein. Sema wird er niemals mögen, er muss sie hinnehmen, aber sie redet sowieso nichts und stört nicht weiter. Die beiden jüngeren Schwestern hat er schon um den Finger gewickelt, und mit Tarık ist gut auszukommen, er ist ein netter Kerl und klüger, als er gedacht hat. Von ihm wird er lernen, wie man hier zurechtkommt. Timur scheint selten bei seinen Eltern zu Besuch zu sein. Einzig Baran ist eine unberechenbare Größe – bislang hat der sich zurückgehalten, ihn genau beobachtet, genau zugehört. Kaan spürt, dass der Bruder ihm misstraut, obwohl Baran sich bemüht, freundlich zu sein. Aber er scheint der intelligentere seiner beiden Brüder zu sein, also würden sie einen Weg finden, miteinander klarzukommen. Kaan hat das Gefühl, dass Baran ihm nützlich werden könnte.

Er müht sich aus dem niedrigen Bett, fröstelt, immerhin ist der Boden – eine moosfarbene Auslegware – warm. Er geht ins Bad, mustert kritisch die sanitären Anlagen, die er jedoch für gut befinden muss, auch wenn die beige-braunen Kacheln nicht seinem Geschmack entsprechen. Alles ist blitzsauber, die Handtücher sind säuberlich gestapelt.

Als er später in die Küche geht, ist dort niemand, die

Wohnung scheint verlassen. Kaan sieht auf die laut tickende Wanduhr, sie ist aus heller Keramik, Blümchen sind daraufgemalt. Es ist schon fast zwölf Uhr! Er hat demnach zwölf Stunden geschlafen. Auf dem Küchentisch stehen ein Teller, ein Becher und eine Thermoskanne, daneben ein Körbchen mit einigen Scheiben ihm seltsam dunkel erscheinendem Brot, ein hölzernes Brett mit Tomaten, Gurkenscheiben und Käse. Eine durchsichtige Folie ist über die Lebensmittel gezogen. Kann setzt sich, auf dem Teller liegt ein Zettel, dort steht auf Türkisch:

»Guten Morgen, lieber Sohn. Ich muss mit deiner Mutter zum Arzt. Mach dir keine Sorgen bitte.«

Kaan zuckt die Achseln. Warum sollte er sich Sorgen machen? Doch er freut sich über diese Geste, auch Banu hatte ihm manchmal Nachrichten hinterlassen, wenn sie bei seiner Rückkehr aus der Schule oder vom Sport nicht zu Hause war und er allein essen musste. Sie hatte sich meist lustige Namen für ihn ausgedacht. »Mein kleiner Pirat«, »mein hungriges Fröschlein« oder »mein Herzensbübchen«. In Gedanken an Kindertage greift Kaan zu und kaut das Brot. Es schmeckt ganz anders als zu Hause, kräftiger und würziger. Lecker.

Er hört, wie die Wohnungstür aufgeschlossen wird, Tarık etwas auf Türkisch sagt und Sema unverständlich zurückmurmelt. Wenig später kommt Tarık in die Küche, begrüßt ihn mit einem leichten Schulterklopfen und erklärt, dass Sema viel Ruhe brauche, die Rückkehr ihres Kindes habe sie sehr mitgenommen, sie müsse ihr Herz schonen, der Blutdruck sei bedenklich hoch. Sie sei ja immerzu traurig, aber seit sie wusste, dass er zurückkommen würde, sei es besonders schlimm. Dann reden sie nicht weiter über Sema und beginnen, Kaans Zukunft in Deutschland zu planen.

Kaan. Der Aufstieg

| 1988–96 |

Der Kuchen leuchtet – 25 Kerzen stehen dicht gedrängt auf der Cremeschicht, schon läuft das flüssige Wachs hinunter. Kaan versucht, rasch alle auf einmal auszupusten. Zweimal muss er Luft holen, dann hat er die Torte vor einer Wachsschicht gerettet.

»Alles Liebe zum Geburtstag, mein Würmchen«, ruft Yade und nimmt Kaan in den Arm.

»Alles Liebe, Onkel Würmchen«, kräht es im Doppelpack von unten – zwei dunkellockige Kinder hängen an Kaans Beinen und ziehen an seiner Hose. Lachend wuschelt er seiner fünfjährigen Nichte Şirin und ihrem ein Jahr älteren Bruder İlyas durch die Haare.

»Deine Kleinen sind zum Auffressen«, sagt er zu Yade und drückt den Kindern einen Kuss auf den Schopf. Sie hat ihren jüngsten Bruder zu seinem Geburtstag zu sich nach Hause in ihre Wohnung eingeladen. Sie lebt mit Emre und den beiden Kindern in einem schönen, großen Haus aus der Gründerzeit, in dem auch ihre Schwiegereltern leben.

Die jüngste Schwester Özlem ist gekommen, auch Baran und Vater Tarık sind da. Sema fühlt sich wie so oft nicht wohl und ist zu Hause geblieben. Emre ist in seiner Firma, die sehr gut läuft. Seit zwei Jahren ist er neben seinem Vater gleichberechtigter Geschäftsführer, oft ist er bis spätabends im Büro und muss früh aufstehen, um zum Großmarkt zu fahren. Yade hat das Gefühl, ihr Ehemann arbeitet 14 Stunden am Tag. Meltem, die zweitjüngste Schwester, konnte nicht anreisen; sie studiert auf Lehramt und muss für eine Prüfung lernen.

Auch Timur fehlt, er ist auf Montage. Er hat eine gut dotierte Stelle als Maler und Stuckateur in einer Bauunternehmung, die sich auf die Sanierung von Altbauten spezialisiert hat. Timur hat im letzten Jahr geheiratet und lebt mit seiner Frau Ediz in der Nähe von Köln. Gekommen wäre er ohnehin nicht – Timur hat keinen Kontakt mehr zu Kaan. Auf seiner und Ediz' Hochzeit hatten die beiden Brüder sich zu später Stunde heftig gestritten und sich nie wieder versöhnt. Yade hat am Rande mitbekommen, dass es um Geld ging. Kaan hat das Fest wütend verlassen, doch beide haben ihr nie erzählt, was genau vorgefallen ist. Ein paarmal hatte sie versucht, zu vermitteln – so wie bei der heutigen Geburtstagseinladung an beide Brüder –, doch keiner der beiden wollte nachgeben.

Als sie am mit Spitzendeckchen und buntem Porzellan festlich gedeckten Tisch sitzen, öffnet Kaan die mattschwarzen Knöpfe seines Jacketts, zieht die Manschetten seines Hemdes zurecht, dreht kurz an dem Siegelring an seinem kleinen Finger und schaut zufrieden in die Runde. Seit fast auf den Tag genau sieben Jahren ist er nun hier, und er findet, dass er stolz auf sich sein kann. Seine Familie ist inzwischen vorzeigbar – Yade hat einen wohlhabenden Mann geheiratet, ihre beiden Kinder sind reizend. Sein Vater Tarık ist leitender Angestellter in einem mittelständischen Unternehmen, Baran betreibt zusammen mit Kaan mehrere Autowerkstätten und einen florierenden Handel mit Gebrauchtwagen. Und seine jüngere Schwester Meltem steht sogar kurz vor ihrem Studienabschluss!

Er verdrängt den Gedanken, dass er einst auch studieren wollte. Doch seine hochfliegenden Pläne waren schnell vom deutschen System durchkreuzt worden: Diese Bürokraten hatten seinen türkischen Schulabschluss nicht als deutsche Hochschulreife anerkannt. Als er die Sprache nach einem Jahr lästiger Kurse an der Volkshochschule einigermaßen sprechen gelernt hatte und erneut in die Schule gehen musste, um sein Abitur zu bekommen, wurde er von Mitschülern ausgelacht; er war der dumme Gastarbeiterjunge, der mit fast zwanzig Jahren noch zwischen 17-jährigen Gymnasiasten saß. Die Schmach würde er nie vergessen, er wollte es später allen zeigen! Er schaffte das Abitur mit Ach und Krach und dank des guten Willens zweier Lehrerinnen – er hatte sie mit seinem Zahnlücken-Lächeln und einem Blick, der Steine erweichen konnte, dazu gebracht, ihm weit bessere Noten zu geben, als er verdient hatte.

Kaan wollte sich zunächst in Betriebswirtschaft einschreiben, doch das erschien ihm zu schwer – also versuchte er es mit Sozialpädagogik. Es gab keine Zulassungsbeschränkungen, und er wollte nur irgendetwas studieren, damit er als Akademiker galt. Schon nach einem Semester schmiss er hin – die Seminare langweilten ihn, die Mädchen dort waren nicht besonders hübsch, und in den Klausuren scheiterte er an seiner Rechtschreibung, die selbst den tolerantesten und aufgeschlossensten Pädagogen die Tränen in die Augen trieb.

Doch das juckte ihn nicht – er hatte bereits erkannt, dass sein Fortkommen im Leben und sein Erfolg unabhängig von akademischen Weihen waren. Seine Talente lagen ganz in ihm selbst. Er musste sie nur nutzen.

Kaan begann, sich auch an gewöhnlichen Tagen außergewöhnlich gut zu kleiden, und legte großen Wert auf Körperpflege. Er sah sich alte Filme an und beobachtete Menschen, die er für vornehm hielt, um seine Umgangsformen zu verbessern. Er gewöhnte sich einen aufrechten Gang an, was seiner geringen Körpergröße zugutekam. Er besuchte mehrmals die Woche Cafés und Restaurants, übte sich im Smalltalk, knüpfte Kontakte. Bereits mit 21 Jahren benahm er sich wie ein Geschäftsmann, der täglich wichtige Entscheidungen zu treffen hatte, dies aber mit lässiger Eleganz erledigte.

Schnell stellte sich heraus, dass er ganz in der Nähe einen geeigneten Partner hatte: Baran, seinen vier Jahre älteren Bruder. Auch wenn die beiden sich anfangs misstrauten, verband sie vieles, und sie erkannten die Vorteile ihrer Verbindung: Sie waren ehrgeizig und vor allem schlau. Ihnen lag viel an materiellem Reichtum, beide wollten etwas gelten und hatten den unbedingten Willen, es allen zu beweisen – ihren Landesgenossen und den Deutschen. Skrupel zählten nicht zu ihren hervorstechenden Charaktereigenschaften, andere Menschen waren vor allen Dingen dazu da, damit man von ihnen profitierte. Kaan war charmant, sah gut aus und wirkte nach außen unbedarft wie ein unbeschriebenes Blatt. Er konnte sich blitzschnell auf jeden einstellen, wusste instinktiv, wie man jemanden anpacken musste, um ihn zu überzeugen. Auch durch die hinter seinem Lächeln scheinbar verborgene Traurigkeit nahm er jeden für sich ein. Baran war dagegen die Sorte Mann, mit der man es sich nicht gerne verdarb, in seinen fast schwarzen Augen blitzte etwas latent Gefährliches, auch wenn er sich gewählt ausdrücken konnte und versuchte, die guten Manieren seines jüngeren Bruders zu übernehmen, ohne je dessen Leichtigkeit zu erreichen.

Die beiden ergänzten sich perfekt. Baran achtete seinen Vater, hing an seiner Familie und liebte seine Schwester Yade. Kaan jedoch, den alle so sehr verraten hatten, lag an niemandem wirklich etwas, außer vielleicht an Yade und ihren Kindern. Die Brüder fühlten sich niemandem verpflichtet – sie konnten grenzenlos frei agieren.

Nachdem Kaans Uni-Experiment gescheitert und sein Auftreten vollendet war, nahm er seinen Bruder zur Seite, der sich immer noch in der kleinen Klitsche seines Freundes als Kfz-Mechaniker durchschlug. Kaan hatte eine Idee.

»Hör zu, Baran. Willst du dein Leben lang für jemand anderen schuften und dich mit einem kleinen Gehalt zufriedengeben?« Das wollte Baran natürlich nicht.

»Gut. Was dein Freund kann, können wir besser. Wir ziehen einen Autohandel mit angeschlossenen Werkstätten und Ersatzteillagern auf, dass die sich nur so umschauen werden. Viele Türken haben es inzwischen zu etwas gebracht – vor allem die Jüngeren kaufen bessere Autos, und das am liebsten bei Landesgenossen. Und die Deutschen denken, dass sie bei uns alles günstiger bekommen können. Du verstehst etwas von Autos, ich etwas vom Geschäft. Wir kennen uns mit der türkischen und der deutschen Mentalität aus, und wir können beide Sprachen. Du wirst sehen – es funktioniert!«, erklärte Kaan selbstsicher.

»Wie willst du das finanzieren?«, fragte Baran misstrauisch.

»Ich habe Leute, die sich beteiligen wollen. Einer ist unser Bruder Timur. Und außerdem ist mein Erbe nahezu unangetastet, und das ist ein hübsches Sümmchen«, antwortete er grinsend. Es war jenes Geld, das sein Ziehvater Ahmet damals beim Verkauf der großen Wohnung an der Dereboyu

Caddesi erhalten hatte. Kaan wusste, warum er die letzten Jahre bei Tarık und Sema wohnen geblieben war; er zahlte ihnen anstandshalber ein geringes Kostgeld, ansonsten hatte er kaum Ausgaben, außer für seine Kleidung. Und auch da kannte er Quellen, wo man teuer aussehende Klamotten günstig bekam. Kaan hatte längst verstanden, wie sehr es auf den äußeren Schein ankam.

Am 5. September 1988 eröffnete der »Autohandel & Service Gebr. Demir« in Hagen seine Pforten. Kaan hielt als Hauptfinanzier 70 Prozent der Anteile, 20 Prozent Baran, den Rest Timur und ein befreundeter türkischer Bauunternehmer. Sie begannen nicht mit einem bescheidenen Laden, sondern kauften eine heruntergekommene Lagerhalle, die Kaan gegen eine Beteiligung am zukünftigen Unternehmen von dem befreundeten Bauunternehmer zu einem kühlen Palast aus Glas und Stahl mit Lagerhalle, riesigem Parkplatz und Werkstätten mit Waschanlagen umbauen ließ.

Zur Eröffnung schalteten sie große Anzeigen in Tageszeitungen und in Werbeblättchen, die kostenlos an alle Haushalte verteilt wurden. Sie ließen Karten drucken und luden jeden ein, den sie kannten. Tarık drückte sämtlichen Kollegen stolz die Einladung seiner beiden Söhne in die Hand, Baran hatte die Kundendatei von seinem früheren Arbeitgeber mitgenommen. Der Himmel war wolkenlos und wärmte früh herbstlich mild, es gab zur Gratis-Verköstigung eine Döner- sowie eine Würstchen- und Pommesbude, reichlich Freibier und eine Verlosung, bei der Gutscheine für Reifenwechsel zu gewinnen waren. Ein Clown verteilte Süßigkeiten und Luftballons mit Firmenlogo an die Kinder. Hunderte türkische und deutsche Besucher kamen, Kaan versuchte, jeden persönlich mit Handschlag zu begrüßen.

Er strahlte und wusste jetzt schon, dass sein Plan funktionieren würde. Er war ein Marketinggenie.

Zwei Jahre später gründeten sie eine Filiale in Wuppertal, ein drittes Haus in Dortmund war in Planung. Ihr Geschäft hatte schon nach wenigen Monaten floriert. Das Personal war kompetent, hilfsbereit, verschwiegen und vertrauenswürdig. Kaan schulte höchstpersönlich jeden Mitarbeiter und jede Mitarbeiterin und impfte ihnen ein Höchstmaß an Freundlichkeit und Höflichkeit ein. Kein Kundenwunsch sollte unerfüllt bleiben, kein Termin verschleppt werden. Über sämtliches Geschäftsgebaren wurde vertraglich eisernes Stillschweigen vereinbart. Dafür lagen die Gehälter über den üblichen Tarifen.

Die Brüder begannen mit normalem Werkstattbetrieb und klassischem Autohandel. Baran hatte aus dem vorherigen Job einen guten Klientenstamm, schnell sprach sich herum, dass bei den Brüdern Demir schnell, zuverlässig und günstig gearbeitet wurde. Und unkonventionell.

Denn nach und nach entwickelten sich auf Kaans Betreiben hin neben dem gut laufenden Gebrauchtwagenhandel weitere geschäftliche Optionen, die lukrativer waren als der Einbau neuer Bremsbeläge. Kaan hatte aus seiner kurzen Schulzeit in Deutschland einen Bekannten namens Richard, der bei der TÜV-Prüfstelle arbeitete. Er pflegte diese Bekanntschaft, denn sie erwies sich als überaus nützlich. Es gab Kunden, die größten Wert darauf legten, dass ihr Wagen deutlich tiefer gelegt wurde und die Auspuffanlage nicht zu übersehen war. Die beeindruckenden Geräusche, die das Automobil von sich geben sollte, entsprachen nicht den Dezibel-Richtnormen. Offiziell würde der TÜV solche Manipulationen nie abnehmen, doch aufgrund finanzieller Zuwendungen von Kaan trug Richard sie in den Fahrzeugbrief ein. Den Kunden war es das Aufgeld wert, selbstverständlich zahlten sie ohne Rechnung.

Richard half auch, wenn es darum ging, neue Ersatzteile in die Papiere einzutragen. Die wurden manchem Kunden mit verlockendem Rabatt als teure Originale verkauft, doch in Wirklichkeit waren es keine Markenprodukte.

Gerne fertigte man in der Firma Demir auch Gutachten bei Unfallschäden zur Vorlage bei den Versicherungen an. Das war die Spezialität des Hauses: Die Reparaturkosten wurden um ein Vielfaches höher angesetzt, als sie waren, und bei der Versicherung eingereicht. Wurde ein externer Gutachter gefordert, griff Baran auf einen Freund zurück, der gegen entsprechendes Entgelt behilflich war. Die Differenz zwischen tatsächlich entstandenen Kosten und der Summe, die die Versicherung zahlte, teilte man sich mit dem Kunden. Kaputte Teile wurden zudem in die Türkei weiterverkauft, denn Kaan verstand es, jede Einnahmequelle zu nutzen.

Die Waschanlagen der Demir-Betriebe liefen weitaus öfter, als Autos darin gewaschen wurden; anhand des Wasserverbrauchs konnte es seitens etwaiger offizieller Prüfungen keinen Zweifel daran geben, dass sie tatsächlich genutzt wurden. Ein Teil der »Einnahmen« dieser fiktiven Waschvorgänge wanderte offiziell in die Kasse, und schon war das schwarz eingenommene Geld sauber. Der beachtliche Teil, der nicht versteuert wurde, wanderte in den Tresor in Kaans Wohnung. Kaan musste grinsen, wenn er an seine geniale Idee dachte, wie man Waschanlagen im wahrsten Sinne des Wortes nutzen konnte…

~~~~~
~~~~~

Nach außen hin sind Baran und Kaan seriöse, erfolgreiche Selfmade-Männer, die Familie ist stolz auf sie. Einzig Timur ahnte, dass es bei dem hohen Verdienst nicht mit rechten Dingen zugehen konnte, doch seine Geschäftsanteile wurden ihm ausgezahlt, bevor er zu unangenehme Fragen stellen konnte. Die in Timurs Augen viel zu niedrige Summe führte vor einem Jahr ausgerechnet auf Timurs Hochzeitsfeier zum Zerwürfnis zwischen den Brüdern. Seine Anteile gingen ebenso wie die Prozente des Bauunternehmers an Kaan. Er ist noch kein reicher, aber doch wohlhabender Mann. Mit der Eröffnung des dritten Hauses wird er einen weiteren Schritt Richtung Erfolg unternehmen – er hat Partner in der Türkei gefunden, denn Kaan strebt dort weitere Geschäfte an.

Mehrmals im Jahr fliegt er nach Istanbul oder Ankara, nicht einmal Baran weiß genau, was der Bruder dort treibt. Kaan spricht von Geschäftsterminen, von wichtigen zu pflegenden Verbindungen und von zukunftsträchtigen Projekten, die noch zu unausgereift seien, als dass man darüber sprechen sollte. Baran fragt ihn ein paarmal, was genau das sei, doch Kaan beruhigt ihn, tut geheimnisvoll, grinst ihn vielsagend an. Baran belässt es dabei, denn die Geschäfte florieren. Die beiden Brüder sind auf dem besten Weg, einen internationalen Gebrauchtwagenhandel aufzuziehen, den es in diesem Umfang bislang nicht gegeben hat. Die wichtigsten Abnehmer sitzen in der Türkei.

Kaan und Ela. Das große Los

| 1996 |

Es ist der 10. Mai 1996. Kaan wird diesen Tag nie vergessen. Er hat einen Termin mit Erol Birdal, einem über die Grenzen Istanbuls hinaus bekannten Unternehmer, der mit dem Handel mit Stahl, Aluminium und Gebrauchsgütern ein Vermögen gemacht hat. Kaan hat sich eine schwarze Limousine kommen lassen, die sich fast eine Stunde durch den Verkehr gewälzt hat. Er schwitzt vor Aufregung – er schwitzt sonst nie. Er trägt einen seiner maßgeschneiderten Anzüge, hellgrau, aus Seide und Leinen. Sein Schneider in der Levent Caddesi – ein ehemaliger Kumpel aus seinem Sportverein – besorgt besonders feine Stoffe für ihn. Kaan zeigt ihm Werbeaufnahmen aus deutschen oder italienischen Modezeitschriften, die er vom Flughafen mitbringt, und lässt sich die Modelle der besten Designer nachschneidern. Auf die Manschetten der Hemden – er trägt ausschließlich weiße – werden in hellgrauen Lettern seine Initialen gestickt. Kaan eilt der Ruf voraus, einen exzellenten Geschmack zu haben. Nicht nur bei Kleidung.

Die Villa des Unternehmers liegt auf einer Anhöhe in Nişantaşi, einem der vornehmsten Viertel der Stadt. Der Fahrer hält vor dem schmiedeeisernen Tor und muss aussteigen, um die Klingel zu betätigen. Das Läuten ist draußen nicht zu hören, doch bald öffnen sich fast lautlos die beiden Flügel des Tores und gleiten nach innen. Unter den Autoreifen knirscht Kies, als sie unter blühenden Bäumen und vorbei an weißen Oleanderbüschen die knapp hundert Meter zum Haus fahren. Es ist frei stehend und im Stil einer italienischen Villa gebaut, die Fassade schimmert in einem zarten Gelb. Kaan wartet, bis der Fahrer ihm die Tür aufhält, tupft sich kurz mit einem Taschentuch die Stirn ab und atmet tief ein, bevor er aussteigt. Der Duft des Oleanders liegt schwer in der Hitze.

Jemand, der im Inneren hinter der Haustür gewartet haben muss, öffnet ihm, noch bevor er die Glocke betätigen kann.

»Bitte folgen Sie mir«, sagt die Stimme hinter der Tür. Ein hagerer, älterer Mann in schwarzer Butler-Uniform und weißen Handschuhen weist höflich nach vorne und geht den Eingangsbereich entlang. Eine Halle, ausgekleidet mit schneeweißem Marmor und einer breiten Treppe, die sich in der Mitte zum ersten Geschoss emporschwingt. Es ist angenehm kühl hier drin, die langstieligen weißen Rosen, die in einer mattkristallenen, kostbar geschliffenen Vase auf einem antiken Tisch mit zierlichen Beinen an der seitlichen Wand stehen, sind frisch. Noch nie hat Kaan so ein Haus gesehen. Es kommt ihm vor wie ein Schloss.

Als er nach oben schaut, weil er am oberen Ende der Treppe ein Geräusch gehört hat, sieht er dessen Königin. Sie trägt einen langen, silberblauen Kaftan aus Seide, der Ausschnitt ist silbern bestickt, wie Wellen umschmeichelt der fließende Stoff ihre üppigen Formen, das dunkelblonde Haar fällt bis in die Mitte ihres Rückens, feine silberfarbene Schläppchen schützen ihre Füße vor dem kalten Stein. Er meint, ein zartes Klingeln zu hören.

Er bleibt abrupt stehen, kann seine Augen nicht abwenden, obwohl ihm klar ist, dass sich das nicht geziemt. Die junge Frau, die mit erhobenem Haupt hinunterschreitet – ihre rechte Hand gleitet über das Geländer, als würde sie es streicheln, ein Armband mit einem kleinen Glöckchen bewegt sich leicht –, hat ihn genau registriert. Das merkt er daran, dass sie ihren Schritt unmerklich verlangsamt. Er ist sich sicher, dass sie seinen Blick genießt. Dass sie um ihre Wirkung weiß.

Ohne dass ihr eine Regung anzumerken wäre, ohne die gesenkten Augen anzuheben, schwebt sie vorbei und verschwindet auf der anderen Seite der Treppe. Der Butler räuspert sich leise und hebt missbilligend eine Augenbraue. Wortlos führt er ihn in einen großen Raum, auf dessen linker Seite drei mit tiefrotem Samt bezogene Sessel um einen niedrigen Tisch mit Messingplatte gruppiert sind. Auf der anderen Seite steht ein tadellos aufgeräumter Schreibtisch, in der Mitte – nahe am Fenster – ist ein kleiner Esstisch mit ein paar Schälchen Nüssen und Trockenfrüchten, einer Karaffe Wasser und Gläsern eingedeckt. In der Karaffe schwimmen Minzblätter, kunstvoll windet sich die schmal geschnittene Schale einer Zitrone über den Rand und benetzt das Wasser.

Der Butler weist ihn an, bitte dort Platz zu nehmen. Kaan setzt sich so vorsichtig auf einen der Stühle, als seien sie aus Glas. Er ist doch tatsächlich eingeschüchtert! Diese Auffahrt, der Butler, die Villa, die junge Frau. Zum ersten Mal im Leben sieht Kaan, was es heißt, richtig reich zu sein. Er hat schon beeindruckende Häuser und geschmackvolle Wohnungen gesehen, auch er hat eine Wohnung mit Garten in einer Gründerzeitvilla, die für eine Person äußerst großzügig bemessen ist und im Zooviertel, einer der besten Gegenden der Stadt, liegt. Doch das hier ist eine andere Dimension: Es ist die Selbstverständlichkeit, mit der der Reichtum gelebt wird, so, als wäre es schon immer so gewesen und würde sich nie mehr ändern. Protzerei ist nicht nötig. Man hat einfach so viel Geld, dass man nicht darüber nachdenken muss. Jedes Möbelstück und jede Fuge im Stein atmet das aus. Und es ist genau das, was ihn an der jungen Frau so beeindruckt hat: diese Selbstgewissheit, mit der sie ging, ihre Haltung, die jedem sagte: Schaut mich nur an. Ich bin eure Göttin, aber ihr alle seid so weit von mir und meiner Stellung entfernt wie die Erde vom Mond.

»Die oder keine«, beschließt Kaan in diesem Moment, denn er weiß, ohne sich erkundigen zu müssen, dass sie nur die Tochter von Erol Birdal sein kann. Ihm war berichtet worden, dass der Unternehmer Birdal drei Töchter hat, von denen zwei bereits verheiratet waren, nur die jüngste lebte noch im Haus ihrer Eltern. Ihre Mutter Manolya Birdal war vor ihrer Eheschließung eine berühmte Schauspielerin von frappierender Schönheit gewesen, nun zählt sie zu den ersten Damen der Istanbuler Gesellschaft und ist bekannt für ihr wohltätiges Engagement. Es hieß, keine ihrer Töchter sei so schön wie sie, aber die, die Kaan gerade gesehen hat, versprach in ihren Bewegungen und ihrer Körperhaltung etwas, das Männer um den Verstand bringen kann.

Kaans Jagdtrieb erwacht, selten hat ihm eine Frau, die er begehrte, länger als ein paar Tage widerstanden, und diese hier war ein besonderer Schatz. Bislang hat er sein freies Leben genossen, noch keinen Gedanken daran verschwendet, sich fest zu binden, zu heiraten und eine Familie zu gründen. Nun denkt er anders darüber. Er ist ein erfolgreicher Geschäftsmann und vor einigen Monaten 30 Jahre alt geworden – das perfekte Alter, um sesshaft zu werden.

Er richtet sich kerzengerade in seinem Stuhl auf, streicht ein paar imaginäre Haare aus der Stirn, rückt die Manschetten zurecht und setzt sein charmantestes Lächeln auf, als ein Dienstmädchen herantritt, Wasser einschenkt und ihn nach seinen Wünschen fragt. Sie errötet leicht, als er ihr direkt in das Gesicht sieht. Nicht nur die junge Frau auf der Treppe – auch Kaan weiß um seine Wirkung.

Das Dienstmädchen bringt ihm in einer hauchdünnen, weißen Porzellantasse mit gold-blauen Ornamenten einen Mokka, wenig später betritt der Hausherr den Raum. Kaan erhebt sich, schließt flink sein Jackett und geht ihm einen Schritt entgegen. Die beiden Männer schütteln sich herzlich die Hände, Kaan beugt kurz respektvoll den Kopf. Sie sind sich schon einige Male bei offiziellen Anlässen begegnet, haben sich des Öfteren unterhalten, die Sympathie ist beidseitig. Erol schätzt junge, fleißige Männer wie Kaan, die sich aus dem Nichts aus eigener Kraft hochgearbeitet haben und deren Denken über nationale Grenzen hinausgeht. Männer, die sich auch beim Übertreten gewisser gesetzlicher Grenzen als kreativ erweisen, ohne dass man sie als kriminell bezeichnen müsste.

Das Gespräch dauert fast zwei Stunden, danach sind sich die beiden handelseinig. Kaan hat nun in der Türkei den besten Partner, den man sich vorstellen kann, und Erol Birdal einen zuverlässigen, gewieften Mittelsmann in Deutschland.

Beim Abschied legt der Unternehmer dem fast einen Kopf kleineren Kaan die Hand auf die Schulter: »Ich würde mich freuen, wenn Sie uns heute beim Abendessen Gesellschaft leisten. Meine Frau ist auf einer Veranstaltung und sammelt mal wieder Geld für Bedürftige, aber meine Tochter Ela ist da.«

Kaan hält für den Bruchteil einer Sekunde die Luft an.

»Es ist mir eine Ehre, Erol bey«, antwortet er dann beherrscht, doch innerlich jubelt er – Ela! Er wird sie kennenlernen, und noch dazu im Haus ihres Vaters! Das war ein Angebot, wie es kein zweites geben würde. Heute war in jeder Hinsicht ganz offensichtlich sein Glückstag.

Lange steht Kaan in seinem Hotelzimmer vor dem Kleiderschrank und überlegt, welchen Anzug er anziehen soll. Er wählt einen dunkelblauen Dreiteiler aus leichter Merinowolle und faltet sorgfältig ein weißes Einstecktuch. Seine Manschettenknöpfe aus Gold und Lapislazuli sind edel, aber dezent, die schwarzen Oxford-Schuhe rahmengenäht und aus feinstem Boxkalb. Der Hotelservice hat sie auf Hochglanz poliert. Aus dem Tresor holt er seine Uhr, eine goldene Rolex mit blauem Zifferblatt. Sie ist viel zu schwer für ihn und protzig, aber er trägt sie voller Stolz. Der Spiegel im Bad ist vom langen Duschen immer noch beschlagen, er muss ihn mit dem Handtuch abwischen. Er hat sich vorhin besonders sorgfältig rasiert, nun kämmt er sein dichtes, gewelltes Haar nach hinten, ölt es, klopft sich seinen Lieblingsduft – »Obsession« von Calvin Klein – auf die Wangen. Kaan betrachtet sich im Spiegel, lächelt. Er findet, dass er fantastisch aussieht.

Der Fahrer vom Vormittag erwartet ihn bereits, federnden Schrittes geht Kaan zum Wagen.

»Haben Sie die Blumen besorgt?«, fragt er den Chauffeur. Der bejaht und deutet auf den Vordersitz. Ein prachtvoller Strauß liegt dort in Folie verpackt, ausschließlich aus weißen Blumen gebunden, Lilien, Rosen, Gerbera, Hortensien.

Die Fahrt geht nun zügiger, der Verkehr hat nachgelassen. Das Tor öffnet sich bereits, als sich der Wagen nähert, der Butler empfängt Kaan an der geöffneten Haustür. Er möchte die Blumen entgegennehmen, aber Kaan wehrt ab.

»Die Herrschaften sind auf der Terrasse«, bemerkt der Butler. Seinem Gesicht ist keine Regung anzumerken, der Ton seiner Stimme verrät jedoch, dass ihm Kaans Anwesenheit alles andere als recht ist. Er führt den Gast durch den Raum, in dem er wenige Stunden zuvor Erol Birdal zum Gespräch getroffen hat, und geleitet ihn hinaus auf die Terrasse.

Dort steht sie, mit dem Rücken zu ihm, das offene Haar flattert in der Abendbrise, ihr hellblaues, langes Kleid ist hinten tief ausgeschnitten. Kaan verharrt kurz in der Tür; der Butler sagt vernehmlich »Bitte schön« und weist nach vorne.

Ela legt noch eine Kunstpause ein, bevor sie sich langsam umdreht. Ihre langen Ohrringe wippen keck neben ihren runden Wangen, sie ist sorgfältig geschminkt, die Lippen auffällig in dunklem Rot nachgezeichnet. Sie verzieht keine Miene, als sie ihn erblickt, auch Kaan sieht ihr ernst und fest in die Augen, als er auf sie zugeht. Ohne seinen Blick aus ihrem zu lösen, überreicht er ihr den nun von der Folie befreiten Blumenstrauß, die Lilien duften betörend.

»Wie wunderschön«, sagt sie und hält seinem Blick stand.

»Nicht annähernd so schön wie du, Ela«, antwortet Kaan und duzt sie mit einer Selbstverständlichkeit, die keinen Protest zulässt.

So verharren sie ohne ein weiteres Wort, bis Augenblicke später der Butler zu ihnen tritt und Ela etwas zu bestimmt die Blumen abnimmt. Erol, der bislang einige Meter entfernt gestanden und telefoniert hat, kommt herbei, klopft Kaan zur Begrüßung jovial auf den Rücken, erkundigt sich, was er trinken möchte, lächelt und zwinkert mit den Augen. Er weiß es genauso, wie es Ela, Kaan und auch der Butler wissen: Er begrüßt gerade seinen zukünftigen Schwiegersohn.

~~~~~

Kaan muss wieder nach Deutschland, doch nach einigen Tagen kehrt er für längere Zeit wieder zurück nach Istanbul. Er verbringt jede freie Minute mit Ela, hört ihrem Geplapper über Kleider und Freundinnen zu, lauscht verzückt, wenn sie von Segeltörns an die türkische und französische Riviera schwärmt, ist nahezu süchtig nach dem zarten Klingeln ihres Glöckchenarmbandes, wenn sie kokett ihr Haar nach hinten wirft. Kaan macht ihr nach allen Regeln der Kunst den Hof. Es dauert keine drei Tage, bis sie mit ihm in sein Hotelzimmer geht. Als er wenige Wochen später um Elas Hand anhält, überrascht es niemanden.

Doch Ela ist so rasch schwanger, dass wenig Zeit für die Hochzeitsvorbereitungen bleibt. Obwohl Erol mit der Verbindung einverstanden ist, tobt er, als Ela es ihm zitternd gesteht. Er hätte den beiden mehr Verstand zugetraut. Ihrer Mutter hat sie es zuerst gesagt – sie war so wütend, dass sie ihr eine Ohrfeige verpasst hat. Die erste, die Ela je bekommen hat. Manolya konnte nicht fassen, wie leichtsinnig ihre Kleine war. Sie kannte diesen Mann doch kaum, erst vor drei Monaten hatte er das Haus zum ersten Mal betreten. Ela sollte sich Zeit lassen und mit ihm klären, ob sie sich in Deutschland oder am Bosporus niederlassen würden oder beides. Und wenn sie ihn schon heiraten wollte – immerhin war sie bereits 25 Jahre alt –, musste doch wenigstens angemessen gefeiert werden! Sie hatten schließlich einen Ruf zu verlieren, die Vermählungen ihrer beiden älteren Töchter
~~~~~

waren DIE gesellschaftlichen Ereignisse der Saison gewesen, dafür hatten ganze Heerscharen von Couturiers, Dekorateuren, Köchen, Konditoren, Musikern und dienstbaren Geistern gesorgt. Es kostet die Mutter viel Geld und viele Nerven, für ihr Nesthäkchen in so kurzer Zeit ein ähnliches Fest zu arrangieren.

Kaan und Ela feiern im Kempinski Çirağan Palace, dem feinsten und prachtvollsten Hotel der Stadt. Vor fünf Jahren hat es im ehemaligen Sommerpalast der Sultane eröffnet, die Gärten und Terrassen direkt am Ufer des Bosporus sind legendär. Hunderte von Gästen sind geladen, sie reisen aus dem ganzen Land an.

Kaans Gästeliste ist kurz: Aus Istanbul und Ankara kommen einige Geschäftspartner und Freunde, aus Deutschland lässt er einige Tage vor dem Fest seinen Vater Tarık und drei seiner Geschwister einfliegen: die älteste Schwester Yade mit ihrem Ehemann Emre und ihren beiden Kindern Şirin und İlyas, seinen älteren Bruder und Geschäftspartner Baran sowie Meltem, die zweitjüngste Schwester. Özlem, die Jüngste der Familie Demir, ist im achten Monat schwanger und darf nicht mehr reisen. Kaan ist froh, dass ihm dadurch die Anwesenheit ihres deutschen Ehemanns erspart bleibt. Er hält ihn für einen Proleten, der nicht für seine Familie sorgt.

Kaans leibliche Mutter Sema wollte nicht kommen; sie hat ihr Heimatland seit 1966 nicht mehr betreten, auch ihr ältester Sohn Cengiz wurde ohne ihre Begleitung überführt und zu Grabe getragen. Bis zum heutigen Tag weigert sie sich, in die Türkei zu reisen. Zu sehr fürchtet sie den Schmerz, ihre Heimat nach all den Jahren wiederzusehen und dabei zu wissen, dass sie nie wieder dort leben würde. Auch über Semas Fehlen ist Kaan erleichtert – die bäurische Frau, der jegliche Umgangsformen fehlen, hätte nicht in diese feine Gesellschaft gepasst und ihn bis auf die Knochen blamiert. Außerdem mag er sie nach wie vor nicht.

Auf Meltem hingegen ist er stolz: Sie arbeitet als Lehrerin beim Goethe-Institut und hat ein selbstsicheres Auftreten. Allerdings verdient sie nicht sonderlich viel, daher hat er sie in einer Boutique in der feinen Istiklal Caddesi eingekleidet. Seine Familie soll eine gute Figur machen – Hochzeiten sind in der Türkei ein Schaulauf der opulentesten Roben. Emre sorgt dafür, dass seine Frau Yade in einem eng anliegenden Kleid aus violettem Seidentaft mit angedeuteter Schleppe angemessen auftreten kann, es wurde bei einem Düsseldorfer Schneider eigens angefertigt.

Als Kaan an seinem Hochzeitstag am Ende der imposanten Freitreppe des Hotels steht, nervös am duftenden Jasmin-Zweig am Revers seines Cuts nestelt und darauf wartet, dass seine Braut von oben am Arm ihres Vaters zur Hochzeitsmusik von Mendelssohn-Bartholdy herabschweben wird, kann er sein Glück nicht fassen. Er wird in eine der reichsten Familien der Stadt einheiraten und der Schwiegersohn eines immens einflussreichen Unternehmers werden. Seine kühnsten Träume werden wahr. Er, das Rabenkind, das man weggegeben, belogen und ausgelacht hat, hat es geschafft. Er ist im Zentrum von Geld und Macht angekommen und obendrein am oberen Ende der Gesellschaft. Er hat das große Los gezogen. Als Ela mit ihrem Vater erscheint und in einem opulenten Traum aus Seide und Tüll würdevoll die Stufen hinabschreitet, laufen Kaan einige Tränen die Wange hinunter. Seine Braut sieht hinreißend aus.

Die Feierlichkeiten dauern bis in die frühen Morgenstunden, es wird ausgelassen getanzt und noch ausgelassener getrunken, in ihrem rauschenden, das kleine Bäuchlein kaschierenden Kleid, schwebt Ela durch die Räume wie eine Wolke über einen makellos blauen Himmel und strahlt ununterbrochen. Es ist der glücklichste Tag im Leben von Kaan Demir. Und zugleich der, der sein Unglück besiegeln wird.

~~~~~

Knapp fünf Monate nach der Trauung wird Ela Demir in der rheinischen Landesklinik von einer gesunden, 3300 Gramm schweren Tochter entbunden. Die Eltern nennen das Mädchen Miray Banu.

Miray wird der Augenstern ihres Vaters. Er liebt sein Kind, wie man ein Kind nur lieben kann. Wenn er nach Hause kommt, spielt er mit ihr, liest ihr türkische und deutsche Märchen vor und achtet stets darauf, dass sie gemeinsam zu Abend essen. Sonntags geht er mit ihr in den Zoo oder schaut im Kino Kinderfilme an, er kauft ihr alle Kleidchen, die sie haben möchte, denn sie soll sich fühlen wie eine kleine Prinzessin.

Miray – ein eher schüchternes Mädchen mit den wunderhübschen großen Augen ihrer Tante Yade – dankt es ihrem Vater mit zärtlicher Liebe und rückhaltlosem Vertrauen. Ela geht das Getue um das Kind manchmal auf die Nerven, aber andererseits freut sie sich, dass ihr Ehemann ein so vorbildlicher Vater ist – es erspart ihr viel Arbeit und verschafft ihr Freiräume, denn Kaan ist ein toleranter Gatte, der nichts dagegen hat, wenn sie sich mit Freundinnen trifft und manchmal alleine oder mit der Tochter für längere Zeit nach Istanbul reist, um ihre Familie zu besuchen.

Ela ist in den ersten Jahren ihrer Ehe mit Kaan eigentlich
~~~~~

glücklich, denn auch zu ihr ist er liebevoll, aufmerksam, großzügig und zärtlich. Doch ihre weltläufige Heimatstadt und das Leben an der Spitze der feinen Istanbuler Gesellschaft mit Partys, Dinners, Galas und Familienfesten fehlt ihr. Es kommt ihr immer vor, als sei sie in Deutschland nur zu Besuch.

Kaan. Bel Ami

| 2013–15 |

Kaan ist verzweifelt. Er ist 47 Jahre alt und steht vor dem Nichts. Wie ein Tiger läuft er hin und her, das Zimmer ist zu klein für die Größe seiner Verzweiflung. Er hat bei seiner jüngsten Schwester Özlem Unterschlupf gefunden, weil er sonst niemanden mehr hat. Eines ihrer drei noch zu Hause wohnenden Kinder meckert, brüllt oder zankt immer, der Älteste ist bereits ausgezogen und lässt sich kaum noch blicken. Ihr Mann Klaus, von dem diese dumme Nuss sich viel zu früh hat schwängern lassen, ist in Kaans Augen ein arbeitsscheuer deutscher Taugenichts, der seine Stelle als Fernfahrer verloren hat, zu viel trinkt und nicht mal in der Lage ist, sein Arbeitslosengeld korrekt zu beantragen oder wenigstens schwarz irgendwo zu arbeiten.

Hier kann er auf keinen Fall länger bleiben. Er schläft auf dem unangenehm riechenden Sofa im Wohnzimmer und hat schon nach einer Nacht Rückenschmerzen. Das Chaos in der Wohnung ist unerträglich, auch wenn Özlem sich um Ordnung bemüht. Sie umsorgt ihn wie ein Kind und fragt ständig, ob er Hunger habe, ob sie ihm etwas Besonderes kochen solle oder ihm sonst irgendwie helfen könne – sie hat genauso ein gutes Herz wie Yade und Tarık, aber helfen kann sie ihm ganz sicher nicht. Sie bekommt nicht mal ihr eigenes Leben auf die Reihe, die Kinder tanzen ihr genauso auf der Nase herum wie ihr Ehemann, obwohl sie die Einzige ist, die dank einer Putzstelle in einer Arztpraxis etwas Geld verdient. Kaan hat ihr nur in Andeutungen geschildert, wie es ihm ergangen ist.

Was soll er nun tun? Er hat alles verloren: erst seine Firma, seine Reputation, sein Haus und sein Vermögen. Dann seine Frau und seine Tochter. Ela hat ihn verlassen, kaum dass das Geld ausblieb. Ihr trauert er nicht nach, die letzten Ehejahre waren geprägt von Streit, Zank und Vorwürfen. Aber dass er keinen Kontakt mehr zu seiner vergötterten, inzwischen 17-jährigen Tochter Miray haben kann, schmerzt ihn unendlich.

Dabei war es Ela gewesen, diese verwöhnte Göre, die ihn in den Ruin getrieben hat. Immer mehr verlangte sie, wollte einen immer luxuriöseren Lebensstil; sie warf ihm vor, dass er sie nur wegen des Geldes ihres Vaters genommen habe, und forderte, dass er beweisen solle, dass er selbst genauso viel Reichtum anhäufen könne. Sie schimpfte, dass sie nun in einer langweiligen Stadt leben musste, die mit dem gesellschaftlichen Leben und dem internationalen Flair von Istanbul absolut nichts gemein hatte. Als Miray noch nicht schulpflichtig war, hat sie manchmal viele Wochen des Jahres mit dem Kind zu Hause am Bosporus verbracht.

Kaan setzt sich auf das übel riechende Sofa und vergräbt den Kopf unter seinen Händen. Es war Ela, die ihn mit ihren wachsenden Ansprüchen dazu trieb, in großem Stil Steuern zu hinterziehen. Und gefährliche Geschäfte mit gestohlenen Autos zu machen. Er ließ Geschäftspartner auf Forderungen sitzen, und einmal hat er sogar in einem Juweliergeschäft eine Uhr für seine Frau geklaut, weil er keine Lust hatte, ihr das teure Ding zu kaufen.

Es ging lange Zeit gut, sein Anwalt und dessen Kollege hauten ihn aus allem heraus. Dann wurde er unvorsichtig.

Es war ein gekränkter Mitarbeiter aus der Buchhaltung, den er nach einer Diskussion etwas zu hart angegangen und vor seinen Kollegen angebrüllt hatte, der ihn daraufhin angezeigt und gleich das Beweismaterial mitgeliefert hatte. Kaans Anwälte waren geschickt, doch er musste eine äußerst empfindliche Geldstrafe zahlen, die ihn sein gesamtes Vermögen kostete, und wurde zu einem Freiheitsentzug von vier Jahren verurteilt.

Da war Ela schon längst mit der gemeinsamen Tochter in die Türkei zurückgekehrt. Die Scheidung reichte sie von dort ein.

Nun ist Kaan wieder auf freiem Fuß und vorerst bei Özlem untergeschlüpft. Sie war es, die seine Habseligkeiten für ihn aufbewahrt hatte, und sie war auch die Einzige, die ihn im Gefängnis besucht hat. Man hat ihm die Hälfte der Strafe wegen besonders guter Führung und reumütigen Verhaltens erlassen. Die Gefängnispsychologin hatte ihm eine gut zu therapierende Persönlichkeitsstörung attestiert, die die ebenfalls weibliche Richterin ebenso milde stimmte wie die Staatsanwältin.

Kaan verlässt Özlems Wohnung und begibt sich zu einem speziellen Juwelier. Er tut etwas, für das er sich schämen müsste, doch er lässt Scham nicht zu: Er verkauft Banus seit so vielen Jahren in der gut versteckten Schatulle ruhende Goldkette mit der antiken Münze, die Perlen, die Ohrgeschmeide, ihre vielen Armreifen und ihren geliebten Smaragdring. Als der kostbare Schmuck seiner verehrten Ziehmutter durch die gierigen Finger des Juweliers gleitet, erinnert er sich an das Klimpern ihrer Armreifen, wenn sie ihn in den Arm nahm oder ihm durchs Haar strich. Er sieht das grüne Schimmern des schon seit Generationen die Frauen in Banus Familie schmückenden großen Smaragds, sieht dessen unergründlichen Glanz, wenn seine schöne, elegante Mutter bei Abendgesellschaften gestikulierte oder zu ihrem Glas griff.

»Den Ring möchte ich nur versetzen«, sagt er hastig, der Juwelier grinst verächtlich.

»Schade, der bringt viel. Ein äußerst seltenes Stück. Aber ist in Ordnung«, erwidert er und zählt Kaan eine Anzahl Geldscheine vor.

Das verschafft ihm etwas Luft. Er kann sich eine eigene, wenn auch bescheidene Bleibe suchen. Kaan findet in einer kleinen Stadt ein billiges Einzimmerapartment und versucht, sein Leben wie in besseren Zeiten fortzuführen. Ab und zu steckt Özlem ihm etwas Geld zu, wenn er sie besucht.

Er hat eine vage Idee. Ein alter Film namens »Bel Ami«, den er neulich im Fernsehen sah, brachte ihn darauf. Der Einfall macht ihn nicht stolz, aber viel bleibt ihm nicht mehr übrig. Doch er hat Talent und das Aussehen für so etwas, das weiß er. Er wird niemandem wirklich schaden und sehr vorsichtig agieren, um nicht bei den Behörden aufzufallen.

Er sieht gut aus, kleidet sich nach wie vor sorgfältig und tadellos, achtet dabei auf jedes Detail. Jeden Morgen gegen 10 Uhr begibt er sich mit der Bahn in die große Nachbarstadt zu seinem aus einem Espresso und einem Croissant bestehenden Frühstück in ein angesagtes Café, in dem junge Mütter, pensionierte Stadtgrößen, ein paar muntere Studenten sowie Single-Frauen und frustrierte Ehefrauen in den besten Jahren sitzen. Er kennt bald jede Bedienung mit Namen, man behandelt ihn höflich, er hat für jeden ein persönliches Wort, lächelt sein sympathisches Zahnlücken-Lächeln, kommt schnell ins Gespräch.

Mittags steuert er einen Tisch auf der Terrasse eines teuren Hotels an, bestellt einen schwarzen Tee, häufelt drei Löffel Zucker hinein und raucht eine Romeo y Julieta, der man nicht ansieht, dass sie gefälscht ist.

Wer Kaan dort sieht, wie er genüsslich an der Zigarre zieht und seinen Blick scheinbar entspannt über die edle Einkaufsmeile und die hoch aufragende Kirche vor dem Hotel schweifen lässt, könnte meinen, er sei ein Müßiggänger. Jemand, der es nicht nötig hat zu arbeiten und seine Geschäfte lässig nebenher abwickelt. Er wirkt wie ein gelassener Genießer, der alle Zeit und alle Mittel der Welt hat.

| 2013 |

Das Gegenteil ist der Fall, natürlich. Als er die Frau gegenüber auf der Straße sieht, die telefoniert und gleichzeitig lange in ihrer teuren Handtasche nach ihrem Autoschlüssel für den dort parkenden Wagen sucht, schließlich den Kofferraum öffnet und versucht, ihre vielen Einkaufstüten zu verstauen, aber logistische Schwierigkeiten mit Telefon, Handtasche und Tüten hat, handelt er aus einem Instinkt heraus. Das Auto ist ein silberfarbener Porsche Carrera Turbo Cabriolet 997, Kaan kennt sich mit Autos natürlich aus, die Tüten stammen aus diversen kostspieligen Geschäften. Er legt die Zigarre rasch auf den Aschenbecher, springt auf, eilt zu dem Wagen und sagt:

»Kann ich Ihnen behilflich sein, meine Dame?«

Die Frau in engen Jeans, Overknees und schwarzer Lederjacke mit Totenkopf aus Glitzersteinchen auf dem Rücken schaut ihn erstaunt an, lächelt dann angenehm überrascht. Sie ist trotz der hohen Absätze klein, hat ihr langes, braunes Haar zu einer Siebzigerjahre-Lockenfrisur geföhnt und ihre Lippen etwas zu rosa geschminkt. Eine auffallende Erscheinung, attraktiv, aber nicht wirklich hübsch, ihre Züge sind grob, die Figur etwas aus der Form, und sie ist nicht mehr ganz jung. Absolut nicht sein Typ. Er nimmt ihr die Tüten galant aus der Hand, stellt sie ordentlich in den Kofferraum, schließt den Deckel.

»Darf ich Sie auf einen Kaffee einladen? Nach all der Schlepperei haben Sie das verdient.« Er zeigt sein unwiderstehlichstes Lächeln, die Fältchen um seine grünen Augen kräuseln sich. »Gestatten: Kaan Demir«, fügt er hinzu und reicht ihr mit einer leichten Verbeugung die Hand.

Die Frau ist sichtlich geschmeichelt. »Eigentlich muss ich nach Hause. Aber eine Viertelstunde habe ich noch.« Beim Lächeln entblößt sie zwei Reihen viel zu weißer Implantate.

Er ist selbst erstaunt, wie leicht es dann ist. Er führt sie zu seinem Tisch auf der Terrasse, bestellt für sie, schenkt ihr zuvorkommend geschäumte Milch aus dem kleinen Kännchen in ihren Kaffee, macht ein paar Komplimente. »Sie sind eine der ganz wenigen Frauen, die so etwas tragen können, Sie haben die Figur dazu«, sagt er mit Blick auf ihre Overknees und gesteht ihr nach zehn Minuten mit weichem Blick, dass er noch nie im Leben auf den ersten Blick solch eine Empfindung für eine Dame gefasst habe. Die Frau schlägt in gespielter Schüchternheit die Augen nieder, erzählt von ihrem Ehemann, der zwar sehr wohlhabend sei, aber leider wie auch heute kaum zu Hause, und wie schwer alles falle, wenn man vom Leben noch viel erwarte und doch irgendwie gefangen sei.

Er nimmt ihre Hand und haucht einen Kuss darauf.

»Sie haben es verdient, glücklich zu sein.«

Eine halbe Stunde später begleitet er sie zum Auto, blickt sie eindringlich an, als er ihr die Autotür offen hält.

»Möchten Sie vielleicht noch einen Champagner bei mir trinken, Kaan? Ich fahre Sie auch wieder nach Hause«, sagt die Frau, die, wie er nun weiß, Ulla heißt.

Das Haus enttäuscht ihn nicht. Sie wohnt gut dreißig Kilometer entfernt, die Villa ist altbacken, aber mit herrschaftlichen Säulen neben dem Eingang und in einem offenbar teuren Viertel gelegen. Der Rasen im großen Vorgarten ist akkurat geschnitten, er besteht sonst nur aus Kies und Buchsbäumchen in Kugelform. Pflegeleicht. Umständlich schließt Ulla die Haustür auf, er steht hinter ihr, die Hand voller Einkaufstüten. Cavalli, Gucci, TOD's steht darauf. Als er eintritt, sieht er ein Entree aus hellgrauem Marmor, auch die seitlich gerade nach oben führende Treppe ist marmorn, das Geländer schmiedeeisern und reich verziert. Rechts neben dem Fuß der Treppe weist eine auf einem hohen Porzellansockel stehende Kunststoffpalme im goldbemalten Übertopf darauf hin, dass hier geschmacklich alles so ist und auch bleibt, wie sich reiche Menschen in den Achtzigerjahren eingerichtet haben. Auch Kaan hat einmal so ähnlich gewohnt. Es gefällt ihm.

Ulla geht voraus in die Küche und flötet ihn nun duzend: »Stell die Taschen einfach ab, Darling, das Wohnzimmer ist rechts.«

Kaan begibt sich in das Wohnzimmer, große Fenster zeigen in den riesigen Garten. Eine voluminöse Ledergarnitur in leuchtendem Blau steht auf einem dezent gemusterten Teppich – kein Perser und kein türkischer erkennt Kaan, vielleicht ist er aus China. Er setzt sich auf die Couch, blickt auf die Möbel aus Walnussholz, sieht einige wenige Bücher in einem Regal, in dem eine ganze Armada aus Porzellankätzchen in allen möglichen Varianten sowie viele Fotos in Silberrahmen stehen: Ulla und ein dickbäuchiger Mann – offensichtlich ihr Gatte – auf Motorbooten, unter Palmen und in Restaurants posierend, vor der weihnachtlich illuminierten Eisbahn am Rockefeller Center stehend oder in Smoking und Abendkleid in die Kamera strahlend. Was für eine Heuchelei, denkt Kaan.

Eine rot getigerte Katze streicht ihm um die Füße, faucht leise zu ihm hoch. Kaan hasst Katzen, er kann auch Hunde nicht ausstehen. Bis heute hat er nicht verstanden, welchen Narren die Deutschen an ihren Haustieren gefressen haben. Als Ulla hereinkommt, krault er rasch das Tier und flüstert ihm leise Koseworte zu, doch es sucht maunzend das Weite.

»Das ist unser Milan, Sammy versteckt sich irgendwo, er ist schüchtern«, kommentiert Ulla lächelnd, als würde sie von einem Kind sprechen, auf das sie furchtbar stolz ist. Sie hat zwei Gläser und eine kleine Flasche Champagner in der Hand. Kaan bemerkt sofort, dass ihre Bluse einige Knöpfe weiter offen ist als vorhin, ein blassfarbener BH blitzt hervor, sie trägt auch keinen Gürtel mehr und hat nun Schläppchen an. Er nimmt ihr die Piccolo-Flasche aus der Hand, gießt jedem ein Glas ein und prostet ihr zu. Sie hat sich nah neben ihn gesetzt, schaut ihm unverwandt in die Augen, während sie das Glas in wenigen Schlucken leert. Kaan stellt es für sie auf dem niedrigen Glastisch vor ihnen ab, beugt sich zu ihr.

Wieder ist er überrascht, wie leicht es ihm fällt. Er koppelt sich von sich selbst ab, als er beginnt, die Frau zu küssen. Sie schmeckt nach Zigaretten.

»Heute ist wieder ein Glückstag«, denkt er. »Sie ist perfekt.«

Ulla denkt dasselbe: »Der ist perfekt – sieht gut aus, ist noch jung und knackig, scheint ungebunden zu sein und macht es nicht kompliziert.«

Kaan ist nicht Ullas erster Liebhaber – sie und ihr Mann Heiner führen eine, wie sie es nennt, »tolerante Ehe«, jeder kann mehr oder weniger machen, was er will, solange es nicht an die Öffentlichkeit dringt. Das ist eine klare Abmachung. Ihr Gatte ist Teilhaber einer sehr erfolgreichen Handelskette für jeglichen Bedarf von Hunden, Katzen, Hamstern und allem anderen haustauglichen Getier. Er ist kaum drei Tage die Woche zu Hause und ermöglicht ihr ein sorgenfreies Leben. Kinder haben sie keine, dafür eine erwachsene Patentochter und zwei Ferienhäuser – eins in Kitzbühel und eins auf Ibiza. Sie verbringen die Ferien gerne dort, bis auf die Neujahrswoche und zehn Tage im Sommer allerdings meist getrennt. Ihre Zeit verbringt Ulla damit, zu shoppen, Golf zu spielen, sich mit Freundinnen zu treffen und sich dann und wann einen Herrn zu gönnen, der ihr die Zeit vertreibt und keine allzu großen Ansprüche an ihre Person stellt.

~~~~~

Dieser 13 Jahre jüngere Kaan gefällt ihr bald ein bisschen zu gut. Sie sehen sich etwa alle zwei Wochen, meist besucht er sie in der Villa. Dann ist er überaus charmant, beteuert, wie sehr er sie vermisst habe, und hat immer eine schmeichelhafte Bemerkung auf den Lippen. Sie wird kurz misstrauisch, als er sich beim vierten Treffen zu der Frage versteigt, ob sie sich nicht von Heiner trennen wolle, sie sei sicher gut versorgt, und ob sie nicht noch ein Kind mit ihm, Kaan, haben wolle. Ulla ist sechzig – und das sieht man ihr auch bei gutem Willen an, wahrscheinlich nicht zuletzt dank der täglich zwei Packungen Marlboro, die sie seit ihrem 18. Lebensjahr raucht. Andererseits ist sie geschmeichelt und schaut ihren Kaan verliebt an, wie er im T-Shirt – er hat sich noch nicht wieder ganz angekleidet – auf der Terrasse ihres
~~~~~

Hauses sitzt, eine Zigarre raucht und zufrieden ein Glas Whiskey schwenkt, das er sich aus dem Barschrank ihres Mannes geholt hat.

»Mein süßer, kleiner Türke«, säuselt sie, »du bist ein Schelm! Magst du mich nächste Woche nach Ibiza begleiten?«

Und ob er mag. Er findet Ulla inzwischen ganz nett, sie hat Geld, das wird ihm helfen; auch ist sie bislang nicht besonders anstrengend und verlangt keine Präsenz von ihm, lässt sich auch nicht in der Öffentlichkeit mit ihm sehen. Ihre Beziehung bleibt sozusagen undercover. Verheiratete Frauen sind ein Segen!

Kaan ahnt jedoch nicht, dass Ulla sehr wohl eine Vertraute hat: Carola, ihre beste Freundin.

Ulla bucht die Flüge, zwei Wochen möchten sie auf der Baleareninsel verbringen. »Liebesurlaub«, haucht Ulla ihm im Bett ins Ohr – seine Freude hält sich in Grenzen, aber er denkt an das Boot, das sie sicher mieten wird, an die Beachclubs, die teuren Restaurants und deren betuchte Kundschaft. Er wird interessante Leute dort kennenlernen.

Als sie in der Nähe von Santa Gertrudis im Haus ankommen – eine nicht allzu große Finca mitten in der Pampa, Kaan ist etwas enttäuscht –, wohnt dort auch Carola, deren Ferienwohnung gerade umgebaut wird.

»Wer ist das?«, fragt er Ulla ohne Umschweife und ohne Carola anzusehen, als diese ihn begrüßen will.

»Meine beste Freundin – sie bleibt nur drei Tage, ihre Wohnung wird neu gefliest, wir haben hier ja ein Gästezimmer«, antwortet Ulla arglos.

Da erlebt sie ihren Kaan, wie sie es nicht erwartet hat: Er verliert die Beherrschung, ruft auf Carola deutend: »Die oder ich! Wir wollten Zeit zu zweit verbringen, und du setzt uns hier eine Anstandsdame ins Haus? Mit mir nicht!!«

Die zwei Frauen schauen ihn fassungslos an. »Entschuldige«, stammelt Ulla, »ich wusste nicht …«

»Was?«, brüllt er. »Dass ich ungestört mit dir sein wollte? Mich freute, dass wir beide endlich Tag und Nacht zusammen verbringen können? Du enttäuschst mich!«

Carola läuft in ein anderes Zimmer, kommt keine drei Minuten später mit einer Tasche zurück.

»Ich gehe ins Hotel«, ruft sie vor Empörung zitternd und sagt an ihre Freundin gewandt: »Pass auf dich auf, Ulla!« Sie wirft Kaan einen zornigen Blick zu. »Und du pass auch auf, mein Freund, sonst wirst du dich wundern!«, zischt sie.

Sie wirft vernehmlich die Tür zu, Ulla dreht sich zu Kaan um, weiß nicht, was sie dazu sagen soll. Was für eine Seite zeigt ihr kleiner Lover denn da?

»Ach Schatz, es tut mir leid. Ich bin aggressiv geworden, ich habe mich so auf uns gefreut. Soll ich sie zurückholen?«, stammelt Kaan, kaum dass Carola aus der Tür ist. Bekümmert sieht er Ulla an, seine Stirn ist gerunzelt, das Gesicht ein einziges Bedauern.

Sie lässt seine Umarmung zu, verwundert und froh zugleich, dass dieser Mann wirklich in sie verliebt zu sein scheint. Kaan, der keinerlei Zeugen für ihre Beziehung wollte, tut alles, um sie die unschöne Szene vergessen zu lassen, umgarnt sie den restlichen Tag und die ganze Nacht.

Er telefoniert viel und versendet pausenlos Nachrichten, während Ulla im Beachclub auf einer Liege am Strand döst oder in einer Zeitschrift blättert. Bislang hatte sie keine Lust, etwas zu unternehmen, ein Boot zu chartern oder abends in eines der besseren Restaurants zu gehen. Kaan ist schon nach drei Tagen fürchterlich gelangweilt, es gibt keinen Gesprächsstoff mit Ulla, er lernt keine anderen Leute kennen, kann auch am Strand keine Kontakte knüpfen, immer hat sie ein Auge auf ihn.

»Schatz, ich muss arbeiten, bitte entschuldige«, murmelt er, wenn sie an seinem Arm zupft oder möchte, dass er ihr etwas zu trinken bestellt oder sie eincremt. Nie nennt er sie beim Namen, immer »Schatz«.

Am vierten Morgen ist er aufgeregt: Er hat etwas Großes in Aussicht, er könnte sich an einem vielversprechenden Geschäft beteiligen, berichtet er Ulla nach einem Telefonat, das er ziemlich lautstark auf Türkisch geführt hat. Dann schaut er Ulla zerknirscht an:

»Aber ich muss sofort 30.000 Euro überweisen, das kann ich von hier aus nicht, mein Konto ist in der Türkei, ich habe dort keine Bevollmächtigten. So ein Mist!«

Ulla sieht ihn von der Seite an.

»Soll ich es dir vorstrecken? Ich kann meinen Banker anrufen«. sagt sie und gurrt wie ein Täubchen.

»Das würdest du tun? Das wäre großartig! Ich zahle es dir zurück, wenn ich das nächste Mal in die Türkei fahre – also Ende des Monats! Ich liebe dich!«, ruft er erleichtert und küsst sie auf den Mund.

Ulla leitet umgehend alles in die Wege, doch nachts erweist ihr Kaan seine Dankbarkeit nicht – er schläft mit der Decke bis zum Kinn gezogen bereits fest, als sie aus dem Bad kommt und sich zu ihm legt. Sie riecht in seinem Atem den scharfen Geruch der Zigarre, die er nach dem Essen geraucht hat; er hat sich nicht einmal die Zähne geputzt.

Am nächsten Morgen sitzt er vor ihr auf der Terrasse und sagt beim Frühstück, dass er einen Anruf erhalten habe und dringend nach Hause müsse, in seiner Firma gebe es ein Problem mit einer Sekretärin, sie sei wohl in der Nacht mit einem Firmenwagen schwer verunglückt, alles sei schrecklich. Er habe schon einen Flug gebucht.

Ulla ist traurig, aber natürlich tut ihr die Sekretärin leid. Sie fährt Kaan zum Flughafen, sein Abschiedskuss ist eher ein Hauch.

Abends ruft sie an, er hebt nicht ab. Sie sendet ihm eine Nachricht, ob er gut angekommen sei. Er reagiert nicht, aber das tat er häufig, obwohl er den ganzen Tag auf seinem Handy Nachrichten auf allen Kanälen las und verschickte.

Nach drei Tagen hört sie immer noch nichts von ihm, obwohl sie ihn mit Fragen und Anrufen bombardiert. Sie macht sich Sorgen – vor allem um ihr Geld.

»Bist du eigentlich wahnsinnig?«, schimpft Carola, als sie ihr von seiner plötzlichen Abreise erzählt – und von dem Darlehen. »Du kennst den Typen doch kaum und leihst ihm so viel Geld? Es ist nicht zu glauben! Und jetzt ist er abgetaucht. Hast du dir was quittieren lassen? Irgendwas Schriftliches?« Carola kam der Schnösel von Anfang an suspekt vor, aber ihre Freundin war ja ganz vernarrt in ihn.

»Nein«, muss Ulla kleinlaut zugeben, »ich habe nichts.«

»O.k. Dann setzen wir was auf und fahren zusammen zu seiner Wohnung, wenn wir zurück sind. Das wird er ja wohl unterschreiben.«

Ulla schluckt. »Ich weiß nicht, wo er wohnt. Ich habe nur eine Adresse mit Postfach …«

Carola kann es nicht fassen – Ulla weiß rein nichts über ihre Affäre! Nur seinen Namen – wenn der überhaupt stimmt. Natürlich hatte sie im Internet danach geschaut – aber nichts gefunden. Einen Kaan Demir, auf den die Beschreibung des Liebhabers passte, fand sie dort nicht. Es gab auch keine Firma unter diesem Namen, nur längst geschlossene Autowerkstätten, deren Inhaber dubiose Geschäft getätigt hatte. Dass jemand existiert, ohne irgendeine Spur im Netz zu hinterlassen, erschien ihr merkwürdig.

Nach drei Wochen, etlichen Anrufen, Nachrichten und Briefen, in denen Ulla ihn ihrer aufrichtigen Gefühle sowie ihrer Verschwiegenheit versichert und mehr oder weniger freundlich nach ihrem Geld fragt, gibt sie auf; er ist wie vom Erdboden verschluckt. Sie würde sich am liebsten selbst in den Hintern beißen, dass sie in ihrem Alter auf solch einen Schwindler und Schöntuer hereingefallen ist. Ihre Verknalltheit ist so schnell verflogen, wie sie gekommen ist – Ulla ist keine Frau für tiefe Gefühle.

Sie könnte ihren Mann um Hilfe bitten – er hätte vielleicht eher Möglichkeiten, dem Kerl auf die Spur zu kommen, ihr allein gelingt es nicht. Heiner ist ein ausgebuffter Geschäftsmann. Aber ihm gestehen, dass sie einem Lover einfach so 30.000 Euro überwiesen hat? Mit ihm zwei Wochen in ihrem Ferienhaus sein wollte? Das würde selbst er nicht tolerieren, dessen ist sie gewiss. Außerdem will sie nicht an die große Glocke hängen, dass sie sitzen gelassen wurde. Bald würde sie einen anderen finden, da macht sie sich keine Sorgen. Aber es wurmt sie.

Und Carola, ihre einzige echte Freundin, kocht vor Wut.

| 2015 |

Ulla ist die erste von einigen Frauen, mit denen Kaan in den nächsten zwei Jahren auf diese Art und Weise zusammen ist, manchmal gibt es mehrere gleichzeitig. Es ist kein Problem, sie kennenzulernen, er betreibt es wie eine Art Sport. Kaan spricht nur Frauen an, die signalisieren, dass sie einem Flirt nicht abgeneigt oder irgendwie liebesbedürftig sind, und dann lässt er seinem Charme freien Lauf. Er spürt genau, was er sagen muss, entwickelt immer feinere Antennen. Es ist ihm egal, wie sie aussehen, egal, wie alt sie sind. Manche trifft er nur ein- oder zweimal. Wenn sich herausstellt, dass sie wenig Geld haben, nicht an die Mittel ihrer Männer kommen oder ihm zu viel hinterhertelefonieren, bricht er den Kontakt ab. Mehr als zwei Einladungen zum Essen würde er nie investieren.

Nicht alle, mit denen er ein paar Wochen oder manchmal nur Tage verbringt, bis sie ihm freiwillig Geld vorstrecken oder ihm kostspielige Geschenke machen, sind verheiratet, es sind auch Geschäftsfrauen dabei, intelligent, erfolgreich – und allein. Er hat Sensoren für die Bedürfnisse dieser Frauen und bedient die richtigen Knöpfe. Er ist ein begnadeter Betrüger. Auch die toughen Businessfrauen schämen sich, wenn sie merken, dass sie auf einen Schwindler hereingefallen sind, der nur materielle Vorteile wollte. Und sie schweigen, keine einzige droht mit Anzeige – was haben sie auch gegen ihn in der Hand? Keine der Frauen fordert ihr Geld länger als ein paar Wochen zurück, dann hört er nichts mehr von ihnen.

Kaan achtet darauf, dass die Wohnorte seiner Affären weit genug voneinander entfernt liegen, nie besucht er mit ihnen dieselben Restaurants. Er gilt als Single, niemals tritt er mit einer der Frauen als Paar auf. Wenn er nicht zu ihnen nach Hause kann, bucht er ein Hotelzimmer, wenn die Investition lohnend scheint. Er übernachtet jedoch nie bei ihnen.

Keine lässt er je in seine Wohnung, obwohl er nun nicht mehr in dem mickrigen Einzimmerapartment auf dem Dorf wohnt. Er ist wieder in die Stadt gezogen, hat sich vergrößert, denn er kann sich nun etwas Besseres erlauben. Kaan ist einer von drei Mietern in einem großen Haus, die Vermieterin ist eine 74-jährige Dame namens Erika Mendel; das Haus hatten einst ihre Eltern erbaut. Durch die Vermietung sichert sie ihren Lebensunterhalt und hat ein Mittel gegen ihre Einsamkeit. Kaan wohnt im Erdgeschoss und ist für sie wie ein Sohn, auch Lena, die junge, ledige Mutter im zweiten Stockwerk, die vom verheirateten Vater ihres kleinen Jungen großzügig unterstützt wird, mag sie sehr. Unter dem Dach wohnt ein Marketingexperte, der jedes Wochenende zu seiner Freundin nach Stuttgart fährt.

Erika Mendel war einmal Studienrätin gewesen, hatte Deutsch und Religion an der Realschule unterrichtet; sie hatte jedoch aufgehört zu arbeiten, als ihr verstorbener Mann früh an Parkinson erkrankte. Sie ist eine strenge, manchmal fast verbittert wirkende Frau, doch ihr Herz ist mitfühlend. Nie gab es genug Menschen, denen sie dieses Mitgefühl und ihre Zuneigung schenken konnte. Gerne hätte sie Kinder gehabt, doch es hat nie geklappt. Sie hat Kaan in ihr Herz geschlossen, er ist ein so offener, herzlicher, hübscher Mann, immer hat er ein freundliches Wort auf den Lippen, trägt ihr die Einkaufstasche hoch in die erste Etage oder holt für sie Pakete bei der Post ab.

Der verwitweten Dame, die ihr Haar immer noch dunkel färbt und Wert auf eine gepflegte Frisur legt, erzählt Kaan mit leiser Stimme und traurigem Blick aus seinem Leben. Selbstverständlich nicht alles, doch von Eltern aus Anatolien, die ihn weggaben, und von seinen unglücklich verlaufenden Beziehungen. Er berichtet von Frauen, denen er so viel bietet, die aber immer mehr von ihm fordern – Geld, Aufmerksamkeit, Zeit – und die ihn nur von der Arbeit abhalten wollen, unehrlich und untreu sind. Immer habe er Pech. Schon lange habe er deshalb keine Freundin mehr gehabt.

Häufig sitzen er und Erika Mendel sonntags am Resopaltisch im Erker ihrer kleinen Küche, sie kauft Kuchen oder ein Stück Obsttorte beim Bäcker um die Ecke und kocht ihm in ihrer altmodischen Filtermaschine Kaffee, stark und süß, so wie er ihn mag. Wenn der Kindsvater nicht zu Besuch ist, kommt auch Lena von oben mit ihrem einjährigen Kind vorbei, Kaan herzt und küsst das Baby, setzt es auf seinen Schoß, spielt mit den kleinen Händchen und lacht selig. Er liebt Kinder. Erika Mendel hat dann das Gefühl, sie hätte eine Familie – als säßen dort ihr Sohn, seine Frau und ihr Enkelchen.

Doch am frohesten ist sie, wenn sie Kaan für sich allein hat. Wenn er seine Hand auf ihre legt und mit seiner sanften Stimme raunt, wie froh er ist, dass er bei ihr wohnt, und welch warmen Gefühle er für sie hegt. Was für ein besonderer Mensch sie sei und wie traurig es ist, dass aufrichtige, warmherzige Frauen wie sie so selten geworden sind. Dann ist sie zufrieden und muss abends nicht so viel Wein trinken, um schlafen zu können. Sie ist dankbar, dass Kaan sich um sie kümmert, auch ihre finanziellen Dinge in die Hand nimmt. Sie ist mit dem renovierungsbedürftigen Haus überfordert und froh, dass er ihr hilft. Sie stimmt zu, dass er sich für seine Dienste ein Entgelt ausbedingt. Oft denkt sie, dass er ein Geschenk des Himmels ist.

Kaan steht der alten Dame gerne zur Seite; der Teil, den er für die Erledigung ihrer materiellen Belange für sich selbst abzweigt, ist nicht übertrieben. Sie hat ihm sogar eine Bankvollmacht erteilt, dann kann er alles schnell und problemlos für sie erledigen. Wie praktisch für beide.

Irgendwann um Weihnachten herum fühlt er, dass es nun genug sei mit dem Frauenkarussell, auch wenn es sich auszahlt – das Lügen und Aufpassen ist ihm nach zwei Jahren doch zu anstrengend geworden, und manchmal plagt ihn ein schlechtes Gewissen wenn er merkt, dass eine Frau wirklich an ihm hängt und leidet. Er ist inzwischen Ende 40, finanziell steht er im Moment auf sicheren Beinen. Er möchte zur Ruhe kommen, auch wenn der Jäger in ihm nie schlafen wird, er immer noch Ausschau nach passenden Frauen halten wird. Doch er gibt sein frauenspezifisches Geschäftsmodell auf, möchte sich wieder ganz auf seriösere Aufgaben konzentrieren, schließlich war er einmal ein erfolgreicher Geschäftsmann, der auch mit legalen Geschäften genug Geld verdient hat. Er möchte ein ruhigeres, sicheres Leben führen, wieder so etwas wie ein Zuhause haben.

Kaan steht in seinem karg eingerichteten Wohnzimmer, in dem die paar Bilder – alles einfache Drucke – noch an der

Wand lehnen. Er ist selten zu Hause, ihm fehlt eine weibliche Hand, die die Wohnung mit Geschmack und Fürsorge zu einem Heim macht. Nachdenklich blättert er in seinem Pass. Morgen reist er in die Türkei. Er schaut auf das Foto, liest die drei Vornamen und seinen Nachnamen. Dann beschließt er, dass nun Schluss ist mit Kaan Demir. Es ist Zeit für eine Wende.

Ihm hatte der dritte Vorname in seinem Pass immer schon gut gefallen, Banu hatte ihn ihrem Sohn zusätzlich gegeben: Es war der Vorname ihres persischen Großvaters: Navid. Das bedeutet »frohe Botschaft«, hatte ihm Banu einst erklärt. Auch der Nachname von Ahmet und Banu – sie hießen »Güner« und er trug ihn bis zu seinem 18. Geburtstag und seinem Umzug nach Deutschland schon einmal – sagt ihm mehr zu als das alltägliche »Demir«, der Nachname seiner leiblichen Eltern.

Navid Güner. Ein guter Name. So würde er sich fortan nennen.

Navid. Neubeginn

| 2015 |

Für Anfang März ist es ungewöhnlich warm, ein herrlicher, sonnenklarer Tag. Wie jeden Mittag hat Navid es sich auf der Terrasse des Nobelhotels gegenüber der großen Kirche bequem gemacht und raucht seine kubanische Zigarre – das kann er sich jetzt wieder leisten, ohne lange zu überlegen. Er ist froh, dass diese Frauengeschichten seit einigen Monaten hinter ihm liegen, auch wenn er seinem eigenen Tun mit Distanz zugesehen hat, nichts an sich herangelassen hat – das beherrscht er wie kein Zweiter. Und am Ende muss man sagen: Wie dumm waren diese reichen, reifen, von ihren Männern vernachlässigten Weiber und wie arrogant diese einsamen Geschäftsfrauen! Wie leicht es doch gewesen war! Er schüttelt unmerklich den Kopf. Ein paar schöne Worte, ein paar Komplimente, ein paar rosige Versprechungen, und schon waren sie bereit, einem gut aussehenden, noch dazu jüngeren Mann alles zu geben. Er hat es immer schlau angestellt, ist sich sicher, dass er nichts zu befürchten hat. Mitleid mit den Frauen hat er nicht, höchstens mit sich selbst, wenn er manche bei Tageslicht betrachtete und sich wunderte, wie er das körperlich durchstand – auch wenn er mit der ein oder anderen durchaus Spaß hatte.

Selten hatte er sich in den letzten beiden Jahren dabei ertappt, dass er morgens in den Spiegel sah und sich fragte, wer ihn da anblickt. Tiefere Gedanken ließ er nicht zu – er wollte nicht über das reflektieren, was er tat. Was blieb ihm denn anderes übrig? Und hat er die Frauen nicht glücklich gemacht? Hatten sie ihn, den Türken, nicht auch oft herablassend behandelt und ihre eigenen Ehemänner belogen und hintergangen? Jene Männer, die ihnen ein sorgenfreies Leben ermöglichten? Sie sind nicht viel wert, so viel steht für ihn fest. Sie waren selbst schuld. Und er ist sich sicher: Fast jede würde ihm wieder zu Füßen liegen, wenn er es nur richtig anstellen würde. Doch er möchte ein neues Leben beginnen.

In dem Moment erhebt sich einige Tische weiter ein älterer Herr, er sieht ihn von hinten. Er ist sehr groß und schlank, das volle Haar fast weiß. Die Zigarre aus der Hand legend, erschreckt Navid sich fast zu Tode: Der Mann sieht aus wie Ahmet. Wie lange hatte er nicht mehr an ihn, der ihm 18 Jahre lang Vater und Ratgeber gewesen war, gedacht? Natürlich ist dieser Herr nicht der seit 30 Jahren auf dem Zincirlikuyu-Friedhof in Istanbul in Frieden ruhende Ahmet, doch Navid wird blass.

Wie in einem Film, den er vor langer, langer Zeit gesehen hat, sieht er sich mit 14 Jahren am Ende des Flurs in der Palanga Dereboyu im dunklen Zimmerchen seines Vater auf einem Stuhl sitzen, zuschauend, wie er seine Zigarre pafft. Und dann hört er seine Worte:

»Lüge niemals – niemals! –, um andere bewusst zu täuschen. Lüge niemals aus Hinterlist und Feigheit! Und lüge dich niemals selbst an. Dann müsste ich mich schämen, dein Vater zu sein.«

Navid schließt für einen Augenblick die Augen, schluckt – dann befiehlt er der Muschel in seinem Inneren, sich sofort wieder zu verschließen. Aber sie war für kurze Zeit geöffnet, sie will wieder leben.

Er ist mit einem Mitarbeiter verabredet, Anfang des Jahres hat er wieder eine Firma gegründet. Er bietet Beratung und Unterstützung für türkische und deutsche Firmen an, die im jeweils anderen Land investieren, kooperieren oder produzieren möchten bzw. ein Joint Venture anstreben. Er kennt viele Leute in der Türkei, hat immer noch exzellente Beziehungen, es läuft langsam an. Sein Mitarbeiter Yüksel ist um einiges jünger, seine Frau ist schwanger, ihre beiden Familien kommen vom Schwarzen Meer und leben seit Langem in Deutschland. Yüksel ist hier geboren, er hat zwar immer einen Witz parat, aber keine sonderlich guten Manieren, Navid wird ihm noch einiges beibringen müssen. Aber er ist ehrgeizig und bereit, alles für seinen Chef zu tun. Sie duzen sich, Navid ist ihm ein fast väterlicher Vorgesetzter.

»Meine Frau hat meinen Kopf und meine Hände angeguckt und meint, ich müsse gepflegter sein. Sie hat mir einen Termin bei einem Friseur gemacht, die schneiden dir nicht nur die Haare, die polieren auch die Nägel und so, stell dir vor, Chef! Nicht einen Termin bei unserem türkischen Barbier hinten am Bahnhof, sondern in so 'nem edlen Ding hier um die Ecke. Du musst mit mir dahingehen, Chef, ich schäm' mich sonst!«

Navid zieht an seiner Zigarre – mit was für Anliegen Angestellte heutzutage kommen! Er lächelt.

»Ich bringe dich nachher hin, wenn dir dann wohler ist!«, antwortet er dem Burschen.

Yüksel ist erleichtert; sie besprechen ein für morgen anberaumtes Treffen mit einem deutschen Schuhproduzenten, der in der Türkei weiter expandieren möchte, und trinken noch einen Tee. Navid zahlt, dann begeben sie sich in Richtung Friseursalon. Er ist keine zehn Minuten entfernt, liegt im Erdgeschoss eines großen Geschäftshauses in der Fußgängerzone. Navid war noch nie hier.

Die junge, dunkelhaarige Frau am Empfang strahlt sie an. »Guten Tag und willkommen, meine Herren! Was kann ich für Sie tun?«

Yüksel ist begeistert von so viel geballtem weiblichem Charme und stellt sich vor: »Yüksel Özdemir. Ich habe einen Termin, meine Frau hat den ausgemacht. Hier ist mein Chef – hätten Sie vielleicht auch für ihn Zeit? Er müsste dringend mal rasiert werden«, scherzt er mit der jungen Dame.

Die lässt sich nicht irritieren, lächelt professionell, blättert in einem großen Kalender und strahlt wieder: »Ja, Sie haben Glück, wir haben auch etwas für Sie frei. Kommen Sie bitte mit.«

Im Salon ist alles hell und fein – bodentiefe Fenster, ovale Kristallspiegel mit verschnörkelten Goldrahmen, bequeme lederne Sessel, lindgrün gestrichene Wände und exotische Blumenbouquets. Die junge Frau führt sie durch den ganzen Raum, die einzelnen Plätze sind mit Trennwänden aus mattem Glas voneinander getrennt, man hört Gemurmel, Föhngeräusche, laufendes Wasser. Im Salon befindet sich überwiegend weibliche Kundschaft, ein ganzer Schwarm von Mädchen – keine älter als 28 – kümmert sich um die Bedürfnisse der Klientel.

»Junge, Junge – wenn das meine Leyla wüsste, hätte sie den Termin doch beim Bahnhofsbarbier gemacht«, flüstert Yüksel auf Türkisch. Navid hört nur halb hin – er hat etwas registriert: Als sie zu ihren beiden gegenüberliegenden Plätzen gebracht werden, fällt sein Blick eine Sekunde lang auf die Frau, die jenseits der Glaswand sitzt und in einem Magazin blättert.

»Verdammt hübsch«, denkt er, »trotz Brille auf der Nase. Und toll angezogen.«

Jeweils zwei Mädchen eilen Navid und Yüksel zur Seite, die Männer äußern ihre Wünsche bezüglich des Haarschnitts und bestellen einen Kaffee. Yüksel beginnt gleich zu flirten, fragt, wo die jungen Damen denn herkämen. Als sie unisono antworten: »Aus Brasilien«, tut er so, als hätte er noch nie im Leben etwas Aufregenderes gehört.

Navid grinst, macht zu dem Mädel, das sein Haar begutachtet und fragt, ob er auch eine Maniküre wünsche, eine recht anzügliche Bemerkung: »Sie können mit mir anstellen, was Sie wollen. Und Ihre Kollegin auch.«

Doch Yüksel sieht den Blick seines Chefs und feixt auf Türkisch, dass die Lady nebenan ihm ja offensichtlich noch viel besser gefalle als die Dame, die ihm gleich den Kopf waschen wird. Aber dauernd auf die Glaswand zu schielen würde nichts bringen, die Wand sei ja nun mal undurchsichtig. Navid schüttelt den Kopf.

»Nein, danke, mir reicht es im Moment, ich will meinen Frieden. Bloß keine Weiber!«, erwidert er auf Türkisch. Und linst sofort wieder auf die mattierte Wand.

Als eine halbe Stunde später sein Haar geföhnt ist und die Nägel poliert werden, fragt er die unbekannte Schöne jenseits des Sichtschutzes dann doch:

»Darf ich Sie auf einen Kaffee einladen?«

Sie reagiert nicht. Er wiederholt die Frage. Da antwortet die Dame, dass er sie doch gar nicht kenne. Als er nicht lockerlässt, erneut fragt und ihr sagt, dass er da eine besondere Verbindung durch die Wand spüre, hört er sie lachen:

»Junger Mann«, ruft sie, »jetzt lassen Sie es gut sein, ich könnte Ihre Mutter sein!«

Da steht Yüksel auf, schaut über die Blumen und grinst über das ganze Gesicht.

»Nein, das passt schon«, ruft er.

Navid weiß das bereits – auch wenn er sie nur einen Augenblick lang gesehen hat. Sie hatte etwas an sich, das ihn in ihren Bann zog. Die Frau verstummt kurz, sagt dann nur einen Satz: Sie möchte ihn, den penetranten Frager von nebenan, auf jeden Fall erst ansehen, bevor sie mit ihm Kaffee trinken geht. Navid ist verdutzt – normalerweise wirkt sein Charme auch so.

Wenig später hört er, wie sie sich erhebt und ihre Sachen zusammensucht. Er spürt leichte Aufregung, das kennt er nicht von sich. Sie kommt um die Glasscheibe herum und sieht ihn an. Navid, der sonst immer einen flotten Spruch auf den Lippen hat, fehlen die Worte. Was für eine Frau! Klein und zierlich, Lippen wie gemalt, strahlende Augen von hellem Grau, dunkelblonde Haare, die in weichen Wellen nach hinten gekämmt sind und sich im Nacken kringeln. Sie kommt zu ihm und sieht auf ihn herunter – er kann nicht aufstehen, seine Hände werden noch bearbeitet.

»Okay. Mit Ihnen gehe ich einen Kaffee trinken«, sagt die Unbekannte bestimmt. »Hier ist meine Nummer«, und schon diktiert sie ihm ihre Nummer, die er eilig in sein Smartphone tippt.

In einem Anflug von Übermut wagt er es, sie um ein Küsschen zu bitten – und sie beugt sich herab und haucht ihm sanft einen Kuss auf die Wange. Damit hat er nicht gerechnet, sie wirkte so kühl und vornehm. Er atmet ihren Duft ein, sie riecht herrlich, und ahnt in dem Moment, dass sein Leben sich von Grund auf ändern wird, ändern muss. Doch sie hat sich schon umgedreht und ist verschwunden.

Yüksel will noch scherzhaft fragen, ob die Dame nicht noch eine Tochter habe, da bleibt ihm angesichts dieser spontanen Geste der Mund offen stehen, das Mädel neben ihm schaut, als ob ihr ein Geist erschienen sei. So was hat es hier im Salon wohl noch nicht gegeben.

Navid grinst beseelt. Er schickt der Unbekannten umgehend eine Nachricht: seinen Namen und ein Herz. Doch sie antwortet nicht. Navid weiß nicht einmal ihren Namen. Im Salon gibt man ihm keine Auskunft.

Das ist ihm noch nie passiert: dass er eine Frau so faszinierend findet, dass er sie ganz ohne Hintergedanken anspricht, und dass ausgerechnet diese seinem legendären Charme offenbar widersteht.

Als nach einigen Stunden doch noch eine Nachricht in seinem Display aufblinkt, lächelt er. Seit er am Nachmittag den Friseursalon verlassen hat, hat er alle paar Sekunden auf sein Handy gestarrt.

Navid lässt im Büro alles stehen und liegen, macht sich rasch frisch, zieht sich um und wählt angesichts der frühlingswarmen Temperaturen Jeans und das hellblaue Leinensakko. Er faltet sorgfältig ein weißes Batist-Einstecktuch, dann stürmt er zu seinem kleinen Auto, das er längst schon hatte waschen wollen. Er rast Richtung Stadtrand, obwohl die Dame ihm schrieb, dass sie erst später Zeit für ihn habe. Er kann es nicht erwarten.

Als sie mit einiger Verspätung auf seinen Tisch auf der Terrasse des kleinen Restaurants zukommt, zuckt er unmerklich, als wäre er auf ihre Anziehungskraft nicht vorbereitet. Er zögert kurz, als er sich vorstellen möchte.

»Navid Güner«, sagt er und küsst ihr die Hand. Als die Frau, die sich als Greta Berg vorstellt, um den Tisch herumgeht, bewundert er ihre Figur, bemerkt, wie geschmackvoll sie gekleidet ist, beobachtet die lässig- elegante Geste, mit der sie sich auf den Stuhl schwingt und gleichzeitig ihre Strickjacke auszieht. Ihr Haar leuchtet golden in der Abendsonne. Dann sieht sie ihn geradeheraus mit ihren wachen, hellen Augen an. Navid hat das Gefühl, als hätte er schon seit Menschengedenken in diese Augen geschaut.

»Wenn diese Frau verheiratet ist, bringe ich mich um«, denkt Navid.

Navid und Greta. Coup de foudre

| 2015 |

Navid ist ein offener, kommunikativer Mensch – rasch gibt er neuen weiblichen oder männlichen Bekanntschaften gegenüber Geschichten aus seinem turbulenten Leben zum Besten, dadurch weckt er Vertrauen und hört im Gegenzug selbst viel. Bei Greta ist es anders. Auch ihr erzählt er auf der Terrasse des Lokals am Fluss von seinem Leben – aber nahezu ungeschönt, er sagt ihr fast die ganze Wahrheit. Er hat diese Frau erst am Nachmittag zum ersten Mal gesehen, sitzt zum ersten Mal mit ihr beim Abendessen, und doch hat er das Bedürfnis, ihr alles zu sagen. Nur die Weibergeschichten lässt er weg und beschönigt die Gefängnisstrafe zu einer kurzen Untersuchungshaft.

Er berichtet vom Tod seiner Mutter Banu, die er so sehr geliebt hat, und vom grausamen Schock, als sich seine gesamte Kindheit und Jugend als Lüge herausgestellt hat. Er reflektiert vor Greta, dass damals etwas in ihm zerbrochen sei und er sein an sich sanftes und weiches Wesen verändert habe – dies jedoch nicht immer zum Guten. Er habe dadurch angefangen, Gefühle zu verdrängen und sich seine Vorteile zu suchen, egal wie. Irgendwie habe er sich wohl an der ganzen Welt rächen wollen, manchmal sei ihm der Sinn für Recht und Unrecht vollends abhandengekommen, daher sei er sogar einige Wochen in Haft geraten. Navid schildert den schweren Start im fremden Land in einer fremden Familie im Jahr 1984; er spricht von seinem Ehrgeiz und Fleiß, von dem großen Erfolg und der Pleite, in die ihn seine unklugen Handlungen getrieben hätten. Er erzählt von seiner gescheiterten Ehe mit einer reichen Unternehmertochter aus Istanbul und von der unendlichen Trauer um die ihm entzogene und nun in der Türkei lebende Tochter Miray. Er gesteht sein Scheitern und den Verlust seiner gesamten Existenz.

»Ich bin verrückt geworden«, denkt er zwischendurch, »völlig verrückt. Was erzähle ich denn nur alles!«

Als er ihr mit stockender Stimme das Schicksal seines ältesten Bruders Cengiz schildert, drückt Greta mitfühlend seine Hand, die wie selbstverständlich auf seiner liegt. Vieles sagt er ihr – einiges verschweigt er. Er kann Dinge immer noch so tief in sich verschließen, dass sie für ihn nie stattgefunden haben.

Am liebsten würde er mit Greta sofort in ein Hotel gehen, er fühlt sich zu ihr hingezogen wie selten zu einer Frau. Doch sie lehnt dieses Angebot etwas irritiert ab, er respektiert das – sie ist eine Dame. Als er sie zu ihrem Auto bringt, verabschiedet er sich mit einem Handkuss.

Auch bei den nächsten Treffen in Cafés in der Stadt geschieht nicht mehr, als dass sie sich an den Händen halten. Greta, das bemerkt er bei diesen Verabredungen, war nicht umsonst lange in der Politik. Sie neigt dazu, kritische Fragen zu stellen – er muss aufpassen, was er erzählt. Aber mit jedem Zusammensein ist er faszinierter von der Frau, die beim Lächeln das entzückendste Grübchen der Erde in der Wange hat.

~~~~~
~~~~~

Fast zwei Wochen ist er unterwegs, er meldet sich nicht häufig bei Greta, das macht er nie, doch er denkt fast pausenlos an sie. Navid ist beschäftigt, von Terminen abgelenkt; reist er in den ländlichen Osten des Landes, hat er nicht immer Internet. Er schreibt nicht gerne Nachrichten auf Deutsch – er weiß, dass seine Rechtschreibung auch nach dreißig Jahren in Deutschland beschämend schlecht ist. Aber er hat es aufgegeben, sie zu lernen, es geht auch so.

Navid ist gerne im Land seiner Herkunft. Doch diesmal kann er es nicht erwarten, nach Deutschland zurückzukehren. Er bucht um und kommt früher zurück.

Navid möchte Greta überraschen. Er hat es sich gemerkt, dass sie erzählte, dass sie meist spätnachmittags einkaufen geht, gerne am Freitag auf dem Markt in der Innenstadt. Navid hat einen untrüglichen siebten Sinn, er spürt nahezu körperlich, wo sie ist. Er fährt zu der Straße, an der der Markt liegt, parkt in zweiter Reihe am Straßenrand und wartet auf sie. Als sie völlig überrascht vor ihm steht, umarmt er sie und küsst sie. Nie mehr möchte er sie loslassen.

Sie fahren in sein Lieblingshotel am Stadtpark, in dem er ab und zu seine Abende in der Bar bei einem Glas Cognac und einer Zigarre verbringt. Er hat dort ein Zimmer reserviert. Im Aufzug schaut er Greta an, eine unendliche Wärme durchströmt seinen Körper.

Endlich ist sie ganz bei ihm, endlich.

~~~~~

In den nächsten Wochen ändert Navid sich, er wird ruhiger, eine Hoffnung auf ein gutes, neues Leben keimt in ihm auf, ein Leben ohne innere und äußere Dämonen. Greta ist an-
~~~~~

ders als alle Frauen, mit denen er bisher zusammen war. Und das sind nicht wenige. Sie ist attraktiv, ja, aber viel mehr als das. Sie ist eine reife Frau, eine Dame und ein junges Mädchen. Wenn er mit ihr irgendwo hereinkommt, schauen alle auf sie, auch wenn sie nur Jeans und eine einfache Bluse trägt – man kann sie nicht übersehen, obwohl sie nicht besonders groß ist. Sie lacht ansteckend und gern, manchmal hat sie die verrücktesten Ideen, schleppt ihn an die unmöglichsten Orte und fällt zu seinem Vergnügen über ihn her. Sie ist intelligent und dennoch leichtgläubig, diszipliniert und zugleich schusselig. Ständig sucht sie irgendetwas – ihren Schlüssel, ihr Handy, ihre Geldbörse, ihr Ladegerät, ihre Uhr, ihren altmodischen kleinen Papier-Kalender.

»Du solltest dir einen Suchhund-Trupp anschaffen oder nur Dinge mit Ohren, damit du sie rufen kannst!«, scherzt er oft, wenn er unter Zeitungsstapeln und Büchertürmen nachsieht und sie unter Betten und Tische kriecht. Wenn sie ausgehen, kramt sie häufig vergebens in ihrer Handtasche nach ihrer Lesebrille, obwohl sie blind wie ein Maulwurf ist. Navid kann die Speisekarten ihrer Lieblingslokale fast auswendig, weil er sie so häufig vorlesen muss, bald sucht er die Speisen für sie aus – er weiß, was sie mag. Seine Zigarren, die langen Streichhölzer und sein Portemonnaie steckt sie jedoch zuverlässig immer für ihn ein, er muss nicht darum bitten.

Obwohl sie erst wenige Monate zusammen sind, funktionieren sie in vielem mit der liebevollen Selbstverständlichkeit eines eingespielten Ehepaars. Sie verstehen sich ohne Worte. Greta macht ihren Übersetzer-Job und managt ihr Leben mit den drei Kindern; manchmal wird ihr alles zu viel, dann spricht sie wenig und ist froh, wenn sie nur bei ihr zu Hause auf dem Sofa sitzen, eine Pizza bestellen und irgendetwas Belangloses im Fernsehen schauen. Dennoch: Nie hat er das Gefühl, dass sie ihn oder einen anderen Mann braucht. Sie verlangt keine Rechenschaft darüber, wo er ist, obwohl sie sich viel seltener sehen als andere Liebespaare. Sie lässt ihn frei sein, so wie sie frei bleiben möchte. Und doch spürt er, wie aufrichtig sie ist, wie bedingungslos sie lieben kann. Wird sie IHN lieben können? Und kann er das auch?

Manchmal hat er Angst vor den Gefühlen, die er so lange nicht kannte, vor dem rasend schnell größer werdenden Spalt der Muschel in seinem Inneren. Er fürchtet sich sogar entsetzlich davor. Und doch ist er in der letzten Zeit so glücklich wie seit Jahren nicht mehr. Denn nicht zuletzt scheint Greta auch wohlhabend zu sein, sie ist finanziell von niemandem abhängig und hat ein schönes Haus. Zudem ist sie tolerant, spioniert ihm nicht hinterher, vertraut ihm. Und sie hat eine Tochter, die fast im selben Alter ist wie seine Tochter Miray. Navid, der seines Kindes beraubte Vater, hat Stella sofort in sein Herz geschlossen. Sie ist ein aufgewecktes, sommersprossiges 17-jähriges Mädchen mit frechem Mundwerk, dunkelblonden Locken und den hellgrauen Augen ihrer Mutter. Wenn sie Kommentare abgibt, meint er manchmal, ihre Mutter zu hören. Greta hat immer einen Ratschlag, sie hört ihm aufrichtig interessiert zu. Er denkt daran, wie man auf ihn in der Schule als Gastarbeiterkind herabgeschaut hat, obwohl er in Istanbul Abitur gemacht hatte. Wie manche ihn als kleinen Kümmeltürken beschimpft hatten und ihm zu verstehen gaben, dass er und seine Schulbildung weniger wert waren als die der Deutschen. Und nun hat er diese Freundin. Oft kann er trotz seines zur Schau gestellten Selbstbewusstseins nicht fassen, dass diese Frau sich für ihn entschieden hat.

Navid, so hat es den Anschein, vergöttert sie.

Navid. Heimat

| 2015 |

Noch nie hat er eine Geliebte mit in seine Heimat genommen. Diese Welt gehörte ihm allein, sie war ein kostbarer Teil von ihm, er wollte sie nicht mit einer Frau aus der anderen Welt teilen.

Doch Greta möchte er sie zeigen. Sie soll sehen, wo sein Herz schlägt.

Er ist zu früh am Flughafen, hält unruhig Ausschau nach ihr. Sie sind vor einem Schalter der Turkish Airlines verabredet. Wird sie kommen? Immer hat er Zweifel und Ängste.

Navid sieht ihre schlanke Gestalt von Weitem – sie hat die Haare nach hinten zu einem sehr kurzen Zopf gebunden, trägt helle Jeans mit passenden Sneakers, eine zart gemusterte Bluse und eine Wildlederjacke. Eilig geht sie auf ihn zu, den Koffer hinter sich herziehend. Sie strahlt – wer sie so sieht, schätzt sie um etliche Jahre jünger.

Er nimmt ihr den Koffer ab und küsst sie erleichtert: »Ich hatte Angst, dass du nicht kommst«, gesteht er.

Greta blickt ihn erstaunt an. »Warum sollte ich denn nicht kommen, mein Liebling?« Sie lehnt die Stirn sanft an seine, eine kleine Geste voller Innigkeit. Ein Schauer durchläuft ihn, sie hört, wie er laut ausatmet.

Navid hat die Tickets und checkt ein, der Flug geht pünktlich los, sie sitzen in der dritten Reihe. Er lässt ihre Hand nur los, um etwas zu trinken und den Snack zu essen.

Greta liest ein schmales Buch, den Briefwechsel zwischen Ernest Hemingway und Scott Fitzgerald, sie hält den Band mit einer Hand. Jedes Mal, wenn sie umblättert, legt sie Navids Hand sanft zur Seite und greift sie dann wieder.

Beim Landeanflug auf Istanbul geschieht etwas, das Navid in all den Jahren nur sehr selten erlebt hat: Der Pilot fliegt eine gigantische Schleife, die den Blick auf die kilometerweit reichende 15-Millionen-Metropole ermöglicht.

Navid beugt sich über seine Freundin – sie sitzt am Fenster – und erklärt mit Stolz in der Stimme, was unter ihnen wie ein bunter Teppich ausgebreitet liegt: »Da ist die Altstadt mit Hagia Sophia, Sultan-Ahmet-Moschee und dem Topkapı-Palast. Schau all die Kuppeln! Wie grün alles durch die Bäume ist! Und man sieht von hier oben, wie riesig der alte Bazar am Goldenen Horn ist.«

Er deutet auf das lebendige Viertel Beşiktaş mit seinen dicht gedrängten Wohnhäusern, den großen Luxushotels und dem neuen, schwarz-weiß beflaggten Fußballstadion, erklärt, wie viele spektakuläre Hochhäuser im Banken- und Geschäftsviertel Levent und Maslak in kurzer Zeit hochgezogen wurden. Sie überfliegen die drei Brücken und blicken von oben auf die pompösen Villen in den Hügeln von Beykoz und an den Ufern der Meerenge Bosporus, die das Schwarze Meer im Norden mit dem Marmarameer im Süden verbindet. Alles wird überstrahlt von diesem mythischen Strom – im wahrsten Sinne des Wortes. Er leuchtet heute fast unwirklich türkis, kein karibisches Gewässer könnte intensiver strahlen.

»Das habe ich noch nie gesehen«, ruft Navid immer wieder aufgeregt wie ein Kind. Greta küsst ihn auf die Wange, die ganz nah an ihrer liegt, und antwortet lächelnd, dass er das doch sicher alles für sie arrangiert habe. Später lesen sie, dass eine winzig kleine Alge namens Emiliania huxleyi für das Wunder verantwortlich ist. Sie blüht gerade milliardenfach und reflektiert das Sonnenlicht des strahlend blauen Himmels. Greta ist schon jetzt von der Stadt verzaubert.

Ihr Freund hat eine kleine Suite in einem traditionsreichen Hotel reserviert – ein ehemaliger osmanischer Palast, prachtvoll, der Pool geht fast in den Bosporus über, die Restaurants zählen zu den feinsten der Stadt, die Bar ist ein Hot Spot. Er möchte seiner Liebsten zeigen, was er ihr bieten könnte, hat in angesagten Lokalen Plätze reserviert, sich über alle Sehenswürdigkeiten intensiv informiert, einen Fahrer gebucht.

Am Tag wird er ihr sein Istanbul zu Füßen legen, in den Nächten sein Herz.

Greta. Die Stadt am Bosporus

| 2015 |

Sie stehen früh auf, Greta muss Navid wecken, er schläft wie ein Murmeltier, doch es gilt Byzanz, Konstantinopel, Istanbul zu entdecken! Greta ist ganz kribbelig zumute, sie liebt es, Städte zu erkunden, ihre Schätze kennenzulernen und nun zu sehen, wie sich die heimliche türkische Hauptstadt gewandelt hat, seit sie zuletzt hier war.

Der von Navid bestellte Chauffeur wartet bereits vor dem Hoteleingang, er öffnet Navid die Tür. Dieser sieht ihn streng an, sagt unwirsch etwas auf Türkisch, lässt dann Greta einsteigen. Sie möchte wissen, was los war, Navid winkt beschwichtigend ab:

»Der Typ hat keine Manieren. Man hält der Dame die Tür auf, nicht dem Mann.«

Greta fragt sich, ob das in diesem Kulturkreis wirklich immer üblich ist. Sie fahren zum historischen Zentrum auf der Halbinsel zwischen Goldenem Horn und Marmarameer, es ist ein herrlicher Tag, der Himmel wolkenlos. Navid hat sich genau überlegt, was sie besichtigen. Sie beginnen mit der fast 1500 Jahre alten Hagia Sophia, majestätisch überkuppelt schimmert ihr Gestein rosig in der Morgensonne. Innen leuchten die goldenen Mosaiken. Es ist prachtvoll.

Greta hat einiges darüber gelesen: »Das ist wirklich ein gebautes Wunder!«, ruft sie. »Wie harmonisch alles ist!

Und ein Symbol religiöser Toleranz. Sollten sich viele mit radikalem religiösen Wahn mal zum Vorbild nehmen!«

Navid weiß, dass die Hagia Sophia einst die wichtigste Kirche des oströmischen Reiches war, und dann – ohne dass die neuen Herren, wie sonst so oft in der Geschichte, alles in Schutt und Asche legten – wurde diese Kirche 500 Jahre lang als Moschee genutzt. Schließlich wurde sie ein Museum.

Danach besichtigen sie Hand in Hand den nahen Topkapı-Palast, Greta genießt es, sich alles erklären zu lassen – früher hatte sie vor jeder Reise akribisch Führer durchgelesen, heute kann sie sich treiben lassen. Es ist bereits recht warm, sie machen ein Erinnerungsfoto unter einem uralten Baum, dessen Stamm wie eine Höhle ausgeformt ist und sie umfängt. Navid erklärt ihr, dass hier der Wohn- und Regierungssitz der osmanischen Sultane war, zeigt ihr den riesigen, um diverse Höfe gruppierten Komplex mit Gärten, die einen herrlichen Blick auf das Meer bieten.

»Das hier war eine richtige kleine Stadt mit Bibliotheken, Brunnen, Bädern, Moscheen, Parks – und riesigen Küchen für die dicken Sultane«, sagt er.

Greta staunt über die virtuos verwobenen Muster der feinen İznik-Fayencen im Sommerpavillon Bağdat Köşkü, betrachtet den tropfenförmigen, 86 Karat schweren Löffelmacher-Diamanten und die drei taubeneigroßen Smaragde am sagenumwobenen Topkapı-Dolch in der Schatzkammer. All dieses Geschmeide, das die Herrscher und ihre Favoritinnen trugen … Greta gerät ins Träumen, sieht glutäugige, Frauen mit hauchdünnen Schleiern gekleidet und kostbaren Juwelen geschmückt durch die Räume tanzen und ihren Sultan umwerben.

Navid stupst sie an und reißt sie zurück in die Gegenwart, er erklärt ihr das Labyrinth des aus 300 durch Korridore, Treppen und Höfe verbundenen Räumen bestehenden Harems. Sie spürt, wie stolz er auf das kulturelle Erbe der osmanischen Vorväter ist. Als sie ihn stürmisch umarmt, weil sie sich so über seine Bemühungen freut, schiebt er sie wieder sanft von sich. Er ist jetzt sehr eifrig und will dringend loswerden, was er sich angelesen hat.

»Hier lebten Hunderte von Konkubinen. Roxelane, eine Sklavin aus der heutigen Ukraine, wurde die Lieblingsfrau von Sultan Süleyman I.«, fährt er fort. Er berichtet, dass Roxelane selbstbewusst, klug und ein bisschen intrigant gewesen sein soll. »Ich denke, dass sie sehr emanzipiert war, denn sie hatte 1541 den Umzug des Serails, also des weiblichen Teils der Herrscherfamilie und des Hofes, in den Topkapı-Palast durchgesetzt«, meint Navid.

Greta sieht ihn an und denkt, was für eine bemerkenswerte, mutige Frau diese ehemalige Sklavin gewesen sein muss. Und wie sicher sie sich der Liebe ihres Herrn gewesen sein muss.

Navid fährt fort: »Der Volksmund nannte Roxelane auch Hexe, càdi, aber ich glaube, sie war einfach ungewöhnlich schlau und hat als Ausländerin und dazu noch ehemalige Sklavin alle aufgemischt. Roxelane war ja – obwohl laut Überlieferung nicht besonders schön – die erste Sklavinnenkonkubine, die vom Sultan freigelassen und dann sogar geheiratet wurde. Süleyman muss sie wirklich sehr geliebt haben. Sie ließ sich entgegen der Tradition nach der Geburt des ersten Sohnes auch nicht in die Provinz abschieben, sondern blieb in der Nähe ihres Gatten. Sie schenkte ihm noch vier Söhne und eine Tochter. Ich bin sicher, dass sie sehr glücklich miteinander waren. Der Sultan war ein Glückspilz – so wie ich«, sagt Navid und drückt Greta einen Kuss auf die Stirn. Sie ist beeindruckt – ihr Freund entpuppt sich als hervorragender Fremdenführer.

»Aber es war sicher nicht immer ein Idyll«, fährt Navid fort, »hier herrschten strenge Regeln und eine klare Hierarchie, es war eher ein Kloster, abgeschottet von der Welt. Eunuchen bürgten mit ihrem Leben dafür, dass kein Mann außer dem Sultan Zutritt zu den Gemächern hatte. Jede Frau wollte dem Sultan einen Sohn schenken und zur Favoritin aufsteigen. Je größer und schöner die Räume, desto höher die Stellung der Dame. Die mächtigste Stellung hatte oft die Mutter des Sultans, sie lebte wie eine Fürstin, hatte eine eigene Hofhaltung, beriet ihren Sohn, wählte Haupt- und Nebenfrauen mit aus. Sie war gefürchtet – und gefährdet. Ich will nicht wissen, was die Biester sich gegenseitig angetan haben«, lacht Navid und führt sie durch den prächtigen Thronsaal, in dem Tanz-, Theater- und Musikaufführungen der Konkubinen stattfanden.

Nach einer ausgiebigen Teepause in den Markthallen des nahen Arasta-Basars führt Navid sie durch die Sultan Ahmet Camii, die im Auftrag von Ahmet I. erbaute sogenannte »Blaue Moschee« mit ihren sechs Minaretten. Greta findet sie atemberaubend.

»Die Sechs war eine Zahl, die eigentlich ausschließlich der Al-Hasram-Moschee in Mekka vorbehalten war«, flüstert Navid im Inneren, »aber bestimmt hat der Sultan irgendwas zur Sühne unternommen.« Greta bestaunt die vielen buntglasigen Fenster, die florale Fülle der Keramikfliesen, die hohe Hauptkuppel.

Sie unternehmen noch einen kurzen Abstecher in das

Mosaiken-Museum mit seinen Relikten aus dem untergegangenen byzantinischen Palast, dann kehren sie erschöpft in ihr Hotel zurück.

»Danke, mein Liebster«, sagt Greta, als sie mit dem Aufzug in ihre Etage fahren, und schmiegt sich an ihn. »Du hast alles so wundervoll vorbereitet! Istanbul ist ein Traum. Was für eine herrliche Heimatstadt du hast!«

Navid lächelt, küsst Greta zärtlich auf den Mund. »Sie gehört dir – genau wie ich«, flüstert er und saugt ihren Duft ein.

Es ist noch nicht dunkel, als sie zum Dinner gehen. Greta trägt ein schmal geschnittenes, mintfarbenes Cocktailkleid aus schimmernder Seide, das Haar hat sie zu kleinen Locken geföhnt. Als sie aus dem Bad tritt, betrachtet Navid sie gerührt und küsst ihr die Hand.

»Meine wunderschöne, türkische Braut«, sagt er und reicht ihr mit einer leichten Verbeugung ihre Handtasche.

Er hat ein Restaurant mit großem Außenbereich auf einem Hügel im feinen Stadtteil Ulus ausgesucht. Es gilt als »the place to be« in der Stadt, bietet die schönste Aussicht auf die Metropole – wer auf sich hält und es sich leisten kann, speist am Wochenende hier und genießt den Sonnenuntergang. Die Außenleuchten des Lokals sind wie überdimensionale Blüten geformt, große weiße Segeltücher überspannen die Tische, die Gäste sind auffallend schick gekleidet, das Personal hervorragend geschult.

Ihr Tisch wird auf Navids Wunsch hin ganz an den äußeren Rand der Terrasse gerückt. Unter ihnen schmiegt sich die golden flimmernde Stadt um den breiten Strom, die älteste und filigranste der drei Bosporusbrücken leuchtet hell, sie blicken auf die gegenüberliegende asiatische Seite. Es ist zauberhaft.

Navid hebt sein Glas: »Möge das unser schlechtester Tag sein«, prostet er ihr zu.

»Dein Wort in Allahs Ohr«, erwidert Greta nachdenklich. Ihr ist nicht wohl, wenn man das Schicksal herausfordert.

~~~~~

Am nächsten Tag bummeln sie durch die Labyrinthe des an jeder Ecke anders duftenden, großen Basars mit den unzähligen Läden, die hinter Arkadenbögen ihre Auslagen präsentieren. Navid kennt sich bestens aus, Greta wundert sich, wie man in dem Gewirr die Orientierung behalten kann. Sie weiß schon nach fünf Minuten und dreimal Abbiegen nicht mehr, wie sie wieder herausfinden soll.

»Ich habe früher als Botenjunge hier gearbeitet und als Verkäufer ausgeholfen«, erläutert Navid und hält einen kleinen Vortrag über den Ehrenkodex der hier Beschäftigten. Dass sich an diesen Kodex nicht alle hielten, verschweigt er ihr.

In einer Gasse voller überquellender Geschäfte mit Goldschmuck in allen erdenklichen Varianten kauft Greta einen kleinen Anhänger in Halbmondform für Stella. Navid möchte ihr unbedingt etwas kaufen, es gibt dort besonders fein gearbeitete Armreife, aber Greta wehrt sich mit Händen und Füßen. Warum, weiß sie selbst nicht genau. Doch er ist schon großzügig genug mit dieser Reise, sie möchte das nicht überstrapazieren. Und wenn er ihr unbedingt ein Schmuckstück kaufen will, soll er das tun, wenn sie nicht dabei ist. Sie stellt es sich merkwürdig vor, danebenzustehen, wenn er um den Preis für ihr Geschenk feilscht; denn ohne unter viel Gescherze und Geschimpfe
~~~~~

zu handeln, geht hier anscheinend gar nichts, und das macht Navid offensichtlich Spaß.

Er leitet sie zu einem Gang, in dem sie Turnschuhe für ihre Zwillinge ersteht, sie bekommen zwei Paar für den Preis von einem und ein Glas sehr süßen Pfefferminztee.

Anschließend verlassen sie das Getümmel und steigen hinab in die Kühle der Yerebatan Sarnici, die Navid als eine der beeindruckendsten Sehenswürdigkeiten seiner Stadt lobt. Er hat recht: Die Zisterne ist ein dramatisch beleuchteter, unterirdischer Palast mit mehr als 300 riesigen Säulen, verzierten Kapitellen und Gewölben. Das stille Wasser spiegelt jedes architektonische Element wider, sodass die Säulenschäfte sich ins Unendliche verlängern.

»Den Grundstein der Zisterne hat wohl schon Konstantin der Große im 4. Jahrhundert gelegt – schon toll, was die alten Römer alles konnten!«, meint Navid.

Nach dem Besuch fahren sie zum Sirkeci-Bahnhof, in dessen altem Jugendstil-Teil einst der Orient-Express seine Gäste entlud. Heute führen dort manchmal Derwische ihre ekstatischen Tänze auf. Danach quengelt Greta so lange, bis Navid auch noch mit ihr in das Museum für moderne Kunst geht …

Noch niemals hat Navid so viel an einem Tag gesehen – er ist froh, dass er nicht hauptberuflich Fremdenführer geworden ist, Kunden wie seine unermüdliche, neugierige Greta würden ihn gezielt in den Wahnsinn treiben. Als er ihr das sagt, lacht sie. Ähnliches hat sie bereits von ihrem verstorbenen Mann Georg und ihren drei Kindern gehört – Städtetouren mit ihrer Mutter waren auch für sie eine Herausforderung, der sie am liebsten aus dem Weg gingen.

Navid hat für den nächsten Morgen eine Überraschung

für Greta: Sie darf nicht im Hotel frühstücken und soll bequeme Schuhe anziehen. Mit dem Taxi fahren sie Richtung Bosporus bis zu einem der vielen Bootsstege. Ein kleines Motorboot wartet auf sie, sie klettern an Bord und steuern eine der Prinzeninseln an. »Du musst Istanbul auch einmal ohne Autos und Lärm erleben«, erklärt Navid. Nachdem sie angelegt haben, reicht der Kapitän Navid einen großen Korb, ein weißes Tuch bedeckt seinen Inhalt. Zielsicher geht Navid auf eine rot gepolsterte Kutsche zu, hilft Greta galant hinein. Sie holpern am Ufer entlang, passieren Läden, Restaurants und wunderschöne alte Holzvillen, der Duft von Pinien liegt in der Luft, an den Mauern wachsen prächtige, rosarot leuchtende Bougainvilleen. Navid dirigiert den Kutscher und lässt ihn an einer Anhöhe anhalten, nimmt den Korb und führt Greta zu einem Weg, fast 15 Minuten geht es bergauf. Dann erreichen sie eine von ausladenden Zedern umstandene Wiese. Zwischen den Stämmen sieht man hinab auf das bewaldete Ufer der Insel, auf Sandstrände und das glitzernde Wasser. »Ich finde, dass das ein herrlicher Platz für ein Picknick ist«, lacht Navid, zaubert eine Decke aus dem Korb, holt Weißbrot, Humus, Tomaten, Gurken, Oliven, Käse und Tee hervor. Greta ist gerührt – wann hat ein Mann ihr zuletzt eine solch liebevolle Überraschung bereitet?

Auf der Rückfahrt lehnt sie sich auf dem Boot weit zurück, atmet die Meeresluft ein, ihre Haare flattern im Wind. Sie ist glücklich, glücklich und leicht. Navid sieht sie an und macht ein Foto.

»Ich liebe dich!« Der Wind trägt ihre Worte davon.

~~~~~
~~~~~

Am letzten Abend – es ist Sonntag – sitzen sie auf einer Terrasse am Ufer der Meerenge, die Lichter spiegeln sich vibrierend im Wasser, der Himmel ist bereits dunkel. Es ist das Lokal, in dem Navid als Kind und Jugendlicher oft mit Banu und Ahmet gewesen war, es existiert immer noch. Er sucht es bei jedem seiner Besuche in Istanbul auf. Der betagte Besitzer umarmt ihn herzlich zur Begrüßung. Er führt sie zu ihrem Tisch direkt am Wasser, Navid zieht Greta ihren Stuhl zurecht, der Kellner erkundigt sich, ob man ihr eine Decke bringen solle, falls es am Wasser zu kühl wird. Greta verneint – es ist ein herrlicher Abend.

Ihr Freund bestellt kalte und warme Vorspeisen –Ciroz, Haydari, Patlıcan Salatası, Enginar, Paçanga böreği, Hamsi, Tekir und Kalamar tava. Gerichte, die so aromatisch und delikat schmecken, wie ihre Namen erahnen lassen. Auf dem Tisch drängen sich Schüsselchen und Teller mit Makrelen, Anchovis, Auberginen, Artischocken, Joghurtcreme, Melone und anderen Köstlichkeiten. Navid lässt nicht zu, dass Greta auch nur einen Pfefferstreuer in die Hand nimmt oder sich Wasser einschenkt. Zum Hauptgang ordert er den beliebten Blaubarsch, gegrillten Lüfer, mit Gemüse. Neben ihnen rauscht in über 60 Metern Höhe der Verkehr über die Brücke. Die imposanten Pylonen sind abwechselnd blau und rot beleuchtet, die Drahtseile der Hängekonstruktion strahlen weiß – ein Gespinst aus buntem Licht legt sich wie ein Gitter vor den dunklen Himmel.

»Ich liebe diese Brücke. Wenn ich hier bin, muss ich sie immer im Blick haben«, unterbricht Navid ihre Gedanken – er hat bemerkt, dass sie in den Anblick der Verbindung zwischen Asien und Europa versunken ist. »Als Junge habe ich sie jeden Tag gesehen, sie war gerade vollendet.

Wir wohnten nicht weit von hier. Damals durfte man noch zu Fuß darübergehen. Heute ist das nicht mehr erlaubt – es gab zu viele Selbstmorde, über hundert Tote.«

Navid verstummt plötzlich. Schnell trinkt er einen Schluck Rakı. Greta ist bei Weißwein, einem anatolischen Chardonnay von Doluca, geblieben, ihr ist das türkische Nationalgetränk zu hochprozentig.

»Wie geht es mit uns weiter?«, fragt er unvermittelt, als der Kellner ihnen den Kaffee und süße Häppchen – Lokum – bringt. Greta blickt ihren Liebsten direkt an und sagt bestimmt:

»Du wirst wieder hierhin zurückgehen, Navid. Hier gehörst du hin.«

Ihr Freund lässt seinen Löffel sinken und schaut sie mit gekränktem Ausdruck an.

»Ich kann dich doch alle zwei oder drei Wochen besuchen, und du kommst doch bestimmt oft nach Deutschland«, fügt sie fast entschuldigend hinzu.

Greta wundert sich selbst über das, was sie gesagt hat, aber in dem Moment wird ihr klar, was sie schon die letzten vier Tage gespürt hat: Navid ist hier in Istanbul zu Hause, nicht in Deutschland. In seiner Heimat ist er ein anderer. Er geht freier, er spricht anders, bewegt sich wie ein Fisch im Wasser. In Deutschland hatte sie immer das Gefühl, er wolle mehr gelten, als er war. Immer im Anzug, immer durchgestylt, immer ein Lächeln auf den Lippen. Hier kleidet er sich gut und geschmackvoll, aber viel legerer, er ist souveräner.

Auch ihr gegenüber benimmt er sich anders, viel zurückhaltender, den Sitten seiner Heimat entsprechend. Nie küsst er sie in der Öffentlichkeit, natürlich, das versteht sie vollkommen. Er hat ihr verschiedentlich erklärt, wie sie sich zu benehmen hatte: Sie solle nicht, wie es ihre Art war, jeden Taxifahrer fröhlich begrüßen; nicht vor ihm hergehen; keinen fremden Herren in die Augen sehen oder zum Nebentisch schauen, wenn dort Männer saßen. Das gehöre sich nicht, damit würde sie ihn beleidigen und die Männer zu etwas auffordern.

Letzteres sagte er mit einer Schärfe in der Stimme, die sie noch nie bei ihm gehört hatte. Es liegt ihr fern, ihn zu beleidigen, sie denkt sich nichts dabei und wundert sich, wie empfindlich er reagierte – ausgerechnet er, der in Deutschland nicht die geringste Scheu hatte, Damen an Nebentischen ausgiebig zu betrachten, das hatte sie sehr wohl registriert und seinem offenen Wesen zugerechnet.

Greta fügte sich, doch ihr ist eines klar: Sie würde niemals hier leben können. Warum Navid wiederholt davon sprach, dass sie sich hier zusammen eine Wohnung in der Nähe des Bosporus suchen könnten, ist ihr ein Rätsel. Denn die Hoffnung, dass sie hier Freunde und Bekannte von ihm kennenlernen würde, hatte sich als falsch herausgestellt: Navid hatte zwar Termine mit Freunden und Geschäftspartnern wahrgenommen, aber er nahm sie nie mit, stellte sie niemandem vor, selbst wenn er die Leute in ihrem Hotel traf. Sie hatte diese Stunden am Pool verbracht, hatte gelesen und etwas gedöst. Heute Nachmittag hatte sie ihn gefragt:

»Schämst du dich für mich, weil ich Ausländerin bin?«

Er schaute sie überrascht an: »Nein!«

»Warum stellst du mich denn dann niemandem vor?«

»Weil niemand Deutsch kann, Schatz!«

»Auch kein Englisch?«, fragte Greta.

»Nein.«

Damit war die Unterhaltung beendet gewesen. Greta wundert sich, dass angeblich keiner seiner Freunde eine andere Sprache als Türkisch kann, und ihr ist klar: Er möchte nicht, dass sie wirklich an seinem Leben teilnimmt. Er zeigt ihr die Schönheiten der Stadt, interessante Lokale – dennoch bleibt sie außen vor. Sie ist hier, was er immer in Deutschland bleiben wird: eine Ausländerin, eine Fremde.

Doch trotz einer ungewissen Zukunft und leiser Zweifel ob seiner widersprüchlichen Art: Greta war seit Jahren nicht mehr so glücklich und der gegenseitigen Liebe so gewiss.

Mit ineinander verhakten Händen spazieren sie über die belebte Straße zu Fuß zurück in ihr Hotel und nehmen in der lauen Abendluft noch einen Drink an der hippen Bar, einem offenen, von Palmen umgebenen Pavillon.

Als Greta später in ihrem Zimmer im obersten Stockwerk nackt und erhitzt aus dem Fenster sieht, vermischen sich die Lichter der Stadt, der Brücken und der Boote auf der Meerenge zu einem funkelnden Tanz, über den ein sternenloser, pechschwarzer Himmel wie ein schwebender Baldachin wacht. Im dunklen Fensterglas spiegelt sich das Bett, Navid liegt dort auf der Seite, er hat die Decke bis zum Kinn hochgezogen und schläft bereits. Er schläft wie ein kleines Kind, denkt Greta. Fest, ruhig, traumlos. Er ist ganz für sich.

Leise schlüpft sie zu ihm, betrachtet seinen fast unter der Decke verschwindenden Hinterkopf. Man hört ihn kaum atmen, unter seinem Kokon aus Bettzeug kann man seine Umrisse nur ahnen. Sie wagt es nicht, ihn zu berühren, lässt ihre Hand kurz über seinem Kopf schweben.

Wenn sie nicht wüsste, dass er dort liegt, würde sie ihn nicht hören und nicht sehen. Ein Unsichtbarer, ein Unfassbarer.

»Wer bist du, Navid Güner?«, fragt sich Greta.

Navid. Gespenster der Vergangenheit

| 2015 |

Sie landen anderntags früh in Deutschland, Navid hat bereits mittags Termine. Sie fahren deshalb getrennt nach Hause. Navid küsst sie beim Abschied flüchtig und sieht sie nur kurz an, er hat schon das Telefon am Ohr und verschwindet, sein Mitarbeiter Yüksel holt ihn ab.

Greta steht neben ihrem Koffer und ist etwas irritiert. Was für ein liebloser Abschied nach diesen wundervollen Tagen. Seine Firma läuft anscheinend gut, wenn er so geschäftig ist.

Kaum vierzig Minuten später kommt Navid zu Hause an. Beschwingt schließt er die Haustür auf, öffnet den wie so häufig in letzter Zeit leeren Briefkasten und eilt mit dem Schlüssel klimpernd die wenigen Stufen zu seiner Wohnung hoch.

Er erblickt seine Vermieterin, sie steht vor seiner Eingangstür, hat einen verwaschenen, grauen Morgenmantel an. Erika Mendels hartes Gesicht ist wutverzerrt. Sie hat Papiere in der Hand.

Navid hält entsetzt inne. Das sind Unterlagen, die er in den Schubladen seines Schreibtischs deponiert hatte, des einzigen Möbelstücks, das er neben einem kleinen Sofa, dem Beistelltisch und einer Ikea-Anrichte im Wohnzimmer stehen hat. Es sind Briefe, die ihm in den letzten beiden Jahren Frauen geschickt hatten, die er beschwindelt und um Geld oder Schmuck gebracht hatte: Als er nicht auf deren SMS, WhatsApps und Mails reagiert hatte, begannen manche damit, ihm in ihrer Verzweiflung und Ratlosigkeit Briefe an sein Postfach zu schreiben. Nie hat er geantwortet, aber alle aufgehoben, als er in diese Wohnung zog.

Wie dumm war er gewesen! Er hätte alles vernichten sollen, als er beschloss, ein neues, ehrlicheres Leben anzufangen. Jetzt sind die Gespenster der Vergangenheit wieder auferstanden! In den Zeilen der Frauen wechseln Drohungen, Liebesschwüre, Beschimpfungen, Vorwürfe, flehentliche Bitten und Versprechungen einander ab. Auch liebevolle Nachrichten von seiner Greta sind dabei, die sie ihm in die Jackentasche gesteckt oder in sein Auto gelegt hatte. Navid wird leichenblass. Erika Mendel war offenbar in seiner Wohnung.

»Du Lügner!«, sie presst die Worte aus ihren Lippen, als wären sie eine ekelerregende Flüssigkeit. »Du elender, widerlicher, krimineller Heuchler!«

Navid, dessen Gesicht nun zornesrot ist, will ihr die Blätter aus der Hand reißen, doch sie versteckt sie hinter ihrem Rücken. Er riecht ihre Fahne.

»Bist du vollkommen irre?«, schreit er sie an. Er kann nicht fassen, was sie getan hat. Durchwühlt hinter seinem Rücken seine Wohnung und nimmt Sachen mit, dieses Miststück! Und er dachte, sie sei eine harmlose alte Frau, die sich für etwas Gesellschaft dankbar erweist.

Es wäre ihm ein Leichtes, der Witwe die Papiere zu entreißen, doch er möchte nicht handgreiflich werden.

»Gib her, Erika, das gehört mir, es geht dich nichts an!«, schnauzt er sie wieder an. Er tritt auf sie zu, sie weicht aus und geht rückwärts die marmorne Treppe hoch, langsam und vorsichtig. Ihre Lippen beben, sie schwankt etwas, umklammert mit einer Hand ihre Beute.

»Nichts bekommst du, du Mistkerl, oben habe ich noch viel mehr davon!«

Navid kann kaum glauben, was er da aus ihrem Mund hört. Er versucht sie zu beruhigen, fragt, was denn los sei mit ihr, und wechselt zu seiner sanften Stimme; das müsste besser funktionieren, auch wenn er sich aufs Äußerste beherrschen muss.

Doch Erika Mendel ist weit davon entfernt, sich zu beruhigen, sie muss bereits einiges getrunken haben:

»Du hast mir immer gesagt, dass die Frauen dich schlecht behandeln, dich nur ausnutzen. Dass du lange keine Freundin hattest. Das war gelogen, das stimmt nicht!! Es gab ganz viele, und du hast sie alle hintergangen! Und du hast sehr wohl eine richtige Freundin, diese Greta! Dabei hast du mir immer das Gefühl gegeben, dass du MICH liebst, nur mit mir zusammen sein möchtest. Mit mir!!«, ruft sie weinerlich.

Navid schaut die Witwe fassungslos an. Was um Himmels willen hat sie sich da zurechtfantasiert? Lieber würde er sein Leben als Einsiedler oder im Kloster fristen, als mit dieser alten Frau irgendetwas anzufangen. Er war immer freundlich und höflich zu ihr, hatte sich um sie gekümmert, sie in den Arm genommen, weil sie so hilflos war und einsam. Das hatte ihm die Erziehung durch Ahmet und Banu geboten. Außerdem mochte er sie, und seine Unterstützung brachte ihm ein angemessenes monatliches Fixum, das er als Dank für seine Dienste mit ihrem Einverständnis abzweigte. Aber er wollte doch nicht mehr von ihr! Welch abwegigen Hoffnungen hatte seine Vermieterin sich gemacht!

»Erika, bitte, lass uns in deine Küche gehen, du kochst uns einen Kaffee, und wir sprechen in Ruhe darüber«, versucht er weiter, sie zu beruhigen. Wenn sie erst in der Küche sitzen und sie ihren fürchterlichen Filterkaffee zubereitet, kann er die Sachen an sich nehmen. Sanft fasst er nach ihrem Arm, doch er hat ihre Wut unterschätzt.

»Nirgends gehen wir hin«, zischt sie, etwas Spucke trifft Navid ins Gesicht, angewidert wischt er sich mit dem Ärmel darüber.

In dem Moment dreht sich Erika Mendel schneller um, als man es ihren inzwischen 75 Jahren zutraut, poltert die restlichen Stufen zu ihrer Wohnung hoch und knallt die Tür so heftig hinter sich zu, dass das eingelassene Buntglasfenster scheppert. Navid bleibt im Treppenhaus zurück. Er beginnt zu zittern.

Die nächsten Wochen werden für ihn zu einem Albtraum, den er längst hinter sich geglaubt hatte. Mit dem Öffnen seiner Schreibtischschubladen hat Erika Mendel die Büchse der Pandora geöffnet.

Denn sie hat nicht nur Briefe gefunden.

Navid. Gespenster der Vergangenheit II

| 2015 |

Navid hockt in T-Shirt und Boxerhorts auf dem beigen Zweisitzer-Sofa in seinem gesichtslosen Wohnzimmer und versucht, seine Gedanken zu sortieren. Es kann doch nicht sein, dass eine alte, versoffene Witwe ihm alles kaputt macht, was er sich nach dem Tiefpunkt gerade wieder mühsam aufgebaut hat! Er hat sich dank der willigen Damen und langsam eintrudelnder Geschäfte finanziell erholt, und dann hat er, der früher so abgebrüht und emotional unantastbar gewesen war, durch einen unfassbaren Zufall Greta getroffen. Er hatte im ersten Augenblick gewusst, dass die Begegnung schicksalhaft war.

Sechs Monate war das nun her, und jeden Tag war er dankbar, dass es diese Frau gab. Sie brachte Licht in sein Leben. Natürlich würde er nie zulassen, dass sie Macht über ihn gewann, und immer wieder erwischt er sich dabei, dass er kleine, materielle Vorteile aus der Beziehung zu ziehen versucht. Doch auch wenn er es nicht einmal vor sich selbst zugeben möchte: Im tiefsten Inneren weiß er, dass er außer Ela, dieser treulosen Person, noch niemals eine Frau so geliebt hat wie Greta; sie ist der einzige Mensch auf der Welt, der ihn retten kann. Um keinen Preis der Erde möchte er sie verlieren, er braucht ihre Wärme, ihre Liebe, ihre Zuverlässigkeit und ihr bezauberndes Grübchen beim Lächeln, um nicht unterzugehen.

Er muss die Papiere und Schreiben wiederbekommen, die Erika Mendel ihm gestohlen hat. Denn nicht nur seine Frauengeschichten werden darin offenbar, sondern auch sein jahrelanger Ärger mit der Justiz. Sie hatte auch die Ordner mit Anzeigen, Schriftsätzen und Gutachten mitgehen lassen. Aber Erika hockt wie eine Spinne im Netz in ihrer Wohnung, öffnet die mit zwei Sicherheitsschlössern verbarrikadierte Tür nicht mehr und erledigt ihre Besorgungen offenbar, wenn er nicht da ist.

Sie hat ihm einen Zettel unter der Tür durchgeschoben, in zittrigen Buchstaben steht dort: »Da siehst du mal, wie das ist, wenn man etwas will, was man nicht bekommt. Du wirst sehen, ich werde deiner Greta alles zeigen und alles sagen, dann weiß sie, was du für ein verlogener Mistkerl bist! Dass du sogar ein Verbrecher bist, ein verurteilter Krimineller! Und einen Dachschaden hast! Sie wird dich HASSEN und VERACHTEN!«

Navid klopft an ihre Tür, er fleht, schmeichelt, bettelt. Wenn keiner der anderen Mieter im Haus ist, tritt er gegen die Tür, brüllt und droht. Doch sie wartet einfach. Navid ist mit allen Wassern gewaschen – doch nun ist er ratlos. Diese Witwe handelt wie belagerte Städte im Krieg: Sie harrt einfach aus, schließt sich ein, zeigt sich nicht, versorgt sich heimlich oder hat Vorräte gehortet. Er könnte vor ihrer Tür lauern, irgendwann muss sie ja mal raus! Aber er hält es höchstens einen Tag in seiner Wohnung aus, er muss raus, unter Leute, außerdem hat er geschäftliche Termine.

Nachdem Erika Mendel ihn nach der Heimkehr aus Istanbul mit ihrem Fund konfrontiert hatte, hat er sich noch einige Mal mit Greta verabredet. Doch nun hat Navid nicht mehr die Nerven, sich mit ihr zu treffen, fürchtet, dass er ihr freiwillig alles gestehen würde, und dann müsste er das Bild zerstören, das sie von ihm hat. Er hat entsetzliche Angst, sie zu verlieren. Sie war so gutgläubig. Sie vertraute ihm. Bei den letzten Verabredungen spürte sie, dass etwas nicht stimmte, sie fragte ihn, ob sie ihm helfen könne, doch er versicherte, es sei alles in Ordnung, er habe nur viel Arbeit.

Als Erika Mendel eines Nachmittags oben im Treppenhaus steht und laut geifert, dass sie schon noch rausfinden werde, wie sie seine aktuelle Flamme Greta treffen könne, dann würde sie ihr alles zeigen und ruckzuck wäre es aus zwischen ihm und ihr, vergisst er sich: Obwohl Lena gerade mit ihrem Kind zur Haustür hereinkommt, schreit er die Witwe an:

»Eines Tages bringe ich dich um, du hinterhältiges Miststück!«

Er bereut diesen Satz, kaum dass er ihn ausgesprochen hat, denn er sieht Lenas entsetzten Blick.

»Lena, bitte, das habe ich nicht so gemeint«, ruft er in ihre Richtung. Doch Lena eilt stumm mit dem Kind auf dem Arm an ihm vorbei und hastet die Treppe hoch. Sie wirft ihm einen letzten Blick zu, der ihn ahnen lässt, dass Erika Mendel ihr nichts Gutes über ihn erzählt hat.

»Diese alte Hexe!«, denkt er.

Nach diesem Vorfall fasst er einen Entschluss, der ihm schwerfällt wie wenig zuvor ins seinem Leben: Er schreibt Greta, dass er sich von ihr zurückziehen möchte und sich wieder melden würde, wenn es ihm wieder gut ginge; er sei seelisch schlecht beieinander. Mehr Gründe nennt er nicht.

Es bricht ihm fast das Herz. Doch er bleibt eisern: Er reagiert nicht mehr auf ihre Nachrichten und Mails, liest sie auch nicht mehr, er kann die Traurigkeit und Ratlosigkeit darin nicht ertragen. Er müsste ihr die Unwahrheit sagen, doch er hasst es, sie anzulügen. Er, der immer so gut lügen konnte! Er hofft, dass sich alles irgendwie auflöst, und verschließt die Muschel in seinem Inneren wieder, so gut es geht. Wenn alles vorbei ist und er die Unterlagen zurückhat, wird er eine Erklärung finden, und alles wird gut. Er liebt Greta doch. Er ist festen Willens, sein Leben zu ändern und von nun an ein aufrichtiger, ehrlicher Mensch zu bleiben. Das Schicksal muss auf seiner Seite stehen!

Kann er nachvollziehen und fühlen, was es für Greta bedeutet, dass er sich zurückzieht und sie keine Gründe kennt? Sie fehlt ihm ebenfalls, er leidet darunter, doch er weiß wenigstens, warum er so handelt. Greta jedoch ist völlig ahnungslos.

Navid bewegt sich die nächsten drei Wochen wie unter Watte durch die Stadt, kann sich kaum konzentrieren, manchmal setzt er sich in sein Auto und weiß nicht mehr, wo er hinfahren wollte. Ab und zu begibt er sich noch auf seinen Stammplatz auf der Terrasse des Hotels, doch er hält es nicht mal mehr eine Zigarrenlänge aus. Einmal scheint es ihm, als starre Greta aus der Ferne des gegenüberliegenden Platzes zu ihm herüber. Überstürzt und mit wild klopfendem Herzen flieht er von der Terrasse und rast mit seinem Auto davon.

Greta. Verzweiflung

| 2015 |

Seit Wochen hat Greta nichts mehr von Navid gehört. Nach ihrer Istanbulreise hatte sie ihn noch einige Male getroffen, sie waren essen gegangen, doch er wirkte fahrig, nervös, unkonzentriert. Auf seine letzte Nachricht hin, in der er meinte, es gehe ihm seelisch nicht gut, er würde sich wieder bei ihr melden, hat sie ihm geantwortet, dass sie für ihn da sei, wenn er Probleme habe. Doch SMS und Mails wurden nicht beantwortet, WhatsApps nicht gelesen – aber sie sah, dass er online war, er musste also immerhin am Leben sein!

Sie hat ihn angerufen. Er hob nicht ab. Greta ist ratlos, traurig, manchmal verzweifelt. Was ist passiert? Wieso verschwindet er einfach aus ihrem Leben? Hat sie etwas falsch gemacht? Ist in Istanbul etwas geschehen, das ihn von ihr entfernte? Vielleicht ihre Aussage, dass er ohnehin wieder in seine Heimat zurückkehren würde und sie nicht mitkäme?

Sie zermartert sich das Hirn, schaut auf ihrem Smartphone Fotos an und sucht im Gesicht von Navid Spuren, die ihr etwas erklären könnten. Aber alles, was sie sieht, ist ein meist strahlender Mann, der sie im Arm hielt oder sie küsste. Sie presst das kühle Telefon an die Stirn und weint. Sie begreift es einfach nicht.

Einmal glaubte sie, ihn zu sehen.

Sie bog in der Stadt in eine Nebenstraße ein, und dort parkte sein kleines Auto. Es stand in der Nähe des vornehmen Hotels, auf dessen Terrasse Navid fast jeden Mittag nach dem Essen eine Zigarre rauchte. Konnte das sein? Sie starrte auf die Terrasse und bildete sich ein, dass jemand zurückstarrt. Navid? Aber es war zu weit weg, um Genaues zu erkennen.

Gretas Beine wurden weich, ihr Herz klopfte wild. Manchmal verlieh er sein Auto an den jungen Kollegen Yüksel, der mit ihm im Schönheitssalon gewesen war. Aber saß der wie Navid zur gleichen Zeit auf der Terrasse des teuren Hotels? Eher unwahrscheinlich.

Sie kramte in ihrer Handtasche nach ihrer Brille und ihrem Telefon und schrieb eine Nachricht an Navid:

»Bist du da? Geht es dir gut?«

Als sie aufblickte und überlegte, ob sie auf dem Absatz umdrehen oder hingehen sollte, sah sie, wie der kleine Wagen in einem Affentempo davonraste. Greta schloss die Augen.

»Oh Gott. Flieht er etwa vor mir?«, dachte sie und schämte sich für jemanden, der so feige ist. Wenn er es denn gewesen war, der dort gesessen hatte. Sie würde es nie erfahren.

| 2015 |

Navid muss sich ablenken, mal wieder richtig feiern, und verabredet sich mit ein paar Kumpels in einem italienischen Lokal, in dem er seit Langem nicht mehr war. Sie bestellen mehrere Gänge und trinken toskanischen Rotwein, nach den ersten Gläsern ist Navid wieder in alter Form, schwadroniert und lacht.

Da tritt jemand an seinen Tisch. Eine Frau mit der Statur einer Walküre.

»Schau an. Da ist ja das Früchtchen!«, ruft sie und stemmt ihre Hände in die Hüften. Ganz nüchtern scheint sie auch nicht mehr zu sein, doch das Glitzern in ihren zu Schlitzen verengten Augen ist bedrohlich, und sie kann sich noch klar artikulieren. Es ist Carola, Ullas fürchterliche Freundin!

»Meine Damen und Herren«, verkündet sie vernehmlich in das Restaurant hinein und weist mit ihren Händen auf Navid. »Darf ich Ihnen vorstellen: Das ist der erbärmliche Mann, der Frauen flachlegt, ihnen das Geld aus der Tasche zieht und sich anschließend aus dem Staub macht.«

Navid springt vom Stuhl auf, will sie anschreien, sie solle gefälligst ihren Mund halten, doch er bekommt keinen Ton heraus und fühlt instinktiv: Ihm muss etwas Besseres einfallen. Carola ist fast einen Kopf größer als er.

Ein paar Meter hinter ihr steht eine andere Frau, sehr

pinke Lippen, sehr gebräunt. Ihr Gesicht spiegelt Wut wider. Ulla. Oh nein!

Dann tut Navid etwas, das nur er zu tun in der Lage ist: Er breitet beide Arme aus, neigt den Kopf leicht zur Seite und geht strahlend auf Ulla zu.

»Mein Schatz! Meine Ulla!«, ruft er. »Wo hast du die ganze Zeit nur gesteckt?« Ulla ist so perplex, dass sie sich seine Umarmung gefallen lässt.

»Komm, lass uns nach draußen gehen, ich muss dich doch richtig begrüßen«, ruft er mit vielsagendem Lächeln, packt sie am Arm und führt sie, ohne dass Gegenwehr möglich wäre, zwischen den Tischen hindurch vor das Lokal. Einige Gäste schauen ihnen lachend oder kopfschüttelnd hinterher.

»Spinnst du komplett?«, kreischt Ulla, als sie auf der Straße stehen. »Was soll das Theater? Verarschen kann ich mich allein!«

»Aber Schatz«, sagt er, sein Blick würde jeden Dackel vor Neid erblassen lassen. »Warum schimpfst du so?«

»Warum ich schimpfe? Hast du sie noch alle? Du hast mich um 30.000 Euro betrogen! Du bist einfach verschwunden, hast auf keine Nachricht reagiert, bist nicht mehr ans Telefon gegangen, hast dich nie mehr gemeldet!«, ruft Ulla hysterisch.

Navid sieht sie kummervoll an, seine Augen werden trüb, Ulla wird sofort unsicher und denkt: »Wo bleibt nur Carola?« Sie weiß nicht, dass die Kumpane ihres Ex-Lovers ihre Freundin im Lokal aufhalten.

»Ulla, meine Liebe! Das ist alles ein Irrtum! Es tut mir so leid, ich mache alles wieder gut. Ich habe dich vermisst! Du kannst dir nicht vorstellen, was ich für einen Stress hatte«, hebt er an und seufzt schwer. »Komm, wir setzen uns in meinen Wagen, dann erzähle ich dir alles.«

Zögernd folgt Ulla ihm, quetscht sich mit leicht angewidertem Gesichtsausdruck auf den Beifahrersitz seines kleinen Autos. In so einer schäbigen Karre hat sie seit Ewigkeiten nicht mehr gesessen, ihrem Ex scheint es finanziell ja nicht gerade gut zu gehen.

Navid wendet sich ihr zu, legt ihr die Hand auf den Oberschenkel, Ulla zieht ihn nicht zurück. Dann beginnt der Mann, den sie als Kaan kennt, sich wortreich zu rechtfertigen. Man habe ihm damals am Flughafen nach seiner Landung aus Ibiza seine kleine Reisetasche gestohlen, er sei am Kofferband unachtsam gewesen, sein Handy und das Laptop waren weg, die Brieftasche natürlich auch. Er habe nirgendwo ihre Nummer gehabt, war verzweifelt, weil er sie nicht benachrichtigen konnte. Er sei sogar ein paarmal zu ihrem Haus gefahren, aber dort habe er ihren Mann gesehen und sei unverrichteter Dinge wieder umgekehrt. Das war sicher feige, aber er wollte ihr keinen Ärger machen, daher habe er ihr auch keinen Brief geschrieben. Fast jeden Tag habe er auf der Terrasse des Hotels gesessen, wo sie ihren ersten Kaffee zusammen getrunken hatten, und gehofft, sie zu treffen oder wenigstens ihr Auto zu sehen, um ihr einen Zettel an der Scheibe zu befestigen. Aber vergebens. Gerne hätte er ihr wenigstens ihr Geld zurückgegeben, aber sein türkischer Geschäftspartner sei überraschend verhaftet worden, alle Konten seien beschlagnahmt worden, es sei fürchterlich gewesen, er selbst habe sein gesamtes Vermögen in der Türkei verloren.

Ulla ist misstrauisch, aber völlig abwegig ist die Geschichte nicht. Sie hatten keinerlei gemeinsame Freunde oder Bekannte, in ihre Affäre war außer Carola niemand eingeweiht. Wer hätte ihm ihre Nummer geben sollen? Und die Lage in der Türkei war, soweit sie das mitbekommen hatte, seit geraumer Zeit nicht einfach.

Navid beugt sich noch weiter zu ihr vor, schon legt sie ihre Hand auf seine, die immer höher auf ihrem Schenkel gewandert ist. In dem Moment taucht ein Gesicht hinter der Scheibe auf, eine Faust hämmert heftig gegen die Scheibe. Ulla öffnet die Tür, draußen steht Carola, sie ist völlig außer sich.

»Sag mal, geht's noch?«, brüllt sie ihre Freundin an. »Ich suche dich überall, mache mir Sorgen, und du wirfst dich schon wieder diesem Scheißkerl an den Hals?«

Da springt Navid auf seiner Seite aus dem Auto, läuft zu Carola und packt sie an beiden Schultern, er ist jetzt auch wütend.

»Was fällt dir ein, du F…!« Er benutzt ein Wort, das Carola und Ulla die Sprache verschlägt. Und Ulla umgehend auf den Boden der Tatsachen zurückholt. Es ist die Sprache der Gosse, aus der er offenbar kommt.

Carola findet schnell ihre Fassung wieder. »Hör zu, dir scheint es ja angesichts des opulenten Abendessens gut zu gehen, und diese armselige Karre ist nur Tarnung. Du gibst Carola ihr Geld wieder, und wir vergessen das Ganze hier!«, zischt sie. Navid rudert zurück.

»Natürlich gebe ich ihr das Geld zurück, das ist eine Frage der Ehre! Ich muss nur warten, bis ich noch einige ausstehenden Rechnungen beglichen bekomme, das wird Ende des Monats sein«, beteuert er.

»Gut, wir verlassen uns drauf«, erwidert Carola kalt und zieht ihre Freundin weg.

~~~~~
~~~~~

Navid hat Ulla einen Zettel mit seiner aktuellen Telefonnummer zugesteckt. Schon am nächsten Tag meldet sie sich per SMS bei ihm:

»Mein Schatz, melde dich doch bitte. Was für ein wunderbarer Zufall, dass wir uns getroffen haben.«

Navid zögert, doch dann antwortet er ihr – er ist sich sicher, dass er sie wieder herumbekommt und ruhigstellen kann. Er verabredet sich mit ihr vormittags in einem Café in der Innenstadt, das er selten aufsucht.

Sie erscheint, Navid findet, dass sie im Hellen betrachtet in den letzten beiden Jahren erschreckend gealtert ist. Nichtsdestotrotz nimmt er sofort ihre Hand, als sie Platz genommen hat.

»Was möchtest du trinken, meine Liebe?«, fragt er mit sanfter Stimme. Ulla bestellt einen Prosecco. Sie scheint nervös zu sein.

»Kaan«, hebt sie an »es tut mir so leid, dass du solche Schwierigkeiten hattest, das habe ich ja nicht geahnt! Wir können uns auch gerne wieder treffen, wir hatten doch eine tolle Zeit miteinander! Aber du musst mir erst mein Geld zurückgeben, ja?«

»Natürlich, das habe ich dir doch versprochen, glaubst du denn, ich lüge?«, antwortet er mit gespielter Empörung.

»Nein, natürlich nicht! Ich weiß doch, wie viel Wert du auf Anstand legst. Dann sei einfach in einer Woche, also am 30., um die gleiche Uhrzeit hier im Café und bring es mit«, antwortet Ulla, trinkt ihr Glas in einem Zug aus und erhebt sich unvermittelt. Und mit süffisantem Lächeln fügt sie hinzu: »Anschließend fahren wir in meine neue Wohnung, die ich hier in der Stadt gemietet habe. Sie wird dir gefallen.«

Navid bleibt erstaunt sitzen, er hätte etwas mehr Zeit gebraucht, um sie zu umgarnen. Denn dieser alten Schabracke das ganze Geld zurückzugeben und dann noch mit ihr ins Bett zu steigen, das ist nicht der Plan, den er gehabt hat. Als er ihr hinterherschaut, sieht er, wie Carola sie an der Eingangstür in Empfang nimmt. Die schon wieder!

~~~~~

Die Woche verstreicht, und Kaan alias Navid erscheint erwartungsgemäß nicht in dem Café, in dem er Ulla das Geld übergeben sollte; zusammen mit Carola wartet sie eine Stunde lang.

»Ich wusste es!«, schnauft Carola. »Das ist ein mieser, schmieriger Betrüger, sonst gar nichts!«

Doch inzwischen weiß Carola, wo er wohnt – sie ist nicht dumm und hat an dem Abend im italienischen Restaurant gewartet, bis der schon angetrunkene Kerl nach Hause fuhr. Sie ist ihm mit Ulla in einem Taxi gefolgt.

Einen Tag nach dem geplatzten Treffen mit Ulla findet er einen Zettel in seinem Briefkasten:

»Hallo Kaan, oder Navid, wie du dich jetzt anscheinend nennst. Entweder du gibst mir binnen einer Woche mein Geld wieder, oder ich erstatte Strafanzeige. Carola ist meine Zeugin, auch mein Mann wird alles bestätigen. Melde dich. U.«

Navid beißt die Zähne zusammen. Das fehlt ihm noch, zusätzlich zu dem ganzen Ärger mit der Witwe. Haben sich denn alle gegen ihn verschworen? Die Tussi hat doch Geld genug, er hat ihr vergnügliche Stunden beschert, kann sie ihn nicht in Ruhe lassen?

Zornig knallt er die Haustür hinter sich zu, sieht, wie sich
~~~~~

im ersten Stock am Fenster die Vorhänge bewegen. Die Alte lauert, ob er das Haus verlässt.

»Strafanzeige«, denkt er, »die spinnen doch!« Er weiß, dass er als Vorbestrafter, noch dazu als Türke, schlechte Karten hat. Aber sie können ihm nichts beweisen, das Geld von Ulla ging seinerzeit auf ein Konto, mit dem er nicht in Zusammenhang gebracht werden kann, mit solchen Sachen hat er Erfahrung.

Doch eine Restgefahr besteht immer, und er möchte auf keinen Fall riskieren, dass Greta auch nur im Entferntesten irgendetwas von seinem sehr speziellen Geschäftsmodell in Sachen Frauen erfährt. Auch auf erneute strafrechtliche Verfolgung hat er absolut keine Lust. Er ist aufgebracht, langsam reicht es ihm endgültig mit diesen blöden Weibern, das mit Ulla ist doch ewig her!

Wenn Navid sich in die Enge getrieben fühlt, denkt er nicht mehr richtig nach. Er scrollt in seinem Handy in dem alten Chatverlauf mit Ulla. »Ah, da haben wir sie ja!«, freut er sich und öffnet die Fotos, die Ulla ihm vor zwei Jahren geschickt hat. Dann speichert er sie ab. Er hatte sie damals gebeten, sie solle ihm erotische Bilder von sich senden – das tat er immer, man wusste nie, wozu man sie brauchen konnte. Fast alle Frauen folgten seiner Aufforderung, sie waren eitel, dumm und manchmal wie läufige Hündinnen.

Die Aufnahmen von Ulla waren Prachtexemplare. Sie präsentierte sich auf ihrem Ehebett und vor dem Badezimmerspiegel. Erotisch war das, was man da an nackten Körperteilen zu sehen bekam, in seinen Augen zwar nicht, aber als hemmungslos konnte man es auf jeden Fall bezeichnen. Er sucht drei besonders peinliche Fotos heraus und sendet sie zurück an Ulla. Er schreibt in seiner speziellen Orthografie:

»Lass misch in Ruhe, hab keine Zeit mich mit so ein Schwachsinn zu beschäftigen. Höre auf, nach deinem Geld zu fragen. Oder soll ich die Fotos an deine Mann schicken? Oder lieber an eure Firma?«

Navid betrachtet zufrieden die blauen Häkchen, die anzeigen, dass Ulla die Nachricht sofort gelesen hat. Die wird sich wundern. Ihm so zu drohen, ihn regelrecht zu erpressen – eine Unverschämtheit!

Doch Navid begeht einen Fehler. Er hinterlässt Spuren.

| 2015 |

Er ist sich sicher, dass er Ruhe vor Ulla hat, und beschließt, in die Türkei zu fliegen. Er braucht Abstand und hat dort Aussicht auf ein paar lukrative Beratermandate. Hier muss er zu viel an Greta denken, die er seit Wochen nicht gesehen hat, stets fürchtet und hofft er zugleich, ihr irgendwo zu begegnen. Immer wieder ist er versucht, sie einfach anzurufen, aber er traut sich nicht. Er weiß nicht, was er ihr sagen soll.

Auch was die Witwe betrifft, ist es im Moment aussichtslos, sie dazu zu bewegen, ihm die Briefe und die anderen Unterlagen auszuhändigen. Vielleicht beruhigt sie sich, wenn er einige Tage weg ist. Es scheint ihr Lebensinhalt geworden zu sein, ihn zu beobachten. Sie wird ihn sicherlich vermissen, wer weiß, dann könnte er erneut versuchen, an seine Papiere zu gelangen.

Drei Tage später fliegt er morgens mit der ersten Maschine nach Istanbul. Als er landet, beginnt es in Strömen zu regnen, im Taxi prasselt der Hagel so sehr gegen die Scheiben, dass man fürchten muss, sie würden zerspringen. Navid starrt durch die verschleierten Fenster, der Verkehr ist fast zum Erliegen gekommen, auf den Straßen bilden sich Sturzbäche. Es ist kaum drei Monate her, dass er mit Greta hier war, der Bosporus hatte wie ein Juwel geleuchtet, die Sonne schien, er war so glücklich, so unbeschwert. So verliebt. Es kommt ihm unendlich lange vor.

Hatte er denn nicht einmal im Leben Glück verdient? Warum holten ihn immer alte Geschichten ein? Oder war es am Ende sogar gut, dass alles so gekommen war? Greta wäre nie mit ihm nach Istanbul gezogen, in die Stadt, in die er irgendwann wieder zurückwollte. Greta passte nicht hierher, war viel zu selbstbewusst. Auch brauchte er viel Freiheit, das ging nur, wenn man sich nicht zu sehr aufeinander einließ. Und im Grunde konnte er sich Greta gar nicht leisten, sie stellte zwar keine Ansprüche und verfügte über ihr eigenes Geld, doch er konnte ihr auf Dauer nicht den Lebensstil bieten, den er ihr vorgegaukelt hatte.

Mit solchen Gedanken versucht Navid sich zu beruhigen, als er in einem bescheidenen Hotel eincheckt und sich später auf den Weg macht, um den ersten Geschäftstermin wahrzunehmen. Abends ist er mit Freunden verabredet. Es sind auch heute noch einige dabei, die sich Banu nicht für ihn gewünscht hätte. Doch er vertraut ihnen, kennt sie schon ewig, ihnen deutet er seine Probleme in Deutschland an. Er erzählt von Greta, ihrem Humor, ihrer Warmherzigkeit und Lebenstüchtigkeit, und erwähnt, dass sie sogar angefangen hat, Türkisch zu lernen – heimlich, um ihn zu überraschen.

Die Kumpel wollen Fotos sehen, er zeigt die Aufnahmen aus Istanbul. Greta, wie sie in dem kleinen Boot auf dem Sitz kauert, ihre blonden Haare fliegen im Wind, sie strahlt glücklich in die Kamera. Greta, wie sie abends im Lokal unten am Bosporus versonnen auf die erleuchtete Brücke sieht. Greta, wie sie mit geschlossenen Augen im Bikini am Pool liegt, die Beine ausgestreckt, nicht wissend, dass sie fotografiert wird.

Bircan, sein Gefährte aus Jugendtagen, sieht ihn an und sagt: »Wenn ich solch eine Freundin hätte, würde ich zu Fuß nach Deutschland laufen und sie herholen. Du musst verrückt sein, so eine Frau nicht festzuhalten.«

Die anderen nicken zustimmend und heben ihre Gläser mit Rakı: »Auf die Schönheit der Frauen!«, rufen sie.

Als Navid spätabends in sein Hotelzimmer zurückkehrt, setzt er sich auf die Bettkante. Er lässt sich nach hinten fallen, greift nach dem Kopfkissen und umschlingt es vor seiner Brust. Er schließt die Augen, schluckt.

Er ist krank vor Sehnsucht nach Greta.

Navid nimmt seine beruflichen Verabredungen wahr, erhält zwei langfristige Berater- und Vermittleraufträge, zusätzlich verpflichtet ihn ein großer Sportartikelhersteller, bei der Suche nach neuen Produktionsmöglichkeiten behilflich zu sein. Es könnte nicht besser laufen.

Als er eine Woche später in das Flugzeug zurück nach Deutschland steigt, fühlt er sich erleichtert. Er wird mit der Witwe reden: Wenn er ihr mit seinem Auszug droht, wird sie ihm die Briefe und Papiere sicher zurückgeben. Er weiß doch, wie sehr sie an ihm hängt, sie hat sonst niemanden auf der Welt. Er war ihr gegenüber zu ungeduldig, zu aufbrausend, er muss sie anders anfassen, sie wird wieder weich werden. Und dann wird er zu Greta fahren. Er hat im Basar drei zierliche, goldene Armreifen in Form einer Kordel für sie gekauft – in jenem Lädchen, in dem sie damals partout kein Geschenk annehmen wollte. Er wird sich ihr zu Füßen kauern und sie um Verzeihung bitten, sie wird ihn weinend in den Arm nehmen und ihn nie wieder loslassen. Das ist Navid Güners Plan.

Er erreicht seine Wohnung und leert wie immer zuerst den Briefkasten. Als er Umschlag und Absender des ersten Schreibens sieht, weiß er, dass es ein Wunschtraum bleiben wird.

Er weiß nicht, wie es so schnell gehen konnte, aber er hat es schwarz auf weiß: Es ist eine Vorladung. Ulla hat Strafanzeige erstattet, ihm werden Erpressung und Betrug vorgeworfen.

Panisch ruft er seinen Anwalt Achim an, ein gewiefter Advokat, den er vor langer Zeit in einer Bar kennengelernt hatte und der ihn seit Jahren aus fast allem rausgehauen hat. Seinerzeit im Strafprozess hatte er sich als äußerst geschickt erwiesen.

Keine Stunde später sitzt Achim an Navids Küchentisch und liest das amtliche Schreiben.

»Scheiße«, sagt er.

Das Wort macht Navid klar, dass es ernst wird. Achim ist mit allen Wassern gewaschen, in der Regel beschwichtigt er seine Mandanten, dass er das schon hinbekommen werde. Doch in diesem Fall liegen die Aussagen dreier unbescholtener Zeugen vor, dass Navid alias Kaan ein Darlehen von 30.000 Euro seit zwei Jahren nicht zurückgezahlt hat – es sind die Aussagen von Ulla, ihrem Mann Heiner und Carola. Außerdem liegt Navids Nachricht an Ulla vor, dass er ihre kompromittierenden Fotos weitergeben würde, wenn sie weiter ihr Geld zurückfordert. Und vor allem: Navid ist einschlägig bekannt und vorbestraft, und wenn so ein Frauending ins Rollen kommt, melden sich erfahrungsgemäß noch mehr Opfer.

Achim kratzt sich an der Glatze. »Es sieht schlecht aus, mein Freund, die Tatbestände Erpressung und Betrug sind schwerwiegend«, sagt er, »vor allem bei deiner Akte.«

Navid stützt seine Stirn in die flachen Hände, drückt sie fest gegen seine Augen. Das hätte er Ulla nicht zugetraut, Carola, diese widerliche Person, muss sie aufgehetzt haben. Und wie schmerzfrei muss dieser Ehemann sein!

»Was soll ich jetzt machen?«, fragt er Achim. »Was verdammt noch mal soll ich jetzt machen?«

»Nur die Ruhe, ich werde mir was einfallen lassen«, beschwichtigt ihn der Anwalt, »vielleicht hat ihr Mann, dieser Heiner, Dreck am Stecken, würde mich wundern, wenn nicht. Und seine Alte ist eine Schlampe, wer weiß, mit wem die es noch getrieben hat.«

Zwei Stunden sitzen sie zusammen, Navid erzählt alles, was er von Ulla, ihrem Haus, ihrem Leben, ihrem Mann weiß – sie hatte ihm seinerzeit bereitwillig einiges erzählt, Steuerschummeleien ihres Gatten angedeutet, von Bargeld berichtet, das sie in kleineren Portionen mit dem Zug in die Schweiz bringen. Navid verteidigt sich vehement und sagt, dass doch eigentlich Ulla ihn erpresst habe, indem sie mit der Anzeige gedroht hatte! Achim steckt das Schreiben mit der Vorladung ein und verabschiedet sich mit aufmunterndem Schulterklopfen. Er wird sich kümmern.

Navid bleibt vor seiner Wohnungstür stehen, bis Achim die Haustür hinter sich zugezogen hat. Er ist nun etwas zuversichtlicher.

»Zurück aus dem Liebesurlaub?«, keift es da über ihm. Die Witwe steht oben am Treppenansatz. Obwohl es schon lange nach Mittag ist, trägt sie ihren grauen Morgenmantel, die sonst gepflegten Haare sind wirr, ein breiter, grauer Haaransatz ist zu sehen. Navid schließt die Augen, atmet hörbar aus – die hat ihm jetzt gerade noch gefehlt.

»Erika, meine Liebe, wie geht es dir?«, ruft er nach oben und dreht sich zu ihr um. »Ich war rein geschäftlich in der Türkei und bin eben erst angekommen. Ich wollte gerade bei dir klingeln. Viel zu lang habe ich keinen Kaffee mehr von dir bekommen!«

Er geht die Stufen zu ihrer Wohnung bis zum Treppenabsatz hoch, lächelt sein unwiderstehliches Zahnlücken-Lächeln. Erika Mendel ist irritiert, diese Freundlichkeit hat sie nicht erwartet. Sie bleibt stehen, sieht ihm entgegen, das Misstrauen ist ihr anzusehen.

»Bleib, wo du bist, bei mir kriegst du keinen Kaffee mehr«, faucht sie.

»Erika, sei nicht so bissig! Ich war allein in Istanbul, nicht im Liebesurlaub, du weißt doch, dass ich keine Freundin mehr habe. Komm, lass uns das Kriegsbeil begraben, wir leben unter einem Dach und hatten es doch immer so nett miteinander!«, säuselt Navid.

Es kostet ihn fast übermenschliche Kraft, sich nach den schlechten Nachrichten so zu verstellen, am liebsten würde er die Alte an ihren Haaren in die Wohnung zerren und sie zwingen, ihm seine Papiere zu geben, doch er hofft, anders an sein Ziel zu kommen. Er hasst körperliche Gewalt, das hatte er bislang nicht nötig gehabt. Doch die Witwe ist bockig, gibt keinen Millimeter nach. »Sind denn alle Weiber übergeschnappt«, denkt er.

»Lügner!«, brüllt Erika Mendel da. »Diese Greta gibt es noch! Ich habe Beweise dafür! Wage es, noch einen Schritt nach oben zu kommen. Ich schreie sonst um Hilfe, Lena ist im Haus!«, droht Erika lautstark, sie schwankt etwas. Sie muss wieder einiges an Alkohol getrunken haben, so hysterisch hat er sie noch nicht erlebt.

»Was ist denn los mit dir, beruhige dich! Bitte, lass uns alles vergessen. Ich entschuldige mich bei dir für mein Verhalten – ich hatte in den letzten Monaten viel Stress, habe zu hart reagiert und du warst enttäuscht von mir. Komm, wir können doch wenigstens miteinander reden!«

Er geht auf sie zu, streckt ihr die Hände entgegen. Sie muss doch zu beruhigen sein, er möchte sie nur berühren, vielleicht hilft das. Doch sie reagiert nahezu panisch.

»Nein! Nein! Tu mir nichts! Hilfe, Hilfe!!«, kreischt sie wie von Sinnen.

Navid erschreckt sich und verharrt in der Bewegung. Da stürzt die Witwe sich auf ihn, er versucht sie festzuhalten, doch sie trommelt wild mit den Fäusten auf ihn ein. Er will sie abwehren, ringt kurz mit der viel schwächeren Frau, lässt sie los – und dann hört er einen hohen Schrei und ein schreckliches Poltern. Es dauert unendlich lange.

Als er wie in Zeitlupe nach unten blickt, liegt sie verrenkt am Ende der Treppe. Der Bademantel ist aufgegangen, sie trägt ein dünnes, helles Nachthemd darunter, ihre Hausschuhe liegen schief auf den Stufen. Unter ihrem Kopf bildet sich in Sekundenbruchteilen eine Blutlache.

Greta. Kaltes Herz

| 2015 |

Anja steht in Gretas Esszimmer und ist wütend. Sie ballt die Faust dramatisch gen Himmel. Sie sieht Greta als eine Art Schutzbefohlene – wer ihr etwas antut, legt sich mit Anja an. Und das möchte eigentlich niemand.

Greta sitzt niedergeschlagen mit Suzie an ihrem großen Esstisch, Anja hat Zwetschgenkuchen und Sahne mitgebracht. Der Konditor ist zwar nicht mehr ihr Favorit, versorgt sie aber nach wie vor regelmäßig mit Grundnahrungsmitteln wie Konfekt, Torten und Kuchen.

»Ich hatte immer so ein komisches Gefühl bei dem Typen«, fährt Anja fort. Sie steht immer noch – so können sich ihre theatralischen Gesten und Posen besser entfalten. »Von Anfang an habe ich dich gewarnt!«, ruft sie. »Ich war schockiert, als du uns alle beim ersten Kennenlernen zum Essen eingeladen und bezahlt hast, und der Kerl hat sich vom Kellner hinterher klammheimlich den Rechnungsbeleg geben lassen, um es abzusetzen! Wie stillos und peinlich ist das denn bitte!!! Und habe ich dir nicht erzählt, dass er oft in Cafés und Lokalen gesehen wurde und heftig mit allen gut angezogenen Frauen zwischen 18 und 80 flirtete, die nicht schnell genug auf dem nächsten Baum waren?«

Ja, natürlich hatte sie Letzteres Greta erzählt – aber Greta fand, das sei nun mal Navids überschwängliche Art, seine orientalische Mentalität. Auch wenn sie dabei war, sprach er Leute an, Frauen wie Männer. Und sie wusste, dass Anja ihn nicht mochte. Doch solange Navid ihr versicherte, dass er nur sie liebe und niemals untreu sein würde, machte sie sich nichts daraus. Sie vertraute ihm. Er war eben ein Womanizer, gut aussehend, überaus charmant – das war Teil seines Wesens und seiner herzlichen Kultur. Nun merkt sie, wie unglaublich naiv sie anscheinend gewesen war – trotz der Erfahrung mit Georg.

»Ach Gretchen«, seufzt Suzie und tätschelt ihr mitfühlend die Hand, »es tut mir so leid. Ich sehe doch, wie sehr du leidest. Ich wäre auch auf ihn reingefallen, er hat das gewisse Etwas und ist echt schnuckelig. Und er tat dir so gut! Nie hast du besser ausgesehen! Ich erinnere mich noch an den Abend im Juni, als wir uns endlich persönlich kennenlernten. Er war zuvorkommend und höflich, sobald man aufstand, erhob er sich. Als du frösteltest, ist er sofort aufgesprungen, um dir deine Jacke zu holen. Und wie er dich anhimmelte, ständig sagte er, was für ein Glück er hätte, solch eine Frau gefunden zu haben. Ich dachte noch: Was für ein toller Mann!!«

»Toll?«, faucht Anja. »Ein toller Schauspieler ist er, ja! Man sollte ihn für den Oscar als besten Hauptdarsteller nominieren in dem Drama ›Greta und der türkische Münchhausen‹! Der kann doch auf Kommando heulen, spielt das arme Tierchen! Ich war dabei, als er vom Pech erzählte, das er angeblich im Leben gehabt hatte, dabei stimmte garantiert kein Wort. Er drehte sich alles, wie es ihm passte. Das war ganz großes Kino!«

»Ach Anja, ich weiß – aber er hat Dinge mit solch einer Überzeugung gesagt und erzählt, das kann man sich doch nicht alles ausdenken! Ich kann mir gar nicht vorstellen, dass das meiste nicht stimmen soll«, versucht Greta sich vor sich selbst und ihrer Freundin zu rechtfertigen.

»Das war Tausendundeine Nacht, mein Liebes«, fährt Anja nun in kummervollem Ton fort, »dieser Typ würde jeder Scheherazade Konkurrenz machen, der hat dich um den Verstand gequatscht!«

Greta hört sich die Tiraden ihrer Freundin an, sie hat ja recht – völlig blöd war sie nicht, in all ihrem Glück hatte sie immer eine klitzekleine Warnlampe im Inneren blinken gesehen, doch sie hatte sie verdrängt und die rosarote Brille angelassen. War er nicht etwas zu glatt? Nie widersprach er ihr; was sie gut und schön fand, fand auch er gut und schön. Betonte er nicht etwas zu häufig, wie ehrlich, aufrichtig und ehrenhaft er sei? Schon kurz nachdem sie aus Istanbul zurückgekommen waren, hatte sie gespürt, dass sich unmerklich eine Distanz zwischen ihnen einschlich: Er war immer noch liebevoll, machte Komplimente, doch er war oft fahrig, noch weniger greifbar als zuvor, manchmal hörte sie ein ganzes Wochenende nichts. Wenn sie ihn fragte, was denn los sei, wehrte er ab und führte Stress oder Ärger im Job an. Sie schrieb in ihr Tagebuch:

»Du sagst, du liebst mich, und doch bin ich allein. Du lebst dein Leben weiter mit allen Freiheiten, unverbindlich, flüchtig, änderst kurzfristig deine Pläne, vergisst Verabredungen. Und ich dumme Nuss warte. Du wiederholst ständig, wie wunderbar du es findest, dass ich so eigenständig bin, dir nicht hinterhertelefoniere und dich machen lasse, was du möchtest. Dadurch kämst du immer zu mir zurück. Aber zwingst du mich mit solchen Aussagen nicht gerade dazu, dir alle Freiheiten zu lassen, nie zu fragen? Doch wo bleibe ich?«

Greta erkennt jetzt, dass er da schon auf dem Rückzug war; er vertraute ihr nicht an, was in ihm vorging. Vielleicht hatte er es nie ernst gemeint, vielleicht hatte er sich von ihrer Beziehung etwas versprochen, was sie nicht halten konnte? Und all die schönen Reden hatte er zuvor schon zahlreichen anderen Damen ins Ohr geflüstert und hauchte sie längst einer anderen zu? Greta beißt sich auf die Lippen. Soll sie sich so in diesem Menschen getäuscht haben? Navid hatte einmal ein Hadith, einen Spruch aus dem Koran, erwähnt, in dem es sinngemäß heißt:

»Ein Mensch ist eine Welt.«

Für sie war Navid die Welt gewesen. Sie hatte sich als Seifenblase herausgestellt.

Navid. Der Sturz

| 2015 |

Navid starrt entsetzt auf Erika Mendels verdrehten Körper am Ende der Treppe. Schnell breitet sich das Blut unter ihrem Kopf aus. Es leuchtet in dumpfem Rot auf dem hellen Marmorboden. Da geht im oberen Stockwerk eine Tür auf, es ist Lenas Wohnungstür. Sie beugt sich über das Geländer und sieht nach unten. Ihren Schrei hört man kaum, sie hat die Hand vor den Mund geschlagen.

»Oh mein Gott. Du hast es getan«, stammelt sie. Navid stürzt nach unten, kniet sich neben Erika. Er ist hilflos, weiß nicht, was zu tun ist, hat Angst, sie zu berühren, will nichts falsch machen. Er zittert am ganzen Leib und hört, wie Lena aufgeregt einen Krankenwagen ruft, während sie herunterkommt.

Er beugt sich hinab und lauscht, ob die Witwe noch atmet. Er meint, ein leises Röcheln zu hören, ist sich aber nicht sicher. Die Blutlache unter Erika Mendels Kopf wird immer größer. Lena kommt dazu, geht ebenfalls in die Knie.

»Oh Gott, warum, Navid, warum nur«, stottert sie leise. Sie ist leichenblass.

»Lena, ich habe doch nichts getan, was denkst du denn, sie ist einfach runtergefallen«, ruft Navid verzweifelt, doch Lena sieht ihn angsterfüllt an, steht auf und weicht zurück.

»Ich weiß Bescheid. Sie hat mir alles erzählt, du hast sie regelrecht ausgenommen, sie belogen, bist ein Heiratsschwindler. Ich wollte es nicht glauben, aber jetzt …«, sagt sie tonlos.

In dem Moment hören sie das Martinshorn, die Klinik ist gottlob in der Nähe. Lena öffnet die Haustür, die Sanitäter stürmen herein, kauern sich neben die Verletzte. Navid drückt sich in seinen offenen Wohnungseingang, beobachtet, wie Erika kurz untersucht wird – abhorchen, abtasten, in die Augen leuchten –, dann wird sie sehr vorsichtig auf eine Trage gehoben und in den Krankenwagen geschoben, nach nur wenigen Minuten ist der Spuk vorbei, das Fahrzeug rast davon.

Die Sirene hallt schrill in seinen Ohren. Lena ist wieder in ihre Wohnung gestürmt, Navid läuft hinterher, klingelt und klopft, aber sie öffnet nicht, er hört nur, wie sie telefoniert, und ahnt, mit wem. Er stürmt die Treppe wieder hinunter, nimmt geistesgegenwärtig seinen Koffer, der noch unberührt neben der Wohnungstür steht, greift Handy, Schlüssel und seine Brieftasche vom Küchentisch, knallt die Tür hinter sich zu und rennt zu seinem Auto.

Er ist noch keine 200 Meter gefahren, da kommen ihm Streifenwagen mit Blaulicht entgegen. Lena hat die Polizei gerufen. Navid gibt Gas, er will nur raus aus der Stadt. Er ruft Achim an, der traut seinen Ohren nicht.

»Das darf doch nicht wahr sein«, stöhnt der Anwalt, »komm sofort zu mir nach Hause, ich bin gleich da. Schalte dein Handy komplett ab, hörst du: komplett!!«

~~~~~

Navid weiß nicht, wie er zu seinem in Krefeld wohnenden Anwalt gekommen ist, er zittert immer noch so sehr, dass er kaum das Lenkrad halten kann. Achims Frau Christa kocht
~~~~~

ihm einen Tee und stellt einen deutschen Wacholderschnaps daneben – nicht Navids Getränk, aber er stürzt ihn hinunter.

Als er sich halbwegs beruhigt hat, lässt Achim sich schildern, was passiert ist. Er hört genau zu.

»Hör zu, das war eindeutig ein Unfall. Zumal wenn sie angetrunken war. Warum hast du denn so übertrieben reagiert und bist abgehauen! Wir fahren jetzt zur Polizei und sagen, dass du in einer Panikreaktion davongefahren bist.« Er versucht, einen Witz zu machen: »Mann oh Mann, du lässt heute aber nichts aus!«, lacht er schief.

Als Navid ihm dann leise die Vorgeschichte mit Erika Mendel erzählt – die belastenden Papiere, die sie ihm gestohlen hat, ihr Geschrei und der wochenlange Streit, den die Mitmieter sicher mitbekommen haben, schließlich seine Drohung, sie irgendwann umzubringen, die Lena damals mit angehört hat –, vergeht Achim das Lachen. Und er weiß noch nicht mal, dass Navid eine Bankvollmacht von der alten Frau hatte und sich viel zu viel Geld für seine »Verwalterdienste« abgezweigt hat. Doch Navid ist klar: An Motiven, Erika etwas anzutun, mangelt es ihm nicht. Auch seine aktenkundige Vergangenheit und die Tatsache, dass er Ausländer ist, werden wohl eher nicht strafmildernd ins Gewicht fallen.

Achim sieht ihn ernst an, denkt nach, dann schüttelt er den Kopf. »Sie werden dich mit Haftbefehl suchen. Du musst schleunigst zurück in die Türkei, du besitzt die türkische Staatsbürgerschaft und wirst, wenn wir es richtig anstellen, nicht ausgeliefert. Du kannst natürlich nicht mit dem Flugzeug dorthin reisen, wir müssen einen anderen Reiseweg für dich organisieren. Das wird ein paar Tage dauern.

Gibt es jemanden, bei dem du untertauchen kannst? Heute kannst du noch hier bei uns bleiben, aber dann musst du verschwinden, ich riskiere so schon Kopf und Kragen und meine Zulassung für dich!«

In seinen Augen übertreibt sein Mandant und Freund es erheblich, aber Navid hatte ein unglaubliches Talent, immer andere für seine Vergehen und Fehler verantwortlich zu machen. Er sah sich immer als Opfer. Und glaubte selbst felsenfest daran, daher war er so überzeugend. Bis zum Strafprozess vor nunmehr fast fünf Jahren war das erstaunlicherweise sogar immer gut gegangen, trotz einiger Anzeigen und Verfahren konnte man ihn zuvor nie wirklich dingfest machen, Navid war immer wieder auf die Füße gefallen und saß sämtliche gegen ihn verfügten Forderungen aus. Sogar als er eine teure Uhr bei einem Juwelier hatte mitgehen lassen, kam er davon. Doch diesmal sieht es anders aus. Versuchter Mord oder Totschlag war ein Kaliber, an dem er sich noch nicht versucht hatte.

Navid ist wie betäubt. Christa füllt sein kleines Glas wieder mit Schnaps auf, legt ihm kurz die Hand auf den Arm. Sie mag Navid, er ist immer freundlich gewesen, hatte ihr einmal Blumen mitgebracht, spielte, wenn er zu Besuch war, mit ihren beiden kleinen Kindern. Sie bezieht ihm die Gästecouch, legt frische Handtücher auf das Bettzeug, stellt eine Flasche stilles Wasser daneben. Die Männer sitzen noch lange im Wohnzimmer zusammen, Achim schreibt auf einem Zettel einiges für Navid auf. Sie hört, wie er ihm einbläut, ja nicht wieder sein Handy einzuschalten, er würde ihm ein anderes mit einer neuen Sim-Karte zukommen lassen. Falls er ein Navigationsgerät im Auto habe, solle er es wegwerfen, auch das Auto solle er unbedingt möglichst bald irgendwo abstellen und dann nur noch Taxi fahren. Als Christa ihn am nächsten Morgen zum Frühstück ruft, ist Navid verschwunden.

Navid ist schon im Morgengrauen zu seiner Schwester Özlem aufgebrochen. Sie sieht ihn irritiert an, als er früh klingelt.

»Bist du wieder da, abi?«, fragt sie und schaut ihren Bruder erschrocken an. Er sieht fürchterlich aus, leichenblass, dunkle Ringe unter den Augen.

»Nur kurz, Özlem«, erwidert er und tritt ein. Er erzählt ihr nicht, warum er diesmal bei ihr Unterschlupf sucht, doch sie sieht ihm an, dass etwas Schreckliches passiert sein muss. Aber sie fragt nicht danach. Özlem hat die Freundlichkeit von Tarık und die Stumpfheit von Sema – sonst könnte sie auch ihren Mann nicht ertragen.

Klaus ist noch unangenehmer als vor zwei Jahren. Es dauert keine paar Stunden, da geraten sich die beiden Männer derart in die Haare, dass Navid wutentbrannt seine Sachen zusammenpackt und die Wohnung verlässt. Özlem hat vergebens versucht, den Streit zu schlichten, hörte nur, wie Klaus »Du aufgeblasener Lackaffe, du falscher Fuffziger« schrie und ihr Bruder »Du fauler, stinkender Nichtsnutz« zurückbrüllte.

Navid bittet Özlem im Herausgehen, seinem Anwalt Achim Bescheid zu sagen, wo er jetzt zu finden sei: Er wird zu Yade fahren. Özlem hatte ihm ihre Adresse zugesteckt, damit er eine Zuflucht hat. Sie wohnt inzwischen wieder in Hagen. Er muss dorthin fahren und Klaus' Wagen nehmen, auch wenn der toben wird. Wem soll er noch vertrauen, wenn nicht seiner Familie? Auch wenn er Yade seit Jahren nicht getroffen hat. Auch wenn er sich einst an ihr versündigt hat.

| 2015 |

Es ist schon nach 23 Uhr, als es bei Yade mehrmals hintereinander klingelt. Sie sieht durch die Gardinen und mag ihren Augen nicht trauen – das Häufchen Elend, das da vor ihrer Tür steht, ist Kaan, ihr kleiner Bruder, das Würmchen. Sie geht aus ihrer Wohnung zur Haustür und öffnet sie einen Spalt.

»Was willst du hier? Woher hast du meine Adresse?«, fragt sie kalt, ohne sich ihre Überraschung anmerken zu lassen.

Er windet sich wie ein Aal, zerknirschter kann ein Blick nicht sein. »Von Özlem, sie hat sie mir gegeben, ich war vorhin bei ihr. Bitte, Yade, hilf mir.«

»So wie du mir damals? Damals, als du riskiert hast, dass mein Mann mich im Auto halb tot geschlagen hat?«, antwortet sie, der höhnische Unterton ist nicht zu überhören.

»Yade, ich weiß nicht, wohin ich gehen soll. Verzeih mir wegen damals, ich war nicht bei mir selbst, das war Elas Schuld, sie hat mich gegen dich aufgehetzt, ich mache alles wieder gut.«

Tränen stehen in seinen Augen. Yade kennt die Masche nur zu gut.

»Du machst nur das gut, was gut für dich ist«, sagt sie immer noch ungerührt. Dann wird sie etwas lauter: »Du wusstest als Einziger in unserer Familie genau, wozu Emre fähig war! Du hast mich, deine eigene Schwester, verraten! Verschwinde, ich möchte nie wieder etwas mit dir zu tun haben. Du bist armselig, schau dich an, du Heulsuse! Besser hätten wir dich damals in Kürecik gelassen. Gesegnet sei der Tod deiner Zieheltern, dann müssen sie nicht sehen, was aus dir geworden ist. Hau ab!«

Sie möchte die Tür zuknallen, doch Kaan-Navid hat den Fuß dazwischen.

»Yade, nur eine Nacht, dann bin ich weg, ich schwöre es dir! Morgen fahre ich nach Hause in die Türkei. Ich setze mich in den Keller, es ist mir einerlei, du kannst mich auch einsperren, nur lass mich rein!«

Sie schaut ihn an, denkt daran, in welcher Kälte er geboren wurde – ein Kind, das die eigene Mutter nicht einmal ansehen wollte. Sie hat immer das Gefühl gehabt, dass Kaan diese Abweisung wie eine schreckliche Bürde in sich trug, obwohl er es nicht wissen konnte und in Liebe aufgewachsen war.

Wortlos lässt sie den Bruder herein; sein Kommentar war lächerlich, ihre kleine Wohnung hat nicht einmal einen Keller, der den Namen verdiente. Er geht an ihr vorbei in ihre Wohnung und in die winzige Küche, setzt sich auf einen der beiden Stühle am halbrunden Tisch und vergräbt das Gesicht in den Händen. Er weint. In all den Jahren, seit er zu ihnen kam, hat Yade ihn nie richtig weinen sehen – Tränen, ja, doch immer als Mittel zum Zweck eingesetzt. Er konnte das wie auf Kommando. Doch jetzt heult und schluchzt er wie ein Kind. Die Verzweiflung scheint diesmal echt zu sein.

Yade setzt Wasser auf und kocht einen Tee, sie lässt ihn flennen, empfindet kein Mitleid mit ihm. Sie hat ihren jüngsten Bruder schon bald nach seiner Ankunft nicht mehr verstanden, seine zugleich warme, herzliche Art und dann diese berechnende, kalte, ja fast hinterhältige Seite. Doch sie hing auf eine mütterliche Art an ihm, sie war die Einzige in der Familie, die ihn immer verteidigt hat. Bis er auch sie verraten hat.

Yade ist jetzt 58, ihr schönes, welliges Haar ist inzwischen grau gesträhnt, schon lange hat sie aufgehört, es zu färben. Manchmal steht sie vor dem Spiegel und fragt sich, wo all die Zeit geblieben ist – all die Hoffnung, all die Freude, all das Glück. Wie glücklich sie die ersten Jahre ihrer Ehe mit Emre gewesen war! Er hatte sie auf Händen getragen, ihr jeden Wunsch von den Augen abgelesen. Sie war sich so sicher, dass die Liebe ihr Leben lang währen würde. Warum konnten die Menschen das Glück nicht halten?

Als sie Kaan schluchzen hört, denkt sie an all die Weinenden, die sie gesehen hat: die entsetzlichen Schreie ihrer Mutter, als man ihr vor so langer Zeit die Nachricht vom Tod ihres Lieblingssohnes Cengiz brachte; das verzweifelte Weinen ihres Vaters, der hilflos neben seiner Frau stand und nicht wusste, wohin mit seinen Händen. Sie sieht die Tränen ihrer beiden Brüder Timur und Baran und der beiden jüngeren Schwestern, als der Arzt vor vier Jahren aus Tarıks Schlafzimmer kam und den Kopf schüttelte. Sieht das verhaltene Weinen ihrer beiden erwachsenen Kinder, als sie ihnen sagte, dass ihr Vater Emre den Unfall auf der Autobahn nicht überlebt hat. Sie hört ihr eigenes, stummes Wimmern, wenn Emre, ihr einst so sehr geliebter Ehemann, sie mal wieder aus grundloser Eifersucht und Wut verprügelte und keiner etwas hören durfte.

Wie oft war sie zu Kaan gelaufen, dem einzigen Verwandten, der in der Nähe wohnte. Die ersten Male hatte er sie hereingelassen und sie getröstet, hatte versprochen, mit

Emre zu reden. Doch irgendwann hatte er sie weggeschickt und gesagt, wenn sie nicht in der Lage sei, dieses Schwein zu verlassen, könne er ihr auch nicht mehr helfen, er habe selbst genug Sorgen, seiner Frau Ela würde das Gezanke zwischen Emre und ihr allmählich auf die Nerven gehen.

Als sie einige Wochen später doch wieder bei ihm läutete, öffnete Kaan im Smoking die Tür, Ela stand im feuerroten Abendkleid, mit hochtoupiertem blondiertem Haar und einem auffälligen, mit Opalen besetzten Goldcollier hinter ihm. Kaan holte sein Telefon hervor, und während er Yade unentwegt ansah, rief er Emre an, er solle gefälligst seine Frau abholen und Yade zukünftig in Ruhe lassen, sonst würde er die Polizei verständigen. Yade hatte ihn angefleht, es nicht zu tun, doch Kaan schaute sie nur kalt an; Emre war schon auf dem Weg zu Kaans protziger Vorstadt-Villa. Die Bremsen quietschten laut, als er ankam, er packte seine Frau in der Haustür grob am Arm und zog sie zum Wagen. Noch im Auto schlug Emre sie halb tot. Ihren Bruder Kaan hatte sie an diesem Abend zum letzten Mal gesehen.

Sie lag lange in der Klinik, ihr linker Oberarm und das Nasenbein waren gebrochen, unter dem linken Auge war eine große Platzwunde, sie hatte Prellungen und unzählige Hämatome. Die Ärzte wussten, dass sie nicht die Treppe hinuntergestürzt war, wie ihnen ihr Ehemann versichert hatte. Doch Yade schwieg hartnäckig, nicht aus Scham, sondern um ihren Kindern und ihren Eltern Kummer zu ersparen. Sie vertraute sich niemandem an, auch nicht der mitfühlenden Krankenschwester. Tarık besuchte sie mit İlyas und Şirin, sooft es ging. Ihr Vater fragte sie einmal, wie das passieren konnte, doch sie schloss die Augen und tat so, als wäre sie eingeschlafen.

»Was soll man machen, die türkische Mentalität verbietet es wohl, gegen den Familienkodex zu verstoßen«, dachte der behandelnde Mediziner resigniert. Die Frau mit dem wunderbaren Haar, die sich trotz der schweren Verletzungen bemühte, zu lächeln und freundlich zu sein, tat ihm leid. Doch wenn sie sich weigerte, etwas gegen den mutmaßlichen Täter zu sagen – er vermutete, es war ihr Ehemann –, waren ihm die Hände gebunden. Er steckte ihr die Adresse des Frauenhauses und die einer Ansprechpartnerin beim Sozialamt der Stadt zu.

Doch Yade suchte nirgendwo Hilfe, Emre hielt sich nach der Attacke auch zurück, versuchte, alles halbwegs wiedergutzumachen. Doch in Yade war etwas zerbrochen. Sie hielt noch zwei Jahre bei ihm durch, bis das jüngste ihrer beiden Kinder das Haus verließ. Dann ging sie, wie sie gekommen war, mit nichts als einem Koffer und einer Tasche.

Emre saß in der Küche und schrie ihr Worte hinterher, die sie niemals in den Mund genommen hätte. Er drohte ihr damit, sie umzubringen, doch das war ihr einerlei. Sie fuhr zu ihren Eltern und erklärte ihrem Vater, warum sie ihren Ehemann – die Liebe ihres Lebens – verlassen hatte. Sie sah, wie Tarık vor Wut fast zitternd ins Wohnzimmer ging, um zu telefonieren. Er sprach mit seinem Schwiegersohn. Zum ersten Mal im Leben erhob er die Stimme so laut, dass man seine Worte durch die geschlossene Tür hören konnte. Da wusste Yade, dass Emre sie niemals wieder belästigen würde.

Sie nahm ihr Leben wieder selbst in die Hand, suchte sich eine kleine Wohnung in der Nähe ihrer Eltern und fand in einem Privathaushalt mit drei kleinen Kindern eine Stelle als Haushälterin und Kinderfrau. Die Arbeit gefiel ihr – die Kinder erinnerten sie an ihre eigenen, als sie noch klein waren, und sie nahm die Verantwortung, die man ihr übertrug, ernst.

Tarık und Sema waren über 70 Jahre alt, allmählich kamen sie in ein Alter, in dem man nach ihnen schauen musste, besonders Sema konnte oder wollte sich kaum noch bewegen, sie verließ ihr Zuhause noch seltener als früher. Doch dann war es Tarık, der zwei Jahre später abends zu Bett ging und morgens nicht mehr aufwachte. Er war friedlich eingeschlafen.

Sein Tod traf alle völlig unvorbereitet. Eine bleierne Trauer legte sich über die Familie. Tarık war immer der Mittelpunkt gewesen, er hatte sie zusammengehalten, stets ein Wort des Ausgleichs gefunden, bei Streit versöhnlich die Hände zueinandergeführt, mit Geduld seine niemals lächelnde Frau umsorgt, als ob ihn immer noch das Gewissen plagte, weil er sie vor über 40 Jahren aus ihrer Heimat gerissen hatte und sie den Tod ihres erstgeborenen Sohnes beweinen musste.

Mit Tarıks Heimgang zerriss das Band, das sie alle zusammengehalten hatte.

| 1966 |

Oft denkt Yade daran, wie es gewesen war, als sie damals – 1966 – ihre Heimat verlassen hatten. Sie weiß noch wie heute, wie sie ihrem Vater mit den Fäusten gegen den Bauch getrommelt hatte, als er am ersten Abend in Istanbul ohne das Baby in die Pension zurückkam. Sie erinnert sich an ihr wütendes, hilfloses Schluchzen, als er sie in den Arm nahm und ihr beruhigend über den Rücken strich, auf ihren Kopf herabflüsterte, dass es so das Beste für ihr Würmchen sei und alles gut werden würde, wenn sie erst in Deutschland wären.

Die Reise mit dem Zug kam ihr vor wie eine Ewigkeit. Berge, Wiesen, Täler, Steppen und Seen zogen an ihr vorbei, manchmal brannten ihr die Augen vom Starren aus dem Fenster. Sie sog alles auf wie ein Schwamm, versuchte durch die vorbeifliegenden Bilder das dumpfe Gefühl der Angst und Verlorenheit zu verdrängen, das mit jedem Kilometer wuchs, den der Zug sie näher an das fremde Land brachte.

Sie erinnert sich noch an den Geruch der Luft, als sie aus dem Bahnhofsgebäude kamen. Es war ein lieblicher, satter Duft von den unzähligen weißen und lila Blüten der Bäume, die auf dem Vorplatz standen. Das war ihr erster Eindruck von Deutschland: Blüten und ein herrlicher Duft. Ihre Furcht verflog – Yade fühlte sich von Anfang an wohl. Sie sah nicht die Schäbigkeit des Bahnhofsgebäudes, nahm den Gestank und den Lärm der Autos nicht wahr, ignorierte den zu einem Strich zusammengekniffenen Mund ihrer Mutter und den ängstlichen Blick ihres ein Jahr älteren Bruders Cengiz. Doch sie sah den Stolz ihres Vaters, der seine Familie zu einem kleinen, hellblauen Transporter führte. Er schritt mit einem großen Koffer in der Hand so forsch voran, als ob er ihnen alle Wunder der Erde bescheren würde, und rief auf den Wagen deutend:

»Dort wartet mein Kollege und Freund Ali, er holt uns ab und fährt uns nach Hause.« Nie wird Yade vergessen, mit welcher Selbstverständlichkeit er »nach Hause« sagte.

Sie war erst acht Jahre alt, doch sie begriff instinktiv, dass es nur eine Möglichkeit gab zu überleben: Sie musste sich auf das, was nun kam, einlassen. Für Yade tat sich eine neue Welt auf, und sie war festen Willens, sie zu erobern.

Natürlich war ihr alles fremd, die Stadt, die Straßen, die Menschen, die Wohnung. Sie bestaunte das rosa gekachelte Bad mit der Badewanne auf ihrer Etage in dem großen Mietshaus, zog immer wieder an den Rollläden vor den Fenstern ihres winzigen Zimmers und liebte es, den Knopf des Transistorradios so lange zu drehen, bis aus dem Rauschen und Stimmengewirr Musik wurde. Manchmal saß sie den halben Nachmittag mit ihren beiden jüngeren Brüdern Timur und Baran vor dem kleinen Gerät und hörte den Stimmen zu, die in fremden Lauten fremde Wörter sprachen. Sie versuchte, sie nachzusprechen, und animierte die Jungen, es ihr nachzutun, während Cengiz oft seiner Mutter in der Küche zur Hand ging. Er war wie Sema, still, in sich gekehrt und verschlossen. Wenn sie versuchte, ihn zu trösten, indem sie davon sprach, wie schön es werden würde, wenn sie bald in die Schule gehen könnten und andere Kinder kennenlernen würden, entzog er sich ihrer Hand auf seiner Schulter. Es war schwer, der Traurigkeit in seinem Blick etwas entgegenzusetzen.

Eines Tages versprach Tarık ihnen eine Überraschung. Am darauffolgenden Wochenende schleppte er zusammen mit Ali einen Karton in die Wohnung. Alle Kinder standen gespannt um die beiden herum, als sie den Inhalt auspackten – es war ein Fernsehgerät! Yade schlug sich vor Freude die Hände vor den Mund. Andächtig wurde der Fernseher auf einem Tisch gegenüber der Couch aufgebaut.

Der Apparat änderte Cengiz' Leben. Noch heute klingt Yade die Musik der Sendung in den Ohren, die ihr älterer Bruder über alles liebte und der er die ganze Woche entgegenfieberte. Wenn die Titelmelodie erklang, eine Landkarte auf dem Bildschirm verbrannte und dahinter eine bergige Landschaft mit vier reitenden Cowboys zum Vorschein kam, saß er kerzengerade auf dem Boden. Wie gebannt verfolgte er die Abenteuer von Ben Cartwright und seinen drei Söhnen Adam, Hoss und Little Joe rundum die Ponderosa Ranch. Es waren jene Geschichten aus dem Wilden Westen, die Cengiz unbedingt verstehen wollte und die ihn antrieben, die fremde Sprache zu lernen.

Ihrem ersten Tag in der Schule – es war ein heißer Morgen Mitte August – sah Yade trotz aller Vorfreude mit Bangen entgegen. Als sie den Klassenraum zusammen mit einem anderen türkischen Mädchen betrat, spürte sie die neugierigen, aber auch misstrauischen Blicke ihrer Mitschülerinnen und Mitschüler. Die Lehrerin – eine kleine grauhaarige Frau mit unzähligen kleinen Falten um die Augen – stand an ihrem Pult. Sie kam ihnen lächelnd entgegen, schob sie sanft in den Raum und legte jeweils einen Arm um die Mädchen. Auch wenn Yade noch kaum Deutsch sprach, verstand sie, was die Lehrerin sagte. Sie hörte es an ihrer Stimme, an der Art, wie sie sprach. »Das sind Yade und Cennet. Sie kommen von sehr weit her – aus der Türkei – und sind ab heute eure neuen Kameradinnen. Ich möchte, dass ihr ihnen helft und freundlich seid.«

Sie wies den beiden einen Platz in der ersten Bankreihe zu, dann ging sie nach vorne und rollte an einem Ständer eine große Landkarte auf. Mit einem langen, hölzernen Stab zeigte sie den Kindern, wo die Türkei lag und wie riesig dieses Land im Vergleich zur Bundesrepublik war. Dann malte sie eine Flagge mit einem Halbmond und einem Stern an die Tafel und erklärte ihren Schülern, dass man diese rote Flagge auch »Mondstern« nannte und die Türkei teils zu Asien, teils zu Europa gehörte. Das Land sei vielfältig und wunderschön, jedoch sehr arm. Und sie erzählte, dass die Menschen dort ihr Land sehr liebten und dennoch viele hierherkämen, um den Deutschen bei der Arbeit zu helfen. Alle sollten den beiden Mädchen gegenüber bitte kameradschaftlich und hilfsbereit sein.

Noch heute ist Yade dieser Frau dankbar, dass sie ihr und Cennet den Einstieg in die Schule so leicht gemacht hatte. Nur wenige Mitschüler trauten sich, die beiden Gastarbeiterkinder schief anzusehen, sie wurden in die Gemeinschaft aufgenommen. Yade lernte rasch die fremde Sprache, fand in Cennet und einer deutschen Klassenkameradin zwei Freundinnen, die mit ihr durch dick und dünn gingen, und fügte sich in ihr neues Leben wie ein Fisch in Wasser.

Sie war es, die ihren älteren Bruder Cengiz stützte, der sich so schwertat mit all dem Neuen, sie machte mit ihm Hausaufgaben und ging mit ihm Lebensmittel einkaufen, wenn der Vater arbeitete. Ihre Mutter wagte es lange Zeit nicht, das Mietshaus allein zu verlassen – wenn sie überhaupt mit jemandem außerhalb der Familie redete, waren es türkische Nachbarinnen. Nie hat Yade ihre Mutter ein Wort in der fremden Sprache sprechen hören, fünfzig Jahre lang nicht.

Yade. Große Schwester für immer

| 2015 |

Nach Tarıks Tod kümmerte sich Yade um ihre Mutter, die den Verlust ihres Ehemannes still hinnahm, wie sie alles außer Cengiz' Tod still hingenommen hatte. Die Jahre vergingen, Yade lebte allein, nie wieder hat es nach Emre einen anderen Mann, eine neue Liebe, in ihrem Leben gegeben. Ihre Arbeitgeber waren fast wie eine Familie für sie, sie war zufrieden, denn auch ihrem Sohn İlyas und ihrer Tochter Şirin ging es gut. Yade hatte türkische und deutsche Freundinnen und Freunde, mit denen sie ab und zu ausging. Sie telefonierte fast täglich mit ihren Kindern, İlyas lud sie häufig zum Essen nach Düsseldorf ein, wo er lebte.

Als Emre, der sich nie hatte von ihr scheiden lassen, vor fünf Jahren verunglückt war, spürte Yade Erleichterung. Er war nur die ersten Jahre ein guter Ehemann gewesen – an dem Tag, als die Kinder auf das Gymnasium kamen und Yade den Wunsch äußerte, wieder arbeiten zu gehen, änderte sich alles. Danach verfolgte er sie mit Misstrauen, Eifersucht und Vorwürfen: ob sie nicht zufrieden sei mit dem Leben, das er ihr böte, den ganzen Tag würde er sich abrackern, um seiner Familie alles zu ermöglichen, und sie würde nur nörgeln. Ob sie etwa arbeiten wolle, um männlichen Kollegen schöne Augen zu machen?

Irgendwann fing er an zuzuschlagen, Yade wusste nie warum, er hatte vielleicht Stress in der Firma, Streit mit seinem Vater, ein Gläschen zu viel getrunken. Nur wenn es ganz schlimm wurde, lief sie davon und suchte Schutz bei ihrem Bruder, damit die Kinder nichts merkten. Bis zu jenem schrecklichen Tag, als Kaan sie abwies.

Sie war froh, dass Emre niemals ihre Kinder anfasste, im Gegenteil, er war ein guter Vater. Seine außergewöhnlich begabte Tochter war sein Ein und Alles. Er hatte ihre Ausbildung gutgeheißen und finanziert. Şirin hatte Medizin studiert und sich zum Ziel gesetzt, eine der besten Chirurginnen des Landes zu werden; sie arbeitete inzwischen in einer Klinik für Herzchirurgie in Bremen. Yade war mehr als stolz auf sie. Şirins ein Jahr älterer Bruder İlyas hatte in der Firma seines Vaters und Großvaters eine kaufmännische Ausbildung absolviert und dort gearbeitet; aber er war sich mit Emre nicht einig über die Zukunft ihres Obst- und Gemüsegroßhandels. İlyas wollte expandieren, einen Lieferservice für private Kunden einführen, türkische Kochkurse anbieten, in Fachzeitschriften für Hotels und Gastronomie inserieren. Ideen, die die Senioren als Spinnereien abtaten. İlyas verließ das kleine Familienunternehmen und machte sich selbstständig, Emre unterstützte ihn sogar: Er eröffnete in Düsseldorf einen Zigarrenladen, führte exklusive Marken, durfte alle 27 Habanna-Sorten anbieten, hatte ausgefallene Accessoires im Sortiment, veranstaltete Schulungen, Rum- und Whiskey-Tastings. Innerhalb kurzer Zeit war seine Zigarren-Lounge die erste Adresse am Platz. Einer der ersten und besten Kunden war damals sein Onkel Kaan gewesen.

Und nun sitzt der Onkel und Freund teurer kubanischer Exportware hier wie das personifizierte Elend, nichts scheint mehr übrig von dem selbstgerechten, einst erfolgreichen Geschäftsmann. Wenn er sich so aufführte, musste ihm etwas

Schreckliches widerfahren sein, sein Selbstmitleid war schon immer grenzenlos gewesen.

Yade hat ihn seit dem Abend, als er sie nicht in sein Haus ließ und Emre anrief, nicht mehr gesehen. Über 14 Jahre war das jetzt her. Sie hatte nur gehört, dass Kaan zwischenzeitlich zu einem Vermögen gekommen war und dass ihn seine Frau Ela samt der gemeinsamen Tochter vor ein paar Jahren verlassen hatte und in der Türkei untergetaucht war. Und dass er auch sonst alles verloren hatte. Warum, hatte sie nie erfahren. Doch Yade dachte sich ihren Teil, er wird krumme Geschäfte getätigt haben und seine Frau genauso hintergangen haben wie alle anderen, auch wenn er anfangs sehr in sie verliebt gewesen war. Wahrscheinlich ist sie weggelaufen, kaum dass er die erste finanzielle Durststrecke erlitten hat. Yade hat nie viel von Ela gehalten, sie war verwöhnt, nicht besonders intelligent und arrogant. Für Kaan war die hübsche Tochter aus wohlhabendem Hause eine Trophäe gewesen, immerhin hatte er sie aus Istanbul in eine nicht gerade glamouröse deutsche Stadt locken können.

Selbst zu Tarıks Trauerfeier war Kaan nicht gekommen. Seit einigen Jahren hatte keiner aus der Familie außer Özlem mehr Kontakt zu ihm, mit seinem Bruder und Geschäftspartner Baran hatte er sich schon Ende der Neunzigerjahre überworfen und mit Timur noch früher.

Yade hat ihrem jüngsten Bruder nie verziehen, dass er sie damals ihrem Mann ausgeliefert und damit ihren Tod riskiert hatte – nach allem, was sie ihn für ihn getan hatte! Er hätte ohne sie nicht überlebt, damals, in der armseligen, eiskalten Hütte … Doch sie blieb seine große Schwester, immer noch fühlte sie Verantwortung für ihn, auch wenn sie es nicht wahrhaben wollte.

»Was hast du getan, was ist los?«, fragt sie ohne Regung in der Stimme und stellt ihm ein Teeglas hin, gießt die dampfende Flüssigkeit ein, schiebt die Zuckerdose über den Tisch. Es duftet nach Pfefferminze. Draußen ist es dunkel, es regnet heftig, die Tropfen klatschen laut gegen die Scheibe und verlaufen diffus.

»Ich kann nichts dafür, Yade, glaube mir, das wollte ich doch nicht, sie ist gestolpert. Die Treppe war aus Stein, es war alles voller Blut. Ich habe das nur aus Liebe getan, sie wollte alles zerstören, wo ist meine Greta«, jammert Kaan, »ich muss zurück in die Türkei, ich kann hier nicht bleiben. Bring mir Greta.« Er scheint völlig verwirrt.

Yade weiß immer noch nicht, was er da faselt, als sich die verlaufenden Tropfen auf der Scheibe blau verfärben und das ganze Fenster flackert. Mehrere Autos fahren vor, Lichter drehen sich auf den Dächern, die Straße wird in grelles Licht getaucht. Jemand leuchtet mit einer Taschenlampe in einen vor ihrer Tür parkenden Škoda, dann klingelt und klopft es gleichzeitig.

»Sie sind da«, sagt Yade nur und ist nicht einmal sonderlich überrascht.

Sie erhebt sich. Sie wird noch früh genug hören, was vorgefallen ist. Es musste ja so enden, denkt sie, Kaan war immer ein Grenzgänger, überschritt immer Linien, die nur für andere zu gelten schienen. Manchmal hatte sie den Verdacht, dass das nahezu krankhaft war, dass er keine normale Psyche hatte. Er hatte schon früh ohne Skrupel einiges Geld seiner Brüder verzockt, sogar seinen eigenen Vater um einen Teil seiner Ersparnisse gebracht, Freunde in fragwürdige Finanzgeschäfte verwickelt. Und stets hatte er es geschafft, dass die anderen schuld waren, wenn etwas schiefging, nie er. Immer war er auf die Füße gefallen. Das schien diesmal nicht zu funktionieren.

»Komm, steh auf«, ruft sie ihm zu, doch er reagiert nicht. Sie versucht, ihn am Arm hochzuziehen, er bewegt sich keinen Millimeter, sieht sie panisch an.

Es klingelt Sturm, Yade läuft die paar Schritte in den Flur und öffnet die Tür, vor ihr steht ein halbes Dutzend schwer bewaffneter Polizeibeamter, es ist gespenstisch, nun klopft auch ihr Herz so heftig, dass es fast schmerzt.

Schemenhaft sieht sie, wie man ihr einen Ausweis vor das Gesicht hält, hört, wie man nach ihrem Namen fragt; gleichzeitig stürmen Männer an ihr vorbei, sie hört ein Poltern und dreht sich um. Kaan ist in ihr Schlafzimmer gelaufen, will aus dem Fenster springen und fliehen. Er bekommt das Fenster nicht auf und wäre sowieso geradezu in die Arme der Beamten draußen gelaufen.

Als die Polizisten ihn an ihr vorbeiführen, hat Kaan Handschellen an, er hat den Kopf gesenkt und flennt. Sie zischt ihm zu: »Sei endlich ein Mann! Steh wenigstens EINMAL zu dem, was du getan hast! Heb deinen Kopf!!«

Kaan sieht sie entsetzt an. Hat sie etwa die Polizei gerufen? Sie wusste doch gar nicht, dass er kommen würde! Dieses miese Weibsstück! Oder nein – das muss Klaus gewesen sein!! Bestimmt hat er aus Özlem herausgeprügelt, wo er mit seinem Auto hingefahren war. Dieses Schwein!

Er bebt am ganzen Körper. Yade schämt sich für ihn. Er ist wirklich armselig. Dann wird sie kurz befragt und erhält für den kommenden Nachmittag einen Termin zur Vernehmung auf dem Präsidium. Was ihrem Bruder, der sich nun offenbar Navid nennt, angelastet wird, macht sie fassungslos.

Als sich der Auflauf vor der Tür beruhigt hat und alle Polizeiautos verschwunden sind, kehrt Yade in die Küche zurück, setzt sich vorsichtig an den Tisch und rührt gedankenverloren in ihrem Tee. Sie starrt auf das unberührte Glas ihres Bruders. Er tat immer drei Löffel Zucker in seinen Tee, die Kristalle haben sich noch nicht ganz aufgelöst. Sie rührt ihn um.

Dann geht sie in den schmalen Wohnungsflur. Ihr Telefon steht dort, daneben liegt ein uraltes, zerfleddertes Adressbuch. Es fällt fast auseinander, aber sie hat es nie weggeworfen, auch wenn sie alle neuen Nummern längst in ihrem Mobiltelefon eingespeichert hat. Sie schlägt die Seite mit dem Buchstaben T auf: Da steht der Name, fast schon unleserlich, so klein hatte Kaan ihn damals noch bei den Eltern mit Bleistift eingetragen: Prof. Dr. Erhan Tezcan. Aus einem Instinkt heraus wählt Yade die Nummer. Nach langem Läuten hebt jemand ab.

»Hier Professor Tezcan, hallo?«, meldet sich eine heisere Stimme. Er lebt also noch!

Yade entschuldigt sich für den späten Anruf. Dann schildert sie in einem langen Gespräch, wer sie ist und was geschehen ist. Sie erzählt, dass in ihrer Familie seit vielen Jahren die Nummer des Mannes mit dem Monokel aufgehoben worden sei, die ihr kleiner Bruder Kaan damals aus dem Flugzeug mitgebracht hatte. Jenem Flugzeug, das ihn in das fremde Land geflogen hatte.

Der Professor hört ihr geduldig zu. Er benötigt eine Weile, um zu verstehen, von wem sie spricht. Dann erinnert er sich an den blassen, schmächtigen Jungen mit den auffallend grünen Augen, der einmal im Flugzeug neben ihm gesessen hatte: Der Junge hatte solche Angst gehabt und sich in den

Sitz gekrallt, und er hatte ihm zur Ablenkung berichtet, wie schwierig, gefährlich und anstrengend es für Gastarbeiter war, in den Ferien mit ihren nicht immer verkehrstauglichen Autos tagelang in ihre Heimat zu reisen.

Yade erzählt von Kaans Leben, erklärt ihm detailliert, was geschehen ist. Und dass sie der Meinung ist, dass ihr einst weggegebener Bruder seelisch nicht gesund sei.

»Ich verstehe«, sagt der Mann, »ich erinnere mich noch gut. Die Begegnung mit dem Jungen hat mich damals noch lange beschäftigt, ich habe selten jemanden mit solchen Augen getroffen. Er hat mich sogar einige Male angerufen. Ich hatte immer das Gefühl, er wolle mir etwas erzählen, und hat es dann doch nicht getan. Der Kontakt ist vor sehr vielen Jahren jedoch abgerissen. Gut, dass Sie mich angerufen haben. Ich werde mich darum kümmern.«

»Vielen Dank, ich wünsche Ihnen alles Gute«, verabschiedet sich Yade erleichtert von Professor Tezcan. Mehr kann sie für ihren jüngsten Bruder nicht tun.

Greta. Herbst

| 2015 |

Der Herbst kommt heftig und unvermittelt. Noch blühen in den Vorgärten die letzten Rosen und weigern sich hartnäckig, ihre schon braun geknitterten Blüten loszulassen, die hellgelben Dahlien beharren auf ihren vielflammigen Strahlenkränzen, selbst der Klatschmohn reckt noch vereinzelt zwischen den Stoppeln der Felder seine müden Blütenblätter auf zierlichen Stängeln empor.

Greta mag diese Jahreszeit am liebsten, mag den sanft-würzigen Duft der am Boden raschelnden Blätter, das Rauschen in den Bäumen, wenn sie vom Wind durchgeschüttelt werden und die Blätter in kleinen, bunten Wirbeln tanzen. Der Herbst birgt für sie Vorfreude auf lange, gemütliche Abende im Kreise der Lieben oder mit einem Buch und einem Glas Rotwein auf der Couch. Sobald die Tage kürzer werden, hat sie das Gefühl, entspannt zu Hause bleiben zu können; man verpasst nicht mehr das flatternde Leben draußen, das sich auf den Straßen und den Terrassen der Cafés und Restaurants abspielt.

Doch diesmal hat sie Furcht vor dem Herbst. Und noch größere vor dem Winter. Vor der frühen Dunkelheit, der Kälte.

Der erste Sturm reißt in diesem Jahr viel zu früh an den Bäumen und zerrt ihnen grausam die Blätter von den Ästen, noch bevor sie sich verfärbt haben. Mit letzter Kraft bäumen sie sich flatternd gegen die Naturgewalt auf, die ihnen nicht einmal die Ruhe gönnt, sanft zu Boden zu fallen. Dann wehen sie in wilden Sprüngen davon, als seien sie auf der Flucht.

Greta ist in den nahen Wald gefahren, hat es zu Hause nicht mehr ausgehalten. Nun läuft sie in ihren alten Gummistiefeln über den matschigen Weg und trifft keine Menschenseele, nicht mal Leute, die sonst immer scharenweise ihre Hunde hier ausführen. Der Boden ist übersät mit Ästen, Zweigen und ganzen Blätterbüscheln, es herrscht ein lautes Rauschen und Ächzen in der Luft, als würde der Wald stöhnen. Kastanien und Eicheln schlagen wie kleine Granaten auf dem Boden auf. Der Wind versucht unentwegt, ihr die Anorak-Kapuze vom Kopf zu reißen. Sie lässt es geschehen, auch als es in böigen Schleiern zu regnen beginnt. Ihre Frisur ist ihr vollkommen egal.

Ihr Gesicht wird feucht, nicht nur vom Regen. Ein Herbstgedicht kommt ihr in den Sinn, für sie das schönste, das es dazu gibt. Rainer Maria Rilke.

»Wer jetzt kein Haus hat, baut sich keines mehr, wer jetzt alleine ist, wird es lange bleiben.«

Konnte man die tiefe Melancholie, die sie ergriffen hat, besser ausdrücken? Greta war traurig gewesen, als sie Georg verloren hatte, weinte nächtelang, doch sie musste alles regeln, für die Kinder da sein, kämpfen. Sie war abgelenkt. Die Traurigkeit, die nun von ihr Besitz ergriffen hat, ist eine andere. Sie fühlt sich verstoßen, ausgegrenzt, verlassen.

Dabei ist das rational betrachtet Unsinn. Gut – die Zwillinge sind zum Studium nach Freiburg gezogen, Stella hat sich für einen mehrmonatigen Schulaufenthalt in Frankreich entschieden, um die Sprache besser zu lernen. Die Kinder sind aus dem Haus, aber sie sind ja noch da. Dennoch breitet sich in Greta eine dumpfe Angst aus, sie spürt eine grenzenlose Verlassenheit. Sie fühlt sich verlassen vom Leben, als hätte sie mit dem Ende der Beziehung zu einem Menschen, den sie offensichtlich gar nicht wirklich kannte, ein Versprechen verloren, das ihr vom Leben noch einmal gegeben wurde.

Doch trauert sie um diesen Mann, der es offenbar nicht wert war, oder trauert sie vielmehr um die Liebe, die verloren ging? Um dieses wunderbare erfüllende, glücklich machende Gefühl? Um die Wärme, die ihren Körper durchströmte, um die Zuversicht bei allem, was sie tat? Um die Freude beim Einschlafen und die Freude beim Aufwachen, um das Dauerlächeln in ihrem Gesicht und um den Gedanken, dass nur der Tag ein guter Tag war, an dem sie ihn sehen oder sprechen konnte? Um das Gefühl, so lebendig zu sein wie nie, um das Licht, das alles umstrahlte? Um den Blick in diese grünen Augen, die so viel versprachen und in denen sie die ganze Welt zu sehen glaubte? Das alles war nun vorbei.

»Ich dachte jede einzelne Minute an ihn. Woran soll ich nun denken?«, fragt sie die hohen, glattstämmigen Buchen, die mit einem Ächzen antworten. Es tut gut, hier zu sein: Hunderte von Jahren stehen sie schon hier, sie werden noch da sein, wenn Greta längst nicht mehr durch den Wald laufen kann. Was haben sie schon alles gesehen und gehört – was kümmern sie solch kleine, menschliche Sorgen?

Der Verstand sagt ihr, dass sie froh sein sollte, dass dieser feige Mensch spurlos aus ihrem Leben verschwunden war. Doch da war schon wieder diese Leerstelle. Ein Phantomschmerz tief im Herzen. Wie damals bei Georg, den sie auch nie nach seinen Beweggründen hatte fragen können.

»Das ist ein Verlust, der doch gar keiner ist, oder?«, sagt sie sich oft selbst. Und kennt die Antwort: Doch. Der Verlust eines Versprechens von Liebe, Vertrauen, Glück und Geborgenheit. Denn die Währung dafür war Lüge und Feigheit. Einfach so zu verschwinden!! Greta, die sich nie in ihrem Leben allein gefühlt hat, fühlt sich allein. Fürchtet sich auf einmal vor der dunklen Jahreszeit.

Ihre Tochter Stella hatte es am Telefon auf den Punkt gebracht: »Mama, den Mann, den du liebst, gibt es nicht. Es war alles nur gespielt, sonst würde er sich doch nicht so verhalten!«

Stella hatte natürlich recht. Aber stimmte das wirklich? Alles nur gespielt? Tief im Inneren weigert Greta sich entgegen jeder Vernunft, das zu glauben. Wie oft hatte er gesagt: »Was hast du mit mir gemacht?«, wie oft hatte er ihr seine Liebe versichert. Hat dieses Gefühl zu ihr seine Pläne durchkreuzt, ihn aus einer Bahn geworfen, in der Gefühle hinderlich sind? Was ist innerhalb kürzester Zeit geschehen? Welches Gespenst ist aufgestanden aus der Vergangenheit? Was hat die Niedertracht geweckt? Oder war alles von Anfang so geplant gewesen? Hatte er ein kaltes Herz?

»... und wird in den Alleen hin und her unruhig wandern, wenn die Blätter treiben«, so geht es in Rilkes Gedicht weiter.

Greta bleibt stehen und blickt nach oben, sodass die zarten Regentropfen ihr direkt das Gesicht streicheln.

Durch das Zickzack des wogenden Blätterdaches sieht sie die sich langsam aufhellenden Himmelsfetzen. Ihr Kopf verdammt ihn, doch ihr Herz ruft noch nach ihm. Das geht so nicht weiter!!

»Wisst ihr was, Jungs?«, ruft sie den schrundigen Eichen trotzig zu, als ob sie Ohren hätten. »Dann wandere ich eben unruhig hin und her und schau´ euch bei eurem Treiben zu! Es gibt Schlimmeres!«

Zu ihrer eigenen Bestätigung stapft sie mit dem Fuß auf, dass das Wasser bis zu ihren Waden platscht, und denkt: Er war von vorne betrachtet ein gut aussehender Mann, doch von der Seite – im Profil – war er fast hässlich. So wie er als Mensch war: das Äußere schön, das Innere falsch. Hat er deshalb so penibel auf sein Erscheinungsbild und seine Kleidung geachtet – damit niemand die Abgründe in seinem Inneren ahnt?

Als sie wieder zu Hause ist – pitschnass und seltsam beflügelt –, beschließt sie: »Ich werde nicht mehr um dich weinen, du Strolch. Dafür würde ich mich schämen!!« Und das hält sie ein.

Sie nimmt ihr Smartphone und löscht sämtliche Fotos und Nachrichten von Navid. Es tut gut.

Greta. Der Detektiv

| 2015 |

Greta weint nicht mehr, kommt aber auch nicht zur Ruhe, sie findet trotz aller guten Vorsätze, den unlauteren Menschen abzuhaken, lange nicht zu ihrer alten Energie zurück. Immer wieder erwischt sie sich dabei, wie ihre Gedanken abschweifen, wie sie versucht, sich einen Reim auf die Sache mit Navid zu machen.

Obwohl kaum jemand wusste, dass sie ein Paar waren, und er wie vom Erdboden verschwunden zu sein scheint, werden ihr immer wieder seltsame Geschichten zugetragen. Mal wird sie gefragt, ob ihr Exfreund jener Türke sei, der noch andere Frauengeschichten am Laufen hatte und von dem man munkelt, dass er dabei nicht wirklich seriöse Absichten hatte. Sie hört, dass er diverse Gerichtsprozesse geführt hätte, sogar im Gefängnis hätte er gesessen. Es fallen Worte wie Hochstapler, Betrüger, Schwindler.

Greta ist angewidert über den schadenfrohen Ton, in dem manche ihr solche Dinge berichten, und erinnert sich an das Gerede nach Georgs Tod. Sie mag das alles immer noch nicht ganz glauben. Es passt nicht zu dem weichen, sensiblen Mann, den sie erlebt hat, außerdem hat er sie immer stolz als seine Freundin vorgestellt, wenn sie zufällig auf Bekannte trafen – das wäre unlogisch, wenn er mehrere Parallel-Affären unterhalten hätte. Doch dann denkt sie daran, wie sehr er zunächst darauf bedacht gewesen war, dass niemand seinen Namen erfährt. Wie er zögerte, ihre Freunde kennenzulernen, und dass sie seine nie getroffen hat, auch nicht seine Familie.

Ihr wird erneut klar, wie häufig sie nicht wusste, wo er war, und dass sie niemals seine Wohnung gesehen, geschweige denn betreten hat. Auch er hat nicht ein einziges Mal bei ihr übernachtet. Anjas Worte, wie ungeniert er auswärts flirten würde, hallen in ihrem Gedächtnis wider. Im Nachhinein sieht sie, wie leichtgläubig sie war. Wenn er nur mit ihren Gefühlen gespielt hat, und womöglich auch mit anderen Frauen so verfuhr, war er ein grausamer Mensch. Verabscheuungswürdig.

Sie nimmt ihr Tagebuch hervor, liest die Eintragungen aus der Zeit mit Navid. Sie sieht die glückselig geschriebenen Worte einer verknallten Frau, die sich fühlt wie ein Teenager und dem Schicksal dankbar ist. Doch immer wieder blinken zwischen den Zeilen Zweifel auf: Oft war sie verletzt, weil er kurzfristig absagte oder nicht erreichbar war; sie war traurig, weil sie das ganze Wochenende alleine verbrachte, da sie sich ihm zuliebe nicht anderweitig verabredet hatte. Doch sie hatte es ihm nie gesagt, denn er betonte immer, wie toll er ihre Eigenständigkeit fände. Clever von ihm – Greta wollte dieses unabhängige Bild, das er von ihr hatte, aufrechterhalten.

Ihre während der Monate mit ihm festgehaltenen Gefühle machen ihr klar, dass sie im Nachhinein einiges verklärt. Sie sollte realistischer sein, dass würde ihr helfen, über die gescheiterte Liebe hinwegzukommen.

~~~~~
~~~~~

Greta will Gewissheit. Aufgrund ihrer politischen Tätigkeit hat sie gute Beziehungen zur Presse und zur Justiz. Ihre Nachfragen ergeben, dass gegen einen Navid Güner nichts vorliegt. Ihr Herz hat sie also doch nicht gänzlich getäuscht! Alles üble Nachrede, freut sie sich. Doch etwas in ihr lässt ihr keine Ruhe, sie ahnt, dass irgendwo noch ein dunkles Geheimnis schlummert. Sie muss jemanden finden, der tiefer graben kann. Ein Bekannter empfiehlt ihr einen erfahrenen Privatdetektiv – Tobas Reuter. Greta engagiert ihn.

Zwei Wochen später ruft Tobias Reuter an, dass er bei ihr zu Hause vorbeikomme. Schon dass er ihr am Telefon nichts sagen möchte, lässt sie Schlimmes befürchten. Als sie ihm die Tür öffnet und seinen Gesichtsausdruck sieht, beginnt ihr Herz schneller zu schlagen. Sie bittet ihn, im Wohnzimmer Platz zu nehmen, bietet Kaffee, Wasser und Gebäck an.

»Über einen Navid Güner war nichts zu finden«, sagt er und nimmt sich einen Keks. Greta möchte schon erleichtert aufatmen.

»Aber über einen Kaan Demir«, fährt er ernst fort und schiebt ihr ein Blatt Papier über den Tisch. Darauf stehen verschiedene Adressen – offenbar Wohnsitze – sowie eine Liste von Gerichtsbeschlüssen gegen diesen Kaan. Immer wieder wurde er zur Zahlung ausstehender Summen von mehreren Tausend Euro verurteilt, einige Kläger haben Titel gegen ihn. Es gab Anzeigen wegen Betrugs und schweren Ladendiebstahls. Er hat Aktenzeichen beim BKA, LKA, in Wuppertal und in Düsseldorf. Und er war ein zu vier Jahren Haft verurteilter Straftäter, der wegen guter Führung vorzeitig entlassen worden war.

»Ja, und?«, fragt Greta und blickt zu ihm hoch. »Was hat dieser Kriminelle, der offenbar gerne umzieht, dazu auch noch klaut und viele Leute um ihr Geld gebracht hat, mit Navid zu tun?«

Tobias Reuter atmet tief ein. »Frau Berg – Navid Güner und Kaan Demir sind ein und dieselbe Person.«

Greta verschluckt sich an ihrem Kaffee und schaut ihn ungläubig an.

»Was sagen Sie da? Er heißt nicht Navid Güner?«, flüstert sie. Greta ist fassungslos. Konnte das sein? »Er hat also mich, meine Kinder und alle anderen die ganze Zeit belogen? Dieser Mann hat allen Grund, nicht aufzufallen, und bewegt sich dennoch in der Öffentlichkeit ohne jede Scheu!«

Sie schluckt erneut und schüttelt den Kopf. Was für eine Chuzpe!

»Ja, offensichtlich. Das war wohl seine Masche und zugleich sein Schutz – wer sich so vor aller Augen präsentiert, erregt ja keinen Verdacht. Ich hoffe, Sie haben ihm nie Geld gegeben!«, fährt er fort.

Greta schweigt verschämt. Natürlich hat sie ihm Geld gegeben – vor der kurzen Reise nach Istanbul hatte sie ihm eine ziemlich hohe Anzahlung auf eine noble Schiffstour vorgestreckt, zu der er sie im nächsten Frühjahr einladen wollte. Sie hatte wenig später erfahren, dass er die Anzahlung nie weitergeleitet hat – das Reisebüro hatte sie angeschrieben. Als sie Navid fragte, erzählte er, dass er das Geld seinem älteren Bruder Timur überweisen musste, weil dieser seine hohe Zahnarztrechnung nicht bezahlen konnte und er, Navid, gerade nicht an seine Mittel in der Türkei herankam. Er würde es ihr zurückgeben, sobald er wieder in seine Heimat fahren würde. Die Geschichte kam ihr komisch vor, war aber nicht unwahrscheinlich, schon öfter hatte er von seinem älteren Bruder Timur und dessen prekärer finanzieller Situation berichtet. Greta ahnte nicht, dass Navid seit Jahren mit seinem Bruder zerstritten war.

Hat ihr Freund sich deswegen so seltsam verhalten und dann den Kontakt abrupt abgebrochen – weil sie ihn nach ihrem Geld gefragt hat? Ihr wird schlagartig klar, dass er damit wohl ihren Istanbul-Trip bezahlt hat – die Flüge, das schöne Hotel, die Restaurants, den Fahrer, die Bootstour. Sie schließt die Augen.

Dann legt ihr Tobias Reuter die Hand auf den Arm. »Da ist noch etwas, Frau Berg.« Wieder holt er tief Luft, Greta hält sie voll böser Ahnungen an.

»Seien Sie froh, dass er nicht mehr in Ihrer Nähe ist.« Er zögert, dann fährt er fort: »Der Mann ist gefährlich.«

Greta erwidert nichts, in ihrem Bauch scheint plötzlich ein Derwisch zu tanzen. Dann sagt Tobias Reuter etwas, das ihr fast den Boden unter den Füßen wegzieht.

»Kaan Demir alias Navid Güner wurde vor einigen Tagen wegen schwerer Erpressung und versuchten Totschlags bzw. Mordes verhaftet.«

Greta sackt zusammen. Oh Gott. Schwere Erpressung! Versuchter Mord! Welchem Fremden hatte sie vertraut? Wem hatte sie ihre Kinder vorgestellt? Wer war dieser Mensch, dieser doppelgesichtige Mann, den sie dachte zu lieben? Sie schlägt die Hände vor ihr Gesicht.

Navid. Abgrund

| 2015 |

Die Polizisten haben Navid zu beiden Seiten unsanft gepackt und führen ihn zu einem der wartenden Streifenwagen. Navid fühlt sich wie im freien Fall, diesmal gibt es kein Entrinnen. Ein Abgrund tut sich ihm auf. Auf der Straße sind ein paar Leute stehen geblieben und recken neugierig die Köpfe. So ein Schauspiel bekommt man hier in der Provinz nicht jede Nacht geboten.

Ein dicker Mann um die sechzig, der einen lächerlich kleinen, kläffenden Hund dabeihat, ruft unüberhörbar: »Die haben den Typen da bei der Türkin rausgeholt«, und spuckt auf die Straße. »Die sind doch alle kriminell!«

Eine Frau sieht in seine Richtung, schüttelt verständnislos den Kopf, murmelt, dass diese Türkin eine nette, hilfsbereite Person sei, und geht weg.

Die Beamten drücken Navids gebeugten Kopf noch weiter hinunter, als sie ihn bitten, in das Auto zu steigen. Als er auf der Rückbank Platz genommen hat, versucht er, einen Blick auf das Haus zu erhaschen. Yade steht im Eingang, ihr Gesicht zeigt keine Regung, dann dreht sie sich rasch weg und schließt die Tür hinter sich. Navid kauert auf der Rückbank und muss sich beherrschen, um nicht wieder loszuheulen wie ein Kind.

Der Polizist auf dem Beifahrersitz dreht sich zu ihm und reicht ihm ein paar Blätter Papier:

»Hier ist der Haftbefehl«, brummt er unfreundlich. So gut es mit den Handschellen geht, greift Navid danach. Als er die Anschuldigungen gelesen hat, wird ihm speiübel. Er steht im dringenden Verdacht, Frau Erika Mendel in Tötungsabsicht die Treppe hinuntergestoßen zu haben, um sich ihr Vermögen anzueignen. Noch weitere Punkte werden angeführt: schwerer Betrug und Erpressung. Wegen akuter Fluchtgefahr hat der Ermittlungsrichter auf Antrag der Staatsanwaltschaft die sofortige Festsetzung in Untersuchungshaft angeordnet.

Navid übergibt sich auf seine eigenen Füße, die Polizisten neben ihm fluchen.

Als sie ihn auf das Präsidium geschleppt haben – Navid ist so schwach, dass er sich kaum auf den Füßen halten kann –, darf er sich säubern und seinen Anwalt anrufen.

Navid hört nur, wie Achim stöhnt. »Ich bin so schnell es geht da. Sag nichts!«

Greta. Desdemonas Schicksal III

| 2017 |

Greta steht vor dem weit geöffneten Eingangsportal des Schauspielhauses und fürchtet, dass ihr die Beine versagen. Sie starrt dem Mann in die Augen, der ihre Dior-Tasche wie eine Trophäe in der Hand hält und sie mit einem Blick anschaut, der ihr bis in die letzte Pore ihres Körpers und die tiefste Faser ihrer Seele dringt. Über zwei Jahre hat sie nicht mehr in diese Augen gesehen.

In dem Moment naht von hinten ein schwergewichtiges Geschoss in mokkabraunem Samt. Anja stürmt heran, auch sie hält eine Tasche in der Hand, allerdings eine große lederne. Ohne mit der Wimper zu zucken, knallt sie dem Mann die Tasche zweimal um die Ohren, er kann kaum seine Hände davorhalten. Sie faucht gefährlich leise, er solle sich zum Teufel scheren. Dann wird sie lauter:

»Wie kannst du es wagen, HIER aufzutauchen, überhaupt jemals wieder aufzutauchen!!!!«

Anja redet sich in Rage:

»Scher dich zum Teufel, du osmanisches Unheil!«, wiederholt sie. »Geh dahin, wo du hingehörst, wo auch immer das ist! Lass meine Freundin in Ruhe, du elender Herzensbrecher, du Wolf im Schafspelz, du Lügner, du! Die Augen hat sie sich damals aus dem Kopf geheult wegen dir!«, brüllt sie und holt wieder mit der Tasche aus.

Die nun in Scharen aus dem Theater strömenden Gäste

schauen teils belustigt, teils irritiert hin. Wer vorhin noch eine still leidende, demütige Desdemona gesehen hat, erlebt nun eine Furie mit wogendem Busen, gegen deren gewaltsamen Wutausbruch auch ein Sumoringer kaum Chancen hätte. Anjas Wandlungsfähigkeit ist phänomenal. Nur ist die gerade stattfindende Darbietung nicht gespielt – Anjas Zornesausbrüche sind legendär, doch dieser ist der bisher heftigste. Noch dazu in der Öffentlichkeit.

Normalerweise würde Greta sich bei solch einer Szene in Grund und Boden schämen. Doch nun steht sie daneben und weiß nicht, ob sie weinen oder lachen soll. Der Anblick ist auch durchaus komisch. Da geht ein eher zart gebauter Herr in feinem Zwirn halb in die Knie und hält sich die Hände sowie eine kleine, funkelnde Abendtasche schützend über den Kopf, während über ihm eine üppige Primadonna mit feuerrotem Haar tobt und ihre Prada-Tasche schwingt wie ein Kreuzritter sein Schwert. Irgendwie tut er ihr leid. Ein öffentlicher Prügelknabe soll er nicht sein – trotz allem, was er verbrochen hat, trotz der Genugtuung, die sie gerade empfindet.

Sie tritt einen Schritt vor und geht dazwischen.

»Anja, bitte hör auf«, sagt sie um einen ruhigen Ton bemüht, obwohl sie innerlich völlig aufgelöst ist. »Lass es gut sein, du Engel der Gerechtigkeit«, fügt sie hinzu und lächelt ihr dankbar zu.

Anja wirft ihrem Opfer einen eiskalten Blick zu und geht rückwärts ins Foyer zurück. »Ich bleibe in der Nähe!«, ruft sie warnend in Navids Richtung, bevor ein Verehrer sie wegzieht.

Greta hilft Navid hoch, er kauert immer noch halb am Boden. Als er sich aufgerappelt hat, schaut er sie fast furchtsam an. Er ist blass. Auf den zweiten Blick sieht man, dass der Anzug glänzt, das Hemd nicht ganz sauber und das Einstecktuch zerknittert ist.

Greta widersteht dem Impuls, ihn in den Arm zu nehmen. Seine mitleiderweckende Mimik wirkt bei ihr immer noch – wie ein Knopf, den man drückt. Der Impuls verschwindet sofort wieder.

»Wo warst du?«, fragt sie.

»In der Hölle, Greta. Ich war in der Hölle.«

Navid und Greta. Im Schatten des Mondsterns

| 2017 |

Sie sitzen in dem Lokal am Stadtrand in der Nähe des Flusses, in dem sie sich im März vor mehr als zweieinhalb Jahren zum ersten Mal verabredet hatten. Navid hatte sie vor dem Theater flehentlich gebeten, sich mit ihm zu treffen, er hätte ihr so viel zu sagen. Endlich wird sie also erfahren, was mit Navid wirklich geschehen ist, vielleicht wird sie dann alles verstehen können.

Die Terrasse ist schon geschlossen, es ist herbstlich kühl und feucht draußen. Der Kellner führt sie zu einem Tisch am Fenster mit Blick auf den Fluss, es ist bereits dunkel, Lichter spiegeln sich zögerlich flackernd im trägen, schwarzen Wasser. Navid hilft ihr behutsam aus dem Mantel und der Strickjacke, zieht ihr den Stuhl zurecht. Der Kellner beugt sich kurz zu Navid, hört die Bestellung, dann bringt er Wasser, Wein und Brot. Greta nickt einem schon sehr betagten Herrn zu, der alleine bei einem Glas Wasser und einem Buch am Nebentisch sitzt und mit einem angedeuteten Lächeln zu ihnen herübersieht. Sie hat noch nie gesehen, dass jemand mithilfe eines Monokels liest, und denkt: Welche Noblesse.

Sie legt sich fröstelnd ihre über der Lehne hängende Strickjacke wieder um und zieht sie eng um die Schultern. Ihr Inneres ist in Aufruhr, sie kann nicht glauben, wie ihr das alles auch jetzt noch zusetzt. Sie beobachtet, wie ihr Gegenüber sorgfältig Olivenöl in ein Schälchen laufen lässt, behutsam Balsamicoessig dazu träufelt, Salz hinein streut, Pfeffer darüber mahlt. Dann schwenkt er das Schälchen mit einer ganz leichten Bewegung des Handgelenks, bis sich die Zutaten vermischt haben, und schiebt es mit den Augen auf sie gerichtet zu ihr hin. In dieser zielsicheren, lockeren und zuvorkommenden Geste ist alles, was Greta so liebte: Zuwendung und Fürsorge, Höflichkeit und Weltgewandtheit. Seine kleinen, festen, weichen, braunen Hände. Sein konzentrierter Blick.

Sie muss sich kurz abwenden, schaut nach draußen – sie möchte auf keinen Fall zulassen, dass Emotionen hochsteigen, dass er wieder Macht über sie gewinnt; zu viele Tränen hat sie vor zwei Jahren schon vergossen, zu viele trügerische Hoffnungen vergebens gehegt, zu vieles zu lange nicht wahrhaben wollen. Ist inzwischen nicht ausreichend Zeit vergangen – ist sie immer noch nicht distanziert genug?

Der Kellner steht neben ihr, wartet auf ihre Bestellung. Sie hat nicht zugehört. Mit einem zustimmenden Nicken bestellt sie das Gleiche wie Navid, sie hatten immer das Gleiche gemocht.

Sie sehen sich an, und für den Bruchteil einer Sekunde denkt Greta, wie es wäre, wenn sie einfach aufstünde, um den Tisch herum zu ihm ginge, ihn umarmen und küssen würde, flüstern würde, wie sehr sie ihn vermisse, immer noch, fast jeden einzelnen Tag. Doch vor lauter Worten, die sie ihm sagen will, fallen ihr keine Worte ein, die sie ihm sagen kann. Sie schweigt. Es wäre auch sinnlos.

»Du hast die Haare länger. Das sieht schön aus«, sagt Navid und lächelt sie an. Er wagt nicht, sie zu fragen, wie es ihr geht, er kann es in ihren Augen sehen.

Dann beginnt er zu erzählen. Berichtet von einem Leben im Schatten des Mondsterns, jenes auf der Flagge zu sehenden Symbols seiner Heimat – Halbmond und Stern. Er spricht von der Zerrissenheit zwischen der Türkei und den geliebten Zieheltern und zwischen Deutschland und der leiblichen Familie, in die er einst in Kürecik hineingeboren worden war. Seiner leiblichen Familie, wegen der er vor 33 Jahren hierher gekommen war. Er redet über seine Verlorenheit und das Gefühl, nirgendwo hinzugehören; von seinem lebenslangen Kampf, anerkannt zu werden. Dafür war ihm irgendwann jedes Mittel recht. Und dann beichtet er von den Frauen, mit denen er Affären hatte und die seiner Meinung nach nichts wert waren; von der erpresserischen Ulla, der niederträchtigen Witwe und dem Unfall im Treppenhaus, für den er nichts konnte, den die alte Frau aber Gott sei Dank schwer verletzt überlebte. Navid spricht von seinem verräterischen Schwager Klaus und der schrecklichen Zeit im Gefängnis, von den langen Tagen in der Anstalt für psychisch kranke Täter, die er dank eines sehr alten Bekannten, den er einst auf seiner ersten Reise nach Deutschland kennengelernt hatte, gegen den Knast tauschen konnte. Inzwischen darf er in Begleitung von Fachpersonal manchmal heraus. So wie heute.

Greta hört dem Mann, der so viele Namen trägt, aufmerksam zu. Manchmal stellt sie eine Frage:

»Hast du niemals mit jemandem darüber gesprochen? Hast du dich bei deinen Taten nicht vor dir selbst geschämt? Hattest du nie ein schlechtes Gewissen? Hast du nicht gemerkt, dass du dich selbst anlügst, indem du immer anderen die Schuld an allem gegeben hast? Bis du wirklich psychisch krank, oder spielst du auch das nur vor, um nicht einsitzen zu müssen?«

Seine Antworten sind wortreich und doch ausweichend. Sie kann damit nicht viel anfangen, er glaubt fest an seine eigene Wahrheit – immer war er das Opfer, verhielt sich nur wegen äußerer Widrigkeiten so, auch die schlimmen Erfahrungen in seiner Jugend waren schuld.

Beider Essen bleibt fast unberührt. Alles wie damals. Damals, als er den einen Teil seiner Geschichte erzählte und damit ihr Herz rührte. Ist das wirklich erst 28 Monate her? Es kommt ihr vor wie ein Leben.

Mit einem Seufzen, das nur die Erleichterung nach einer umfassenden Beichte hervorbringen kann, faltet Bekir-Kaan-Navid schließlich langsam seine Serviette, legt sie sorgfältig neben seinen Teller. Er ist erleichtert, dass er alles erzählen konnte, sich befreien konnte von dieser Last. Er blickt Greta an, Traurigkeit und Gewissheit verschleiern dunkel das Grün seiner Augen. Er erhofft sich nichts mehr. Wartet auf sein Urteil. Er hat selbst das Glück zerstört, das er unbedingt halten wollte.

»Weißt du eigentlich, dass du wunderschön bist? In jeder Hinsicht?«, sagt er, als alles gesagt ist. Er kann in Gretas Gesicht lesen wie in jedem Gesicht; er sieht, dass es vorbei ist.

»Es ist mir eine Ehre, dich zu kennen. Du bist eine wunderbare Frau. Ich entschuldige mich für alles, was ich dir angetan habe. Ich liebe dich.«

»Danke, Navid, ich weiß.« Sie zögert, atmet tief ein. »Ich …«

Greta sieht ihn lange an, ihr ist keine Regung anzusehen, in ihren Augen sieht man zugleich den Zweifel und den Glauben an seine Worte. Und Mitleid. Er wird sich nie ändern, auch nicht durch die psychologische Behandlung.

Dann steht sie auf, legt Geld für die Rechnung auf den Tisch und verlässt das Restaurant, ohne sich noch einmal umzudrehen.

Als sie am Fenster des Lokals vorbeigeht, sieht sie, wie der alte Herr mit dem Monokel vom Nebentisch neben Navid tritt und ihn an der Schulter berührt. Er hat etwas Väterliches. Navid starrt vor sich hin.

Greta geht zu ihrem Auto, steigt ein und fährt los. Ihr Herz ist schwer, doch zugleich fühlt sie sich erleichtert, von quälender Ungewissheit befreit. Die Last, die sie noch immer trug, wird ihr erst jetzt bewusst. Erst jetzt, wo alles geklärt ist und sie weiß, dass diese verlorene, kranke Seele nicht anders handeln konnte, kann sie loslassen – ihre Liebe, ihre Hoffnung, ihre Trauer. An der roten Ampel legt sie kurz ihr Gesicht auf das Lenkrad, dann geht es wieder. Endlich ist alles vorbei. Sie lächelt.

Zu Hause geht Greta zum kleinen Küchentisch, der ihr als Schreibtisch dient, klappt ihr Laptop auf und öffnet die Datei »Fremdes Land«. Sie atmet tief durch, befiehlt ihren zitternden Händen und ihren flirrenden Gedanken, sich zu beruhigen. Sie löscht den Titel und ändert ihn um in:

»Im Schatten des Mondsterns«

Auf die erste Seite schreibt sie:

In deinen Augen sehe ich die Vergangenheit,
die Gegenwart und die Zukunft.
Den Orient und den Okzident.
Die blauen Fluten des Meeres und die grünen Wellen der Flüsse.
Ich sehe alles Leid und alle Freuden der Welt.
Alle Liebe und alle Bosheit der Menschen.

Als sie sehr viel später zu Bett geht und sich auskleidet, fällt etwas aus der Tasche ihrer Strickjacke. Etwas Kleines, in weiches Papier eingewickelt, wohl das Stück einer Serviette. Sie wundert sich. Was ist das, wie kommt es in ihre Tasche?

Als sie das Päckchen vorsichtig auspackt und den Inhalt sieht, erschrickt sie. Dann füllen sich ihre Augen mit Tränen. In ihrer offenen Hand schimmert etwas: ein äußerst fein gearbeiteter, goldener Ring mit einem großen, rechteckigen Stein. Geheimnisvoll wechselt er sein grünes Farbspiel, wenn sie die Hand bewegt.

Es ist ein wunderschöner Smaragd.

Dank

Danken möchte ich all jenen, mit denen ich mich unterhalten durfte, über die ich gelesen habe und die mich inspirierten: Cem für die phantasievollen Erzählungen, Sevil, die mir wichtige Hinweise gab sowie Ayşe, Dilek, Özlem und Mehmet. Ein großer Dank auch an meine ersten Leser Lilian, Mechthild, Sebastian und Christian für ihre konstruktiven Anmerkungen.

Folgende Bücher und Artikel habe ich zur Recherche herangezogen (Auswahl):

Akinci, Secil: Psychosomatische Symptome und Depressivität bei Frauen und Männern türkischer Herkunft in Deutschland und der Türkei. Gießen 2009.

Berlinghoff, Marcel: Das Ende der »Gastarbeit«. Europäische Anwerbestopps 1970–74. Paderborn/München/Wien/Zürich 2013.

Dassler, Sandra: Niemand hat uns einen Deutschkurs angeboten, Zeit/Tagesspiegel, 30.10.2010.

Eryilmaz, Aytac/Jamin, Mathilde (Hrsg.): Fremde Heimat – eine Geschichte der Einwanderung aus der Türkei. Essen 1998.

Eryilmaz, Aytac/Lissner, Cordula (Hrsg.): Geteilte Heimat. 50 Jahre Migration aus der Türkei. Essen 2011.

fran: Da war Neid, manchmal sogar Hass, SZ, 31.10.2011.

Güsten, Susanne: Gefilzt und ausgeraubt, Welt, 7.9.2002.

Herbert, Ulrich/Schwarz, Marietta: Die türkischen Gastarbeiter waren zunächst etwas wie Reserve, Deutschlandfunk Kultur, 29.10.2011.

Hunn, Karin: »Nächstes Jahr kehren wir zurück …«. Die Geschichte der türkischen »Gastarbeiter« in der Bundesrepublik. Göttingen 2005.

Iken, Katja: Hoffnungsfroh und optimistisch, Spiegel, 4.4.2017.

Kelek, Necla: Die Kunst des Missverstehens, FAZ, 29.10.2011.

Kemper, Anna: Familie Türköz wird deutsch, Zeit, 18.8.2011.

Knortz, Heike: Diplomatische Tauschgeschäfte. »Gastarbeiter« in der westdeutschen Diplomatie und Beschäftigungspolitik 1953–1973. Köln/Weimar/Wien 2008.

Levy, Sarah: Wo geht's denn hier nach Istanbul?, Spiegel, 27.7.2012.
Luft, Stefan: Die Anwerbung türkischer Gastarbeiter und ihre Folgen, bpb, 5.8.2014.
Pamuk, Orhan: Istanbul. Frankfurt am Main 2008.
Schaffer, Tom: Türkische Gastarbeiter: Erst dringend gesucht, dann ignoriert, Kurier, 4.4.2017.
Wallraff, Günther: Ganz unten. 1. Auflage Köln 1985, 21. überarb. Auflage Köln 2011.
Zaimoğlu, Mehmet Ali: Wenn das fremde Land zur Heimat wird. Offenbach 2011.

Ahmet Güner ⚭ Banu Güner
(*1908) (*1922)

Bekir
(*1966)

Kaan Demir ⚭ Ela Birdal
(*1966) (*1971)

Miray Banu
(*1997)

Georg Berg ⚭ Greta Berg ——— **Navid Güner**
(*1953) (*1965) **(*1966)**

Stella (*1998)
Paul (*1996)
Markus (*1996)

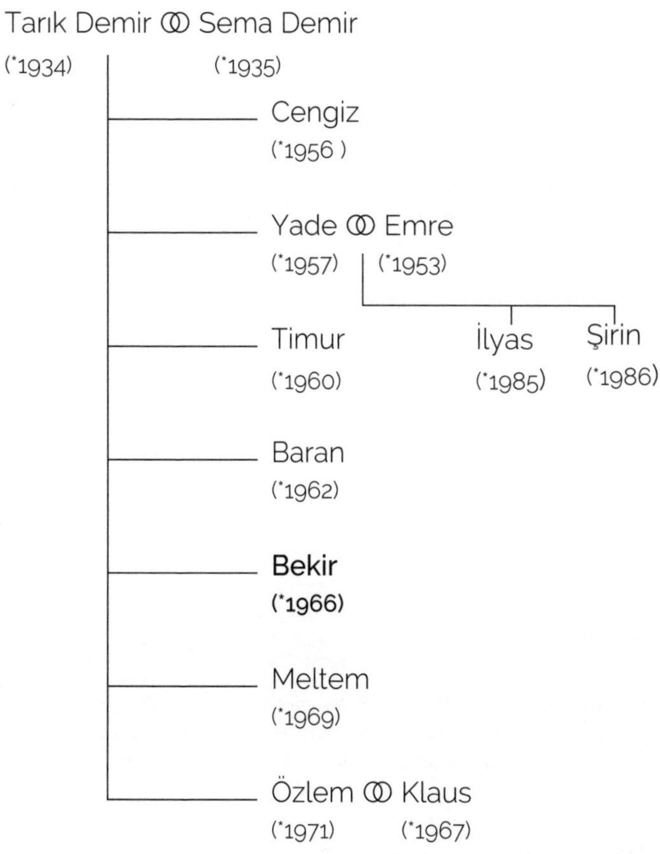
Tarık Demir ⚭ Sema Demir
(*1934)
(*1935)
Cengiz
(*1956)
Yade ⚭ Emre
(*1957)
(*1953)
İlyas
(*1985)
Şirin
(*1986)
Timur
(*1960)
Baran
(*1962)
Bekir
(*1966)
Meltem
(*1969)
Özlem ⚭ Klaus
(*1971)
(*1967)

Bibliografische Information der Deutschen Nationalbibliothek
Die Deutsche Nationalbibliothek verzeichnet diese Publikation in der Deutschen Nationalbibliografie; detaillierte bibliografische Daten sind im Internet über http://dnb.d-nb.de abrufbar.

Umschlaggestaltung: Katja Holst, Frankfurt, unter Verwendung von:
Ansicht von Instanbul: Shutterstock, © Repina Valeriya;
Paar im Gegenlicht: Shutterstock, © Giancana; Autorenfoto: © Eric Remann
Druck und Bindung: CPI – Clausen & Bosse, Leck
ISBN 978-3-7700-2135-2

www.drosteverlag.de